한국의
고전을
읽는다

8

현
대
소
설

下

한국의
고전을
읽는다

8

현대소설

휴머니스트

■ 일러두기

- 이 시리즈는 '오늘의 눈으로 고전을 다시 읽자'를 모토로 휴머니스트 창립 5주년을 기념하여 기획한
  것이다. 안광복(중동고 교사), 우찬제(서강대 교수), 이재민(휴머니스트 편집주간), 이종묵(서울대
  교수), 정재서(이화여대 교수), 표정훈(출판 평론가), 한형조(한국학중앙연구원 교수) 등 7인이
  편찬위원을 맡아 고전 및 필진의 선정에서 편집에 이르는 과정을 조율하였다.
- 이 시리즈는 서양과 동양 그리고 한국 등 3종으로 나누었고 문학과 사상 등 모두 16권으로
  구성하였다. 말 그대로 동서고금의 고전 250여 종을 망라하였다. 이 기획의 가장 흥미로운 특징은 각
  분야에서 돋보이는 역량과 필력을 자랑하는 250여 명의 당대 지식인과 작가들이 저자로 참여했다는
  점이다.

지식과 사유의 보물창고,
한국 현대문학 고전과의 대화

1

모름지기 고전은 끊임없이 새롭게 읽혀야 한다. 시대에 따라 새롭
게 읽히면서 새로운 시대를 예비할 수 있도록 상징적 자양분과 인
문적 지혜를 넉넉하게 갖춘 것이 고전이기 때문이다. 또 사람에 따
라 거듭 새롭게 읽히면서 사람살이의 다양성과 전면성에 대한 창조
적 성찰의 에너지를 제공하는 것 역시 고전의 몫이기에, 우리는 그
렇게 말할 수 있다. 이런 고전의 성격은 시간적으로 먼 옛날의 고전
이든 가까운 시기의 고전이든, 혹은 공간적으로 먼 외국의 고전이
든 가까운 우리 고전이든 할 것 없이 엇비슷하다. 새롭게 읽힐 여지
가 없는 텍스트라면 이미 고전이 아니다.

　고전에 값하는 한국의 현대문학 작품들에 대해서는 이미 젊은 독
자들도 많은 정보를 가지고 있으리라 믿는다. 학교의 수업 시간에
도 공부했을 것이고, 도서관에서도 읽었을 것이며, 또 다른 경로를
통해서 접했을 것이기 때문이다. 자, 그렇다면 여기서 한번 차분히

생각해 보자. 당신이 지금까지 읽은 한국의 현대적 고전은 어떤 작품들이었던가. 그리고 거기서 읽어 낸 것은 어떤 것들이었던가. 그것은 당신에게 체화된 실감으로 다가왔는가, 감동적이었나, 미래의 창조적 기획에 도움이 되었는가, 새로운 상상력의 지렛대 역할을 했는가, 세계와 인간 삶의 질을 개선하기 위한 심미적 이성의 기획에 동참할 수 있는 지혜를 발견할 수 있었는가…… 아니면 학습을 위해 억지로 읽었는가, 그것도 아니라면 읽기 귀찮아서 그냥 지나치고 말았는가…… 혹은 읽었더라도 읽지 못한 많은 것들이 궁금하지 않은가…….

그 어떤 당신이라도 좋다. 당신 자신과 세상에 대한 나름의 애정을 지니고 있다면, 잠시 우리의 대화에 참여해도 좋을 것이다. 우리의 대화란 다른 게 아니다. 당신도 잘 알고 있을 한국 현대문학의 고전적 작품 세계를 통해 우리가 나갈 새로운 세계, 그 멋진 신세계를 꿈꿔 보자는, 말하자면 꿈의 대화다. 꿈도 없이 우리 어찌 이 세상을 견딜 수 있을 것인가. 그렇게 생각하는 당신일수록 우리의 대화 상대로는 적임자다. 꿈이라고, 웃기지 마라, 그저 그렇게 사는 거다, 그렇게 서둘러 세상의 비밀을 다 안 것처럼 말하는 당신이더라도 우리의 대화 상대로 알맞다. 오히려 더 적임자인지도 모른다. 무슨 얘기냐고?

당신이 새롭게 읽게 될 한국의 고전적 현대문학 작품들에는, 진정한 성장의 이데아를 갈구하는 당신에게 매우 의미 있고 유익한 영혼의 양식이 많이 들어 있다. 갈 길 몰라 방황하는 어린 영혼들에게 창조적 지상의 양식과 지상의 척도를 제공해 줄 수 있다. 결코 순탄치 않았던 한국 근현대사의 격랑 속에서 오로지 진실하고 선하고 아름다운 세상과 삶을 추구하고자 상상력의 예지를 보여 왔던 여러 시인과 작가들의 작품을 통해서, 당신은, 그 어떤 당신이라도, 당신만의 새로운 길트기 작업을 시도할 수 있으리라 믿는다. 여러 작품들에서 보이는 삶과 죽음, 사랑과 이별, 평화와 전쟁, 부유와 가난, 희망과 좌절, 기쁨과 슬픔, 자유와 억압, 평등과 불평등 등 삶의 의미 있는 요소들에 대한 다양한 상상력과 지혜를 통해 당신은 가장 한국적이면서도 세계적인 교양인으로 거듭날 수 있을 터이다. 그 문화적이고도 실질적인 감각과 교양을 통해 당신은 어떤 분야에서 일하더라도 가장 수월성 있는 자기 존재를 입증할 수 있을 것으로 확신한다.

2

한국 현대문학의 표정을 한눈에 조감하는 과정에서 당신은 15명의 시인과 30명의 소설가들의 문학 세계를 먼저 둘러보게 될 것이다. 물론 그 목록은 더 많이 추가될 수도 있었다. 그러나 책의 분량상 처음부터 제한을 가하지 않을 수 없었기에, 심사숙고 끝에 현재의 우리에게 가장 의미 있는 질문을 던지는 45명의 작가와 시인들의 세계로 모양 지어졌다.

이를 시와 소설로 가르고, 소설을 상·하권으로 나누어 3권으로 엮었다. 한국 현대문학의 주제와 스타일을 몇몇 국면별로 칸막이하는 것은 온당치도 않을 뿐더러 쉽지도 않은 일이었으나, 젊은 독자, 바로 당신과 소통의 편의를 위해 각 권을 몇 개의 장으로 나누었다.

여기 소설편 하권에서는 가족적 상상력과 탈가족적 상상력이 길항하는 염상섭과 채만식의 소설을 비롯하여 가족적 상상력을 넘어서 사회적·민중적 상상력으로의 확산을 보여 준 이기영과 김정한의 소설을 한 자리에서 음미하며, 한국 근대사와 근대문학의 전개 과정상 특성을 조망하게 된다. 이어 황순원·최인훈·김원일·윤흥길의 소설들과 더불어 분단 모순의 질곡과 상흔을 재체험하고 분단 초극의 상상력에 동참할 수 있는 예지를 가늠해 본다. 한국 현대문학사의 전개 과정에서 사회적 상상력이 표상적 우위를 보인 것은 사실이나 그 대안에서 운명과 존재의 심연을 웅숭깊게 탐문한 서사적 도정 또한 중요한 문학적 풍경이었으니, 김동리·손창섭·박상륭의 소설들을 통해 그 성찰에 동참할 수 있기를 당신은 희망할 것이고, 나아가 김승옥·서정인·이청준·최인호 등의 소설들을 통해 자유에의 의지 혹은 자기 세계로 나아가는 상상력과 인식의 지평을 추체험할 수 있는 공간을 마련하게 될 것이다.

3

물론 이런 칸막이들은 어디까지나 편의적인 것에 불과함을 당신도 잘 알 터이다. 그 이유는 여럿이다. 거기에 속한 시인과 작가들의 문학 세계 자체가 그 비좁은 임의적 울타리를 훨씬 넘어서는 것이라는 점이 그 으뜸 되는 이유라면, 새로운 시대의 젊은 독자들, 바로 당신에 의해 더욱 다각적이고 확산적으로 읽힐 수 있는 상징적인 에너지들이 많다는 점이 그 버금가는 이유다. 무엇보다 우리 시대의 젊은 독자들에 의해 선배 독자들의 독법이 역동적으로 수정되고 보완되며 발전되는 과정은 떠올리기만 해도 신명 나는 일이다. 이 책의 기획자는 물론, 이 기획에 동참한 모든 선배 대표 독자들은 그런 신명을 즐기고자 한다. 다시 말하건대 이 기획은 단지 한국 현대문학의 풍경을 젊은 독자들에게 일방적으로 전달하고자 수립된 것이 아니다. 바로 당신, 젊은 독자들에 의해 부단히 전복되기를 바라면서 기획된 것이다. 젊은 당신들의 창조적 전복에 의해 한국 현대문학의 지평이 새롭게 열리고, 한국과 한국인의 삶의 지평이 더욱 바람직한 방향으로 역동적으로 전개될 수 있기를 바란다. 미래는 오로지 당신들의 것이다.

끝으로 여러모로 성가신 기획에 흔쾌히 참여해 주신 우리 시대의 대표 독자 여러분께 심심한 감사의 인사를 올린다. 그리고 미래의 작가와 독자 여러분께도 미리 감사드린다. 이 기획의 대화에 적극적으로 동참하여 고전들을 주체적 능동적으로 읽고 창조적 에너지와 지혜를 넉넉히 충전하여, 자신의 미래와 세계를 활기차게 열어나갈 당신, 당신들에게, 영광 있으라.

2006년 11월
편찬위원을 대신하여 우찬제

차례

III. 운명과 존재

IV. 자유 혹은 자기 세계의 지평

I 가족과 탈가족

덕기는 안마루에서 내일 가지고 갈 새 금침을 아범을 시켜서 꾸리게 하고

축대 위에 섰으려니까, (중략) 아범이 꾸리는 이불로 시선을 돌리며 놀란 듯이,

"얘, 얘, 그게 뭐냐? 그게 무슨 이불이냐?" 하며 가서 만져 보다가,

"당치 않은! 삼동주 이불이 다 뭐냐? 주속(紬屬)이란 내 낫살이나 되어야

몸에 걸치는 거야. 가외(可畏) 저런 것을 공부하는 애가 외국으로 끌고 나가서

더럽혀 버릴 테란 말이냐? 사람이 지각머리가……."

하며 부엌 속에 쪽치고 섰는 손주며느리를 쏘아본다.

— 『삼대』 중에서

염상섭 (1897~1963)

본명은 염상섭(廉尙燮), 호는 제월(霽月), 횡보(橫步). 서울에서 태어났다. 보성전문학교와 일본 교토부립중학을 졸업하고 게이오 대학 사학과에 입학했으나 3·1운동에 가담한 혐의로 투옥되었다가 귀국했다. 『폐허』의 창간 동인으로 문학 활동을 시작했다. 《동아일보》 창간 때 정경부 기자로 시작하여 《조선일보》 기자, 《만선일보》 주필 및 편집국장, 《신민일보》 편집국장 등 생애 대부분을 신문기자로 일하였다. 『만세전』, 『견우화』, 『삼팔선』, 『해방의 아들』, 『일대의 유업』 등의 작품집과 『사랑과 죄』, 『이심』, 『삼대』, 『모란꽃 필 때』, 『취우』 등의 장편소설을 냈으며, 『염상섭 전집』이 있다.

01

깊 은 슬 픔 의 세 계
염상섭(廉想涉)의 『삼대』

정호웅 | 홍익대학교 국어교육과 교수

서울말의 보고

『삼대(三代)』는 서울말의 보고(寶庫)이다. 이 사실은 여러 가지 측면에서 평가할 수 있다. 먼저, 『삼대』는 우리 소설 가운데 서울말을 가장 풍부하게 살려 쓴 작품으로서 함경도 말을 가장 풍부하게 담고 있는 최서해의 소설들, 평안도 말의 보고인 김남천의『대하』, 충청도 말의 바다라 할 이문구의 소설들, 전북 언어의 숲이라도 해도 지나치지 않을 채만식의『탁류』, 전남 방언의 향연을 펼쳐 보인 조정래의『태백산맥』과 송기숙의 소설들, 경남 방언의 대수림(大樹林)을 일군 박경리의『토지』등과 함께 나란히 서 있다는 사실을 들 수 있다.

지역 방언의 풍부한 살려 쓰기가 지니는 의미는 어떤 지역의 방

《조선일보》(1931. 1. 1.)에 연재된 『삼대』의 첫 회 지면.

언을 소설 언어로 되살렸다는 사실에 그치지 않는다. 그것은 방언
을 사용하며 살아가는 주변부의 인간들, 그들의 삶과 의식을 존중
하는 정신의 실현이기도 하니 표준어의 획일성과 배타적 차별성에
근거한 가치의 중앙집권주의에 대한 반성의 의미를 지닌다. 뿐만
아니라 지역 방언의 살려 쓰기는 곧 인물들의 삶을 구체적으로 반
영하는 것이니 추상적 관념의 폭력적 개입을 억제할 수 있는 힘을
내재하고 있다.

　지역 방언 살려 쓰기에 내재된 이런 의미들과 『삼대』의 문학사적
의미 사이에는 깊은 관련이 있다. 서울에 거주하는 중간층의 구체
적인 생활 언어를 생생하게 살려 씀으로써 『삼대』는 선험적 의미항
에 폐쇄적으로 규정되는 전(前) 단계 문학의 일반 성격과는 분명히
구별되는 새로움을 확보할 수 있었으며, 하나의 또는 몇 개의 척도
로써 현실 세계와 그 속을 살아가는 사람들의 삶과 의식을 재단, 가
치 평가의 서열화를 도모함으로써 좁은 단일성의 세계에 갇혔던 지
난 시대 문학 일반과는 달리 복잡한 관계의 그물로 이루어지는 복

합성의 세계, 중층성의 세계를 구축할 수 있었던 것이다.

『삼대』에는 세 부류의 인물군이 등장한다. (ㄱ) 조의관, 조상훈, 조덕기의 3대를 중심으로 한 조씨 일가의 인물들, (ㄴ) 김병화, 피혁, 장훈, 필순 부(父), 홍경애 부(父) 등 실천적 진보주의자들, (ㄷ) 매당집을 비롯한 돈의 노예들 등. 이 가운데 소설의 중심에 놓인 것은 물론 조씨 일가의 인물들이다. 실천적 진보주의자들은 김병화와 친구 사이이며 좌익 동정자(심퍼사이저, 공산주의 운동에는 참가하지 않는 동조자를 말함)인 조덕기를 통해, 돈의 노예들은 타락하여 파락호가 된 조상훈과 그 자신 그들과 한패인 수원집을 통해 조씨 집안 사람들과 관계 맺게 된다.

실천적 진보주의자들은 『사랑과 죄』(1927), 『광분』(1930) 등의 장편에서 다루어지긴 했지만 단편적인 데 그쳤다. 『삼대』에서는 이들을, 역사적으로는 3·1운동을 비롯한 전 시대 민족주의 운동의 연장선상에서, 종적으로는 러시아를 비롯한 국외 운동 세력과 국내 운동 세력의 관계 속에서 그리고 있는데, 이로써 당대 조선의 진보적 운동의 현실이 동시대 그 어느 소설에서보다 폭넓게 반영되었다.

돈의 노예들이 만들어 내는 세계에 대해 염상섭은 대단히 큰 관심을 가진 작가였다. 『사랑과 죄』, 『남충서』(1927), 『이심』(1929), 『광분』 등, 『삼대』로 이어지는 일련의 작품들에서 염상섭은 그 세계를 깊이 탐구하였다. 돈을 최고의 가치로 생각하고 돈을 향한 욕망에 이끌려 움직이는 사람들의 삶과 의식의 안쪽에 대한 깊은 탐구는 식민지 자본주의 사회의 본질을 문제 삼는 의미를 지닌 것이다. 염상섭은 그런 인물들을 통해 당대 현실의 부정적 본질을 파헤침으로써 새로운 길을 모색하고자 하였다. "상훈이의 축이 수년래로 비밀히 술을 먹으러 다니는 고등 내외 술집이요 동시에 뚜쟁이들과 소위 은근짜가 번갈아 드는 집"으로 "서울 바닥에서도 유수한 젊은 계집의 도가(都家)"인 매당집이 이들 돈의 노예들이 구축하는 세계의 한가운데에 놓여 있다. 오직 돈만을 바라 무슨 일이든지 서슴지 않는 매당집의 인물들을 통해 염상섭은 당대 한국 사회의 안쪽을 파헤쳤던 것이다.

　소설 구성의 중심인 조씨 가(家) 인물들의 세계 속으로 이들 두 세계를 끌어들임으로써 염상섭은 『삼대』 이전의 염상섭 문학 전체를 하나로 통합하고자 하였으며, 당대 조선 현실의 전체성을 하나의 소설 속에 담아내고자 하였다는 평가가 이에 가능하다. 『삼대』는 이런 평가를 충분히 감당할 만큼 큰 소설이다.

　『삼대』 이전의 염상섭 소설을 한마디로 규정한다면 '젊음의 문학'이다. 걸작 「만세전」이 대표하는 그 젊음의 문학은 극단적인 부정 의식에 근거한 낭만적 초월의 문학이었다. 젊은 염상섭의 그런 부정 의식을 뒷받친 것은 대상에 대한 객관적 탐구의 정신이었다. 일본 자연주의 문학에서 배운 염상섭은 대상에 대한 객관적 탐구 정신을 무엇보다 강조하였는데 '환멸의 비애'란 그런 정신을 집약해 보이는 일종의 깃발이었다. 기존의 가치 척도와 그것에 의해 이루어진 가치 평정을 무조건 따르지 않고 자신의 눈으로 확인하겠다는 그 같은 탐구의 정신은 예컨대 누구의 눈에나 신성한 것으로 보이는 결혼조차도 새로 보게 만든다.

피차에 코빼기도 못 본, 어떤 개뼈다귀인지 말뼈다귀인지도 모르는
남녀가, 일생의 운명에 간음적 최후 결단을 선고하는 것이 무어 그
리 경사란 말인가. 인천 미두 이상으로 더러운 도박을 하면서도 즐
거우니 반가우니.

    ―「암야」 중에서

  젊은 염상섭의 그 같은 객관적 탐구의 정신은 그러나 한편으로는
주관주의적 편향에 의해 깊이 흔들리기도 했다.

  모든 것이 어린 아해가 만들어 놓은 완구에 불과하다. 거기에 무슨
권위가 있고 의미가 있느냐. <u>주관은 절대다. 자기의 주관만이 유일
의 표준이 아니냐. 자기의 주관이 용허하기만 하면 그만이다. 사회
가 무엇이라 하든지, 귀를 기울일 필요가 어디 있느냐.</u> 세간의 속중
잡배(俗衆雜輩)가 일의 대소를 막론하고 정의니 무엇이니 하며 혼자
잘난 체하는 것은 결국 자기의 죄과를 은폐하기 위하여, 소위 신이
니 공동 목적이니 사회니 국가니 하는 등 피난처에 숨어서, 기다란
대ㅅ개피에 매어 단 깃발을 담 밖에 내여 밀고 휘두르는 것 같은 것
이다. 이러한 의미로 그들은 누구보다도 먼저 위선자이다. (강조―인
용자)

    ―「제야」 중에서

  "주관은 절대다. 자기의 주관만이 유일의 표준이 아니냐. 자기의
주관이 용허하기만 하면 그만이다. 사회가 무엇이라 하든지, 귀를

기울일 필요가 어디 있느냐"라는 단호한 선언에 담긴 주관 절대주의는 '환멸의 비애'를 떠받드는 객관적 탐구의 정신과 정면으로 상치된다. 이 시기 염상섭의 정신은 객관적 탐구주의와 절대의 주관주의 두 극단으로 찢겨 흔들리고 있었던 것이다.

어디 염상섭뿐이었겠는가. 객관 지향과 주관 지향이란 서로 대립적인 두 극단으로의 분열은 1920년대 초·중반 우리 문학 일반의 핵심 특성 가운데 하나였다. 예컨대 이 시기에 떠올라 이후 우리 문학사 전개를 주도한 경향문학(傾向文學)의 혁명적 정치성 안쪽에 자리 잡은 것은 이 같은 객관 지향과 주관 지향의 두 극단으로의 분열이었다. 이 시기 경향문학은 객관 현실의 탐구와 반영이란 객관주의적 명제와 객관 현실의 변혁을 위한 의지적 지향이란 주관주의적 명제 사이에서 흔들리고 있었던 것이다.

염상섭 초기 문학의 이 같은 분열은 주관주의적 편향의 통어(通語)와 객관적 탐구 정신의 강화를 통해 지양되게 된다. 『사랑과 죄』, 『광분』, 『남충서』 등을 거쳐 『삼대』에 이르는 과정은 그 같은 지양의 힘든 행로였다고 할 것이다.

경향문학이 이 같은 분열을 지양하여 한 차원 높아지게 되는 것은 이기영의 장편 『고향』(1934)에 이르러서이다. 『삼대』는 1931년에 쓰였으니 염상섭은 이보다 조금 빨랐다. 1930년을 넘어서며 경향문학 진영에서는 이 같은 분열에 대한 자기비판이 활발하게 이루어졌는데 염상섭 문학이 논의의 거점 가운데 하나였음은 대단히 의미심장하다 할 것이다.

깊은 슬픔, 처절한 원한

우리 근현대 소설 가운데는 감옥 체험을 다룬 작품이 많다. 파행적인 역사 전개가 낳은 현상일 터이다. 물론 저마다 그 성격이 다르지만 크게 보아 두 개의 유형으로 나눌 수 있다. 그 하나는 김동인의 「태형」과 손창섭의 「인간동물원초」가 대표하는 유형으로 인간 모멸주의에 근거한 허무의 사상을 펼쳐 보이고 있는 것이다. 그 반대편에 염상섭의 『삼대』와 오상원의 「유예」(1955)가 놓여 있는데 또 하나의 유형을 대표한다. 자신의 실존을 끝끝내 포기하지 않는 이념인의 자기 확인의 세계가 그것이다.

> 나는 다만 조그만 시험관 하나를 죽음으로 지킬 따름이다. (중략) 그것 하나만으로도 내 죽음은 값이 있는 것이다. 그러나 그 시험관의 결과를 못 보는 것만은 천추의 유한이다. 하지만 그 역시 내 눈으로 보자던 것도 아니었다. 어차피 성불성간에 그 시험관과 함께 이 몸도 없어질 것은 벌써벌써 각오하였던 것이 아닌가. (강조-인용자)

국외 공산주의 계열의 국내 조직원인 장훈의 독백이다. '국외의 붉은 자본'으로 활동 거점을 마련했다가 발각되어 취조받던 중 그는 자살하는데, 그 직전의 자기 확인이다. 핵심은 혁명 과정의 주체는 개개인이 아니라 혁명 그 자체라는 것, 그러므로 중요한 것은 그 과정에의 전력 투구이지 혁명의 성공을 직접 확인한다든가 혁명 성공 후 개인적 이익을 누린다든가 하는 것이 아니라는 것이다. 우리 소설에서는 처음 확인되는 혁명의 사상이다. 프로 진영으로부터 대

1920년대 남촌의 모습. 오늘날 명동과 충무로 일대인 남촌은 일본인 상가와 근대 건축물들이 들어섰다.

표적인 부르조아 문학인으로 지목당했고 그 자신 반(反)프로 진영을 대표하여 프로 진영과 맞섰던 염상섭의 문학에서, 프로 소설 어디서도 확인할 수 없는 깊은 혁명의 사상을 만난다는 것은 즐겁다.

　우리 현대문학 100년을 이끌어 온 지배적인 상상력 가운데 하나는 혁명의 상상력이다. 한국 사회의 근본 질서를 송두리째 뒤바꾸고자 하는 이 혁명의 상상력은 그런데 당혹스럽게도 혁명의 안쪽에 대한 탐구를 스스로 봉쇄하는 속성을 지니고 있다. 어떤 대상을 근본적으로 바꾸고자 한다는 것은 그것을 전적으로 부정하는 의식의 소산일 터이다. 어떤 대상에 대한 전적인 부정 의식은 다른 어떤 것이 전적으로 옳다는 절대의 긍정 의식과 짝을 이루고 나란히 서 있

남촌에서 쫓겨난 가난한 조선사람들이 거주하던 토막촌.
1930년대 토막집 거주자가 서울에만 5천 명이 넘었다.

다. 두 의식이 절대적 상호 배제와 대립의 관계임은 물론인데, 그
관계는 긍정의 대상 속에 부정적인 요소가 깃들어 있을 수도 있으
며 부정의 대상 속에 긍정적인 요소가 깃들어 있을 수도 있다는 생
각을 애당초 허용하지 않는다. 더 나아가 그 절대성의 인력은 어떤
대상이 긍정적이다 또는 부정적이다라는 단세포적 확신에 철저하
게 가두어, 긍정적이라면 왜 그런지 부정적이라면 또 왜 그런지 탐
구하는 것조차 가로막는다. 혁명의 상상력에 깊이 이끌린 현대문학
100년의 짧지 않는 역사에도 불구하고 혁명의 안쪽을 깊이 파고든
작품을 거의 만날 수 없는 것은 이와 무관하지 않다.

혁명가 장훈은 코카인을 먹고 스물일곱의 나이로 죽었다. 작가는

그의 주검을 다음처럼 처절하게 그림으로써 원통하게 죽은 영혼을
위무하고자 하였다.

> 얼굴이 아니라 시꺼먼 선지 덩어리다. 코, 잎, 뺨…… 할 것 없이 그
> 대로 넉절한 선지 핏덩이다. 사람의 얼굴이 아니라 마치 그믐 밤중
> 에 메줏덩이를 손 가는 대로 뭉쳐 놓은 것 같다. 입이 어디 가 붙었
> 는지 알 수 없다. 다만 눈만 반짝하고 뜬다.

그러나 어디 원통하게 죽은 영혼에 대한 위무일 뿐이겠는가. 그
것은 당대 현실의 깊은 본질에 대한 아픈 확인이며 동시에 그 속을
살아가는 당대인들의 원통함에 대한 확인이고 따뜻한 위무이기도
하다.
식민지 백성으로 살아야만 하는 원통함을 드러낸 부분은 이외에
도 많다. 그중에서도 다음 인용은 처절하다.

> (ㄱ) 5분도 못 지나서 문이 펄쩍 열린다. 휙 돌아다보던 덕기는 목덜
> 미에 칼이 들어오는 것같이 고개를 덜컥 떨어뜨리면서 뛰어 일어났
> 다.
> 그 꼴! 사람의 자식이 되어서는 차마 못 볼 노릇이다. 수갑을 질러서
> 포승으로 허리를 질끈 동이고 흙이 뒤발을 한 모자를 채플린식으로
> 씌웠다. 흐트러진 머리카락이 앞으로 옆으로 흐트러진 것도 채플린
> 식이다. 그러나 결코 연극이 아니다. 추악하고도 잔인한 현실이다.
> 자식의 이런 꼴을 부모가 보고 느끼는 것은 그것은 불쌍하고 애처로

운 애정이지만 자식이 부모의 이런 꼴을 보고 먼저 앞서는 것은 뼈
저린 애정보다도 장상의 위신이 모독되는 점에 대하여 일종의 허무
감과 동정이 일어나고 그 다음에는 창피한 생각이 나는 것이다. 그
창피는 자기 개인과 맞상대자까지를 포함한 일문일족의 씨족적 불
명예를 느끼는 데서 나오는 것이다.

(ㄴ)"이립지년(而立之年)밖에 안 되는……."
하고 부장은 그 능갈친 조선말로 연해 문자를 써가며 이 늙은 난봉
꾼을 준절히 훈계한다.
"나 같은 젊은 놈이 난봉을 피운다면 욕은 하면서도 그래도 마음잡
을 날이 있거니 하고 용서도 하겠지만, 이거야 늦게 배운 도적놈이
날 새는 줄 모른다고 어디 영감 생전에 마음잡을 날 있겠소? 여든을
먹어도 이 모양이면야 얼른 죽는 게 자손을 위하고 사회를 위하여
다행한 일이 아니겠소? 아니 원체 글을 거꾸로 배웠으니까 종심지
년(從心之年)[1]이 되면 게다가 망령도 겹쳐서 내 마음대로 하겠다고
한층 더 뛸 거 아니오? 조선이 오늘날 왜 이렇게 되었소? 모두 당신
같은 늙은이 때문이 아니오? 그 큰일났소! 난 이 덕기 군이 가엾소.
부모 때문에 얼굴을 쳐들고 세상에 나다닐 수가 없게 돼서야 이걸
어디 가서 호소를 한단 말요! 벙어리 냉가슴 앓기지……."

---

1) 일흔을 이르는 말. 『논어』의 '七十而從心所欲不踰矩'에서 유래함.

(ㄱ)은 한국 사회의 개혁을 향해 앞서 나아갔던 젊은 개화주의자의 뜨거운 열정, 푸른 뜻은 간데없고 한갓 희극 배우에 떨어져 버린 조상훈의 비참한 모습을 핍진하게 보여 준다. 작가는 '개화기 세대의 전형'으로 조상훈을 설정했다고 했는데 그렇다면 조상훈의 이런 모습은 무엇을 말하는 것인가. 염상섭은 '개화'라는 깃발을 휘두르며 내달렸던 개화주의자들이 급속하게 변화하는 시대의 추세를 놓치고 주변부로 밀려나고 말았던 것을 조상훈을 통해 드러내고자 했던 것으로 판단된다. 예컨대 우리 근대문학사의 앞머리에 우뚝한 이인직, 이광수, 최남선 등 개화의 선각자들이 단순했던 만큼 급속하게 개화주의적 열정을 상실하고 현실 순응적 보수주의자로 주저앉았음을 떠올릴 수 있겠다. 작가는 "만일 그가 요새 말로 자기 청산을 하고 어떤 시기에 거기에서 발을 뺐더라면 그가 사상적으로도 더 새로운 시대에 나오게 되었을 것이요, 실생활에 있어서도 자기의 성격대로 순조로운 길을 나가는 동시에 그러한 위선적 이중생활이나 이중성격 속에서 헤매이지는 않았을 것"이란 조덕기의 말을 빌려 조상훈의 그런 성격을 보다 분명히 드러내었다.
　우리는 다른 소설에서 다른 나라의 지배 아래 든 식민지 현실에 대한 원통함을 (ㄴ)에서처럼 처절하게 드러낸 부분을 만나기는 어렵다. 일본인 형사부장의 야유기 가득한 일장 설교를 아들 앞에서 들어야만 하는 신세라니, 그 원통함은 "조선이 오늘날 왜 이렇게 되었소? 모두 당신 같은 늙은이 때문이 아니오? 그 큰일났소! 난 이덕기 군이 가엾소. 부모 때문에 얼굴을 쳐들고 세상에 나다닐 수가 없게 돼서야 이걸 어디 가서 호소를 한단 말요! 벙어리 냉가슴 앓기지……"라는 야유에서 처절함의 극에 이른다.

　돈이 최고의 가치로 군림하는 세계, 돈을 향한 욕망에 갇힌 인간 군상이 엮어 내는 다양한 관계들을 차가운 시선으로 파헤친 작품이 『삼대』이다. 그러나 그 아래에는 이처럼, 식민지 현실을 깊이 앓는 원통한 마음이 소리 없이 울고 있다.

　그 원통한 마음은 그러나 식민지 현실에서만 생겨나는 것은 아니다. 바로 앞 세대 곧 아버지 세대를 믿고 따를 수 없게 된 현실도 그 원인의 하나다. 도덕적, 이념적으로 권위를 상실한 바로 앞 세대를 부정하고 가정과 사회를 떠맡아야 한다는 현실은 한편으로는 젊은 세대의 진취성을 한껏 드높이는 원인으로 작용한다. 1910년대를 이끌었던 이광수 등의 계몽주의 문학과 1920년대 중반 이후 우리 문학사를 주도한 프로 문학의 미래지향적 역동성은 그 좋은 예이다. 그러나 다른 한편 그것은 젊은 세대에게 감당하기 어려운 무거운 짐을 지우는 것이기도 하니, 젊은 세대는 그 앞에서 아득한 공포에 떨게 되고 그런 상황을 감당해야만 하는 자신의 현실에 대해 원통한 마음을 품을 수밖에 없게 되는 것이다. 『삼대』의 주인공 조덕기는 전자보다는 후자에 더 가까운 경우이다.

종묘공원의 전신상과 제월·횡보

종로 5가, 종묘 앞 공원에는 염상섭 전신상(全身像)이 공원 중심부를 가로지르는 길 옆에 앉아 있다. 똑바른 자세로 서거나 앉아 정면을 응시하는 보통의 경우와는 달리 자유로운 자세의 인물상이다. 한 손은 다리 위에 두고 한 손은 의자 등받이 위에 펼쳤으며 다리를

서울 종로 종묘공원 안에 세워진 염상섭 상.

꼬고 비스듬히 기대 앉아 깊은 상념에 빠져 있다. 근대 전환기 한국
사회를 지배하는 기성의 권위들과 대결하며 끊임없는 변화 과정 속
에서 역동적으로 살아 움직이는 진실을 추구하는 큰 문학을 쌓아
올린 문인의 인물상답다. 왼쪽 이마에 작은 밀감 크기의 혹이 솟아
있는 것을 보아 만년의 모습을 옮긴 것임을 알 수 있다.

　몇 년 전에 작고한 소설가 이문구 선생으로부터 이 전신상을 세
우게 된 과정에 대해 들은 적이 있다. 정부는 1996년을 '문학의
해'로 정하여 한국 문학 발전의 계기를 마련하고자 하였다. 그 사업
의 하나로 한국 문학을 대표할 수 있는 문인의 동상을 세우는 일이
추진되었다. 처음에는 지역마다 그 지역을 대표하는 문인의 동상을

세울 계획을 갖고 있었지만 여러 가지 사정으로 서울에 한 사람의 동상을 세우는 것으로 정해졌다. 동상의 주인공을 정해야 하는데 당연하게도 선정 원칙을 먼저 세워야 했다. 먼저 서울 출신으로 친일·친북의 전력이 없으며, 누구나 동의할 수 있는 큰 문학을 일군 문인이어야 한다는 원칙이 정해졌고 이 원칙에 따라 염상섭이 동상의 주인공으로 결정되었다고 한다.

염상섭의 호 제월(霽月)과 횡보(橫步)에 관한 해석도 여러가지다. 제월은 제월광풍(霽月光風)의 제월인데 갠 날씨에 부는 시원한 바람과 밝은 달처럼 시원스럽고 밝은 인품을 뜻한다. 유가(儒家)의 옛 선비들이 지향했던 이상적 인성을 가리키는 말이다. 횡보란 옆으로 걷는 걸음인데 이 호와 관련된 세 가지 설이 있다. 워낙 호주가였던 염상섭의 술 취한 걸음걸이에서 온 것이라는 설이 그 하나이다. 다른 하나는 염상섭이 대화 중에 곁길로 일쑤 빠지곤 했는데 여기서 나왔다는 설이다. 마지막은 기성의 권위에 대한 무조건의 추종을 거부하는 염상섭의 비판 정신을 담은 호라는 설이다. 어떤 것이 정설인지는 알 수 없지만, 염상섭과 그의 문학이 지닌 개성을 가장 잘 보여 주는 것은 마지막 설이다.

더 생각해볼 문제들

1. 조덕기의 아버지 조상훈은 미국 유학을 다녀온 선각 지식인으로 교육을 통해 한국 사회를 새롭게 변화시키고자 했던 높은 뜻과 뜨거운 열정을 지녔던 인물이다. 그가 그런 뜻과 열정을 잃고 한갓 파락호로 전락하게 된 원인은 무엇일까?

   염상섭은 조상훈을 "3·1운동 후 자타락(自墮落)한 세대의 전형"이라고 말했다. 조상훈과 같은 이른바 개화기 세대의 상당수가 타락해 갔던 것을 가리키는 말이다. 개화기 세대의 타락은 1920년내 초에 이르러 일본의 식민지 통치 체제가 완비됨으로써 그들의 뜻을 펼칠 수 있는 입지의 확보가 더 이상 가능하지 않게 되었기 때문이다.

2. 1894년의 갑오경장을 통해 전근대적인 신분제도가 공식 철폐되었음에도 불구하고, 조덕기의 할아버지 조 의원이 큰 돈을 들여 양반 족보에 이름을 올리고 양반 행세를 하게 되는 사회적, 심리적 원인은 무엇일까?

   1) 공식 철폐되었음에도 불구하고 그 같은 전근대적 신분 질서는 한국인들의 의식과 생활 속에 여전히 뿌리내리고 있었으니, 양반 족보에 이름을 올림으로써 현실적인 이익을 기대할 수 있었다.
   2) 조 의관은 전근대적 신분 질서의 최상층인 양반층에 속하지 않기 때문에 여러 가지 불이익을 감수해야 했는데 이 과정에서 정신적인 상처를 입었을 것이다. 양반 족보에 이름을 올려 가짜 양반이라도 되고자 하는 조 의관의 행위는 이런 정신적 상처를 스스로 치유하고자 하는 안쓰러운 심리의 산물이다.

3. 『삼대』와 그 속편인 『무화과』를 하나의 작품으로 본다면, 그 주제는 무엇이라 할 수 있을까?

   『무화과』에는 『삼대』의 중심인물들이 이름은 달라졌지만, 거의 그대로 나온다. 두 작품을 이어진 연작이라 볼 수 있는 가장 큰 근거는 이것이다. 이원영

(『삼대』의 조덕기)이 이끄는 집안의 여지없는 몰락 과정이 『무화과』의 중심 내용이라 할 수 있는데, 따라서 『삼대』, 『무화과』 연작은 안간힘에도 불구하고 몰락할 수밖에 없는 식민지 조선 중간층의 슬픈 운명을 그린 작품이라 할 수 있다. 이렇게 본다면 이 연작의 주제는 그 같은 운명에 대한 깊은 연민이라 할 수 있겠다.

추천할 만한 텍스트

『염상섭 연구』, 김윤식 지음, 서울대출판부, 1987.
『염상섭 장편소설 연구』, 김경수 지음, 일조각, 2000.
『염상섭 소설 연구』, 김종균 엮음, 국학자료원, 2001.

정호웅(鄭豪雄)

홍익대학교 국어교육과 교수.
서울대학교 국어국문학과를 졸업하고 동 대학원에서 박사 학위를 받았다. 저서로는 『우리 소설이 걸어온 길』, 『반영과 지향』, 『한국 현대소설사론』, 『임화─세계 개진의 열정』, 『한국 문학의 근본주의적 상상력』, 『한국 소설사』, 『우리 문학 100년』, 『김남천 평전』 등이 있다. 논문으로는 「염상섭 전기문학론」, 「염상섭의 '광분' 연구」, 「식민지 중산층의 몰락과 새로운 방향성─ '삼대', '무화과' 연락론」, 「근대소설의 기점 연구」, 「'만세전'을 다시 읽는다」, 「'삼대' 론─새로운 논의를 위하여」, 「한국 근대소설과 자기반성의 정신」 등이 있다.

간밤에 꿈을 잘못 꾸었던지, 오늘 아침에 마누라하고 다툼질을 하고 나왔던지,

아무튼 엔간히 일수 좋지 못한 인력거꾼입니다.

여느 평탄한 길로 끌고 오기도 무던히 힘이 들었는데 골목쟁이로 들어서서는

빗밋이 경사가 진 이십여 칸을 끌어올리기야,

엄살이 아니라 정말 혀가 나올 뻔했습니다.

이십팔 관, 하고도 육백 몸메……!

— 「태평천하」 중에서

채만식 (1902~1950)

전북 옥구에서 태어났다. 어릴 때 서당에서 한문을 익혔고 와세다 대학 영문과를 중퇴하고, 귀국 후 《동아일보》,
《조선일보》 기자를 지냈다. 1925년 『조선문단』에 「세 길로」를 발표하며 문단에 나왔다. 「레디메이드 인생」을 발
표하는 등 활발한 문예 활동을 펼치다 카프 2차 사건이 발생하자 잠시 작품 활동을 중단했다. 1936년 개성으로
옮겨가 본격적인 전업 작가 생활에 들어간 뒤 『탁류』, 「태평천하」 등을 써 내면서 당대 문단의 중진 작가로 인정받
았다. 일제 말기에 귀경과 낙향을 반복하는 우여곡절을 겪으면서도 집필 활동에 전념하여 주옥 같은 해방기의 명
편들을 남겼다.

02

식 민 지 조 선 의 비 극 ,
그 풍 자 적 형 상 화 의 전 형
채만식(蔡萬植)의 「태평천하」

우한용 | 서울대학교 국어교육과 교수

풍자 양식의 고전

풍자를 어렵게 생각할 필요는 없다. 한마디로 풍자는 세상을 바라
보는 방식이고 세계를 이해하는 방식이다.

사람의 정신적 성향에 따라 세상을 바라보는 방식은 달라진다.
그리고 세상에서 벌어지는 일들은 대개 몇 가지로 구분을 지을 수
있다. 갈등 없이 마음에 푸근하게 다가오는 세계의 미적 범주를 우
아(優雅)라 한다. 웃음을 자아내게 하는 세계를 해학(諧謔)이라 한
다. 인간의 한계를 실감하게 하는 숭고한 대상도 있고, 인간의 운명
을 환기하는 비장의 영역도 있다. 일상에서는 이런 영역들이 서로
넘나들고 섞인다.

그런데 세상을 바라보는 시각은 이런 범주와 관계가 있고, 다른

한편으로는 세계를 인식하는 주체의 인식 태도와 관계가 있다. 아울러 주체를 둘러싼 세계의 상황이 세계를 바라보는 시각을 규제하기도 한다. 하고 싶은 말을 직설적으로 하는 길이 막혔을 때, 사람들은 우회적인 방법을 찾게 된다. 풍자가 그러한 예의 하나이다. 겉으로 말하는 것과 속 내용이 차이가 있고, 대상을 바라보는 시각이 '웃으면서 꾸짖는' 쪽으로 정향된다.

우리는 한국 문학사에서 풍자의 전형으로 「태평천하」를 꼽기를 주저하지 않는다. 일제강점기 한복판에서, 정신의 식민지적 왜곡과 윤리의 파탄과 전망을 모색할 수 있는 길이 차단된 상황을 적시하고 이를 비판하는 방법은 풍자 말고는 달리 없다. 따라서 「태평천하」는 풍자 양식의 전형이라는 의미와 함께 역사에 대한 문학의 대응 방식을 보여 주는 탁월한 예가 된다. 작가 채만식은 자기 작품 「태평천하」에 대해 재판 서문에서 다음과 같이 말한 바 있다.

> 문학작품이라는 것은 보는 사람에 따라, 그 보는 초점이 다른 것이어서, 이 작가에 대하여서도, 가령 윤 직원 영감의 그런 점잖지 못한 행사만 가지고, 그것이 작품의 중심 테마인 것처럼 말을 하는 편이 없지 아니한 모양 같다. 그러나 그렇다고 작가로 앉아서 독자에게 작품을 강화(講話)한다는 것도 허락지 않는 노릇, 차라리 재조가 미급하여, 만(萬) 독자에 고루 작자의 옳은 뜻을 전하지 못한 것이라고 스스로 부끄러이 여기기나 할 따름이다.
>
> (1948. 10. 16. 서울)

작가가 이런 말을 서문에 달아 놓는 것은 독자들이 작품의 성격에 대해 하는 논의에 대해 우려하는 점이 있기 때문이다. 그 작품의 성격이라는 것은 되물을 것도 없이 풍자다. 이는 채만식 소설을 연구하는 많은 연구자들이 공통적으로 지적하는 사항이다. 풍자성은 소설의 구조 원리로 드러나야지, 진의(眞意)가 노골적으로 드러난다면 풍자 역할을 하기 어렵다. 작가가 염려를 하는 것은 독자의 독서 수준 혹은 방법이 자신의 작품을 오독(誤讀)하게 하는 점이다. 윤 직원의 여러 가지 사리에 맞지 않고 신분에 걸맞지 않는 행동과 언사 그 너머 혹은 좀 더 높은 차원에 주제가 숨어 있다는 이야기를 서문에서 하고 있는 것이다. 이는 풍자를 이해하는 것이 쉽지 않다는 점을 암시한다.

풍자의 가장 기본적인 어법은 "그래 너 잘났다" 하는 것이다. 주변 상황이나 어조 등을 고려하지 않은 상태에서, 즉 문장의 일차적 의미는 '잘났다'는 데에 있다. 그러나 "너만 잘난 줄 알고 있는 모양인데, 그렇지 않다, 너보다 잘난 사람이 세상에 득실거리고, 사실 너는 못난, 지지리 못난 놈인데 너는 그것을 알지 못하는 멍청이다", 그렇게 말하는 속뜻이 진의에 해당한다.

풍자를 말하는 사람, 풍자적 정신이 있는 사람은, 그와 더불어 한결 높은 안목과 비판적 의식을 지니고 있어야 한다. 풍자가 소설 구조의 원리로 드러난다면 풍자는 기법 차원을 훨씬 능가하는 창작 방법이 된다. 풍자는 세계를 바라보는 방식, 세계를 해석하는 방법이며, 세계에 대한 비판의 시각이라는 점에서 윤리성을 띠고 정치적 힘을 갖게 된다.

전북 군산시 내흥동에 위치한 채만식문학관.

「태평천하」는 우리 전통적 예술 양식의 하나인 판소리를 서술 원리로 수용하면서 전통적인 이야기 방식을 활용한 소설이라는 점이 풍자성을 더욱 두드러지게 한다. 작가가 우려한 것처럼 이 작품은 주인공의 윤리가 파탄에 이른 것을 보여 준다. 작중인물의 윤리적 파탄은 단지 희화된 인간의 저열하고 천속한 면모를 드러내는 것이라기보다는 그러한 인간이 한 사회에 살아 있다는 점의 역사적 맥락을 고려하게 한다. 즉 작품이 역사·사회적 응전력을 지니고 있다. 그러한 점에서 이 작품은 한국 풍자문학의 전통을 잇고 풍자의 힘을 현실 세계에 뻗어 넣는다는 점에서 문학의 힘을 증거하는 고전이라 할 수 있다.

채만식문학관에 전시되어 있는 각종 자료와 발간 도서들.

잘난 사람의 못난 행동

우리는 어떤 사람을 대할 때 그 사람의 지위, 신분, 연령, 성별 등에 따라 어떤 기대를 하게 된다. 그러한 기대는 사회 공동의 인식 기반 이기도 하다. 어른이라면 마땅히 이러해야 한다는 기준을 가지고 어른의 언행을 바라보게 된다. 따라서 타자에 대한 어떤 기대는 윤리적 속성을 지닌다. 공인된 기대에 어긋나는 언행은 불쾌감을 자아내고 인간에 대한 신뢰를 상실하게 하며 존재에 대한 존경을 잃게 한다. 나아가 인간에 대한 회의를 불러올 수도 있다. "인간이 저럴 수가 있는가?" 하는 의문과 비판이 풍자의 속성 가운데 하나이다. 「태평천하」는 잘난 사람의 못난 행동을 형상화하여 독자의 의식을 뒤집어 놓음으로써, 사태를 뒤집어 볼 수 있게 한다.

우리 문학사에서 풍신(風神)이 좋기로는 윤 직원을 앞설 인물이 없을 것이다. 이 작품의 전체 맥락이 풍자적으로 조정되어 있기 때문에 작가의 서술 톤으로 보아서는 인물의 풍신이 우아 수려하게만 보이지는 않는다. 이를 감안하고 읽을 때 다음과 같은 인물 묘사는 가히 압권이다.

초리가 길게 째져 올라간 봉의 눈, 준수하니 복이 들어 보이는 코, 부리가 추욱 처진 귀와 큼직한 입모, 다아 수부귀다남자(壽富貴多男子)의 상입니다.

나이……? 올해 일흔두 살입니다. 그러나 시쁘 여기진 마시오. 심장 비대증으로 천식(喘息)기가 좀 있어 망정이지, 정정한 품이 서른 살 먹은 장정 여대친답니다. 무얼 가지고 겨루든지 말이지요.

그 차림새가 또한 혼란스럽습니다. 옷은 안팎으로 윤이 지르르 흐르는 모시 진솔 것이요, 머리에는 탕건에 받쳐 죽영(竹纓) 달린 통영갓(統營笠)이 날아갈 듯 올라앉았습니다.

발에는 크막하니 솜을 한 근씩은 두었음직한 흰 버선에, 운두 새까만 마른신을 조그맣게 신고, 바른손에는 은으로 개대가리를 만들어 붙인 화류 개화장이요, 왼손에는 서른네 살배기 묵직한 합죽선입니다.

이 풍신이야말로 아까울사, 옛날 세상이었더면 일도(一道) 방백(方伯)일시 분명합니다. 그런 것을 간혹 입이 비뚤어진 친구는 광대로 인식 착오를 일으키고, 동경, 대판의 사탕장수들은 캐러멜 대장감으로 침을 삼키니 통탄할 일입니다.

생김생김이 "수부귀다남자(壽富貴多男子)의 상"이고 "옛날 세상이었더면 일도(一道) 방백(方伯)일시 분명"한 칠십이 넘은 노인에 대해 우리는 거기 걸맞는 언행을 기대한다. 그리고 그 기대에 충족되는 언행이라야 실감을 줄 수 있다는 것이 리얼리즘의 소설 방법론이다. 그런데 이 작품에서 작중인물 윤 직원 영감의 언행은 이렇게 되어 있다.

"인력거 쌕이(싹이) 몇 푼이당가?"

"그저 처분해 줍사요!"

"으응! 그리여잉? 그럼, 그냥 가소!"

"그럼, 내일 오랍쇼니까?"

"내일? 내일 무엇 하러 올랑가?"

"저어, 삯 말씀이올습니다. 헤……."

"아니 여보소 이 사람. 자네가 아까 날더러, 처분대루 허라구 허잖있넝가?"

"네에!"

"그렇지……? 그런디 거, 처분대루 허람 말은 맘대루 허람 말이 아닝가? 맘대루 허라구 허길래, 아 인력가 삯 안 주어도 갱기찮헌 종 알구서, 그냥 가라구 히였지!

거참! 나는 벨 신통헌 인력거꾼도 다아 있다구, 퍽 얌전허게 부았지! 늙은 사람이 욕본다구, 공으루 인력거 태다 주구 허넝 게 쟁히 기특허다구. 이 사람아, 사내대장부가 그렇기 그짓말을 식은 죽 먹듯 헌담 말인가? 일구이언은 이부지자(一口二言二父之子)라네. 암만히여두

41

1900년대 초 서울 거리를 지나가고 있는 두 명의 가마꾼.

자네 어매(어머니)가 행실이 좀 궂었능개비네!"
"점잖은 어른께서 괜히 쇤네 같은 걸 데리구 그러십니다⋯⋯! 어서
돈장이나 주어 보냅사요! 헤⋯⋯."
"머어? 돈장⋯⋯? 돈장이 무어당가? 대체⋯⋯."

사람의 외양과 그의 행동이 상합(相合)하지 못하고 어그러짐으로써, 그를 바라보는 사람은 그에 대한 평가를 다시 하게 된다. 대상에 대한 평가를 달리하게 되는 데에는 작가의 서술 방식이 크게 작용한다. 작가는 자신이 그리고 있는 인물을 이러이러한 방식으로 읽어 달라는 메시지를 문면의 행간에 조직해 넣는 셈이다. 독특한

상황의 설정, 인물 행동의 특성화, 대화의 조정 등을 통해 인물의 언행을 이중적 의미로 읽을 수 있도록 텍스트를 조직한다. 겉으로는 잘난 인물이 속으로는 못난 인물이라는 것을 통절하게 보여 주는 것이 풍자의 방법이다.

자린고비 영감의 세계 경영

윤 직원 영감은 일종의 졸부다. 오랜 역정을 통해 형성되었든 졸부든 부자인 것은 사실인데, 그런 인물이 인력거 삯이나 깎고, 어린 기생을 데리고 판소리 명창대회를 구경 가면서 하는 행동은 단작스럽기 짝이 없다. 그의 행동 제반을 두고 아무리 좋게 보려고 해도 그렇게 볼 수 없다. 이런 성격과 행동 사이의 모순과 불합리가 풍자를 가능하게 하는 바탕이다. 그런데 윤 직원 영감이 하려고 하는 일 가운데 가장 중요한 것, 따라서 자린고비가 돈을 아끼지 않고 혼신의 힘을 다하는 과업은 이런 것들이다.

한미한 집안의 위신을 다시 세우기 위해서는 벼슬자리를 하나 얻어야 한다는 것, 그래서 그는 돈을 내고 향교의 '직원(直員)'이라는 벼슬자리를 얻게 되었다. 말이 벼슬일 뿐이고 따라서 지위의 지표 역할을 할 뿐 아무 실효가 없는 직함을 하나 얻었다. 둘째, 양반 가문의 여자를 며느리로 얻어 들임으로써 양반 가문과 통교(通交)를 하고, 이를 기반으로 양반 반열에 들어서 사회적 위상을 높이려고 하는 것이 윤 직원 영감의 신분 상승을 위한 욕구이다. 이러한 욕구는 시대의 흐름에 맞지 않을 뿐만 아니라 개인적 자아의 실현에 아무 역할을 할 수 없다. 아들들이 축첩(蓄妾)을 하고 허영에 빠짐으로써 그런 정략결혼은 실효를 거두지 못한다. 셋째, 당대 사회의 권력 계층에 자손들을 진입시키는 것, 아들은 군수를 만들고 손자는 경찰서장을 만들어 명실상부한 계층 상승을 도모하는 것이 윤 직원 영감의 세계 경영인 셈이다.

이런 의욕과는 달리 그의 의식은 퇴영적이고, 근대의 사회적 진화를 알 수 없는 무지에 빠져 있다. 그의 계층의식(階層意識)이 욕망과는 다른 길을 가고 있는 것이다. 사람이 살아가는 데는 개인의 감수성이나 습관에 따라 움직이는 행동 원칙이 있고, 그가 속한 계층의 의식에 따라 움직이는 원칙도 있게 마련이다. 윤 직원 영감의 계층 의식은 다음과 같은 데서 잘 읽을 수 있다. 일제강점기에 들어와 세상이 좋아졌다는 이야기들을 하는데, 자기 안목으로는 그렇지 않다는 것이다.

'세상이 다 개명을 해서 좋기는 좋아도, 그놈 개명이 지나치니까는 되레 나쁘다. 무언고 하니, 그 소위 농지령이야 소작조정령이야 하는 천하에 긴찮은 법이 마련되어 가지고서, 소작인놈들이 건방지게 굴게 하기, 그래 흉년이 들든지 하면 도조를 감해 내라 어째라 하기, 도조를 올리지 못하게 하기, 소작을 떼어 옮기지 못하게 하기……' 이래서 모두가 성가시고 뇌꼴스러 볼 수가 없다는 것입니다.

'내 땅 가지고 내 맘대로 도조를 받고, 내 맘대로 소작을 옮기고 하는데, 어째서 도며 군이며 경찰이 간섭을 하느냐?' 이게 도무지 속을 알 수 없고, 해서 불평도 불평이려니와 윤 직원 영감한테는 커다란 수수께끼가 아닐 수 없던 것입니다.

윤 직원의 의식이 진전되어 가는 사회의 변화를 수용하지 못한다는 점을 볼 수 있다. 세상은 오직 자신의 재산을 지켜 주고 자기를 옹호할 때만 가치가 있는 것이지 그 외에는 아무 가치가 없다고 생각한다. 세상을 자기 맘대로 살 수 있어야 한다고 인식하는 것은 윤 직원이 윤리 의식을 지니지 않고 있다는 것으로 읽을 수 있다. 아울러 세상에 대해 불평을 하기는 하지만 그것이 이념으로 진척되어 나아가지 못한 상태이다. 윤 직원의 이기주의적인 발상은 사회·역사의 맥락을 떠나 개인의 심리적 충동의 물살 위에 부유하고 있다.

윤 직원 영감은 「흥부전」에 나오는 인물 흥부의 형 놀부와 닮아 있다. 그런데 놀부가 해학적(諧謔的)으로 그려지는 데 반해 윤 직원이 풍자적(諷刺的)으로 그려지는 이유도 윤 직원 영감의 의식이 근대사회를 살아가는 인물인데도 자기중심적이라는 데에 있다.

윤 직원의 이기적인 재산 지키기와 보신의 태도는 뒤에 가서 영생불사의 영화를 누리려다 실패하고 마는 진시황의 욕구에 대비된다. 그것은 만리장성(萬里長城)에 대한 비유인데, 윤 직원의 행동을 만리장성에 비유하고 있는 것은, 그의 반사회적(反社會的)인 자기방어적 자세를 드러내는 것이다. 윤 직원이 건강을 위해 민간 건강법(동변(童便) 장복(長服) 등)을 수행하는 모습은 개인의 영화에만 집착하는 자린고비의 한 단면이다. 작가가 풍자의 대상으로 삼고 있는 것은 결국 시대와 합류 혹은 교섭을 할 수 없는 이러한 이기주의이다.

대상에 대한 풍자가 설득력을 얻기 위해서는 서술자의 위치가 우월한 것이라야 한다는 게 풍자의 기본 전제이다. 이는 작가의 우월적 시각을 요구하는 것인데, 미학상 동일성의 미학, 공감의 미학이라기보다는 거리 두기, 낯설게 하기의 미학이다. 그러나 시대상에 대한 인식, 시대 체험 등의 공통 인식이 있어야 함은 물론이다. 공통의 이해가 바탕이 되지 않고는 비판이 불가능하기 때문에 풍자가 성립되지 않는다.

자린고비 윤 직원 영감이 생각하는 세계는 자기와 아무 연관이 없이 돌아가는 세계, 고립과 폐쇄를 특징으로 하는 세계이다. 그것은 윤 직원의 세계 인식이기도 한데, 누구나 그러한 세계 인식을 가지고 있는 게 아니다. 이러한 격차가 풍자를 가능하게 한다.

다람쥐 집안의 부잡스런 풍속

속언에 다람쥐는 마누라를 열둘을 데리고 산다고 한다. 첩을 자주 갈아들이는 사람을 일러서 "다람쥐 첩 얻듯 한다"고 비아냥거리기도 한다. 윤 직원 집안의 가품(家品) 가운데 하나가 축첩이다. 이는 당대 풍속의 한 단면이기도 하고, 가정을 꾸리는 윤리 기강이 허물어진 현실을 내보이는 소설적 문제 제기이기도 하다. 칠십이 넘은 나이에 첩을 들이고자 하는 것은 여러 이유가 있는데 가장 중요한 것이 친자(親子) 상속을 위해서이다. 아들들은 이미 믿을 바가 못 되고, 손자는 집안의 계층 상승을 위해 역할을 할 것으로 기대를 하기는 하지만 근원적으로 적자(嫡子)가 아니기 때문에 적자상속의 대상이 되지 못한다. 따라서 첩을 들여서라도 자신의 아들을 두어야 한다는 것이 윤 직원 영감의 소망이다. 그러나 윤 직원 영감의 축첩 의욕은 생래적인 윤리 감각의 마비와 연관된다.

속이 본시 의뭉하고, 또 전접스런 소리를 하느라고 그러지, 실상 알고 보면 혼자 지내는 게 작년 가을 이짝 일 년 지간이고, 그전까지야 첩이 끊일 새가 없었더랍니다.

시골서 살 때에 첩을 둘씩 얻어 치가를 시키고 동네 술에미가 은근한 게 있으면 붙박이로 상관을 않고 지내고, 또 촌에서 계집애가 북슬북슬한 놈이 눈에 뜨이면 다리 치인다는 핑계로 데려다가 두고서 재미를 보고, 두루 이러던 것은 고만 두고라도, 서울로 올라와서 지난 10년 동안 첩을 갈아 센 것만 해도 무려 10여 명은 될 것입니다.

전체적으로 주인공의 윤리적 불건전성을 드러내는 내용으로 되어 있다. 속물의 탐욕은 전염성이 매우 강하다. 그 전염성은 두 방향으로 작용한다. 하나는 주체의 내부를 향한 것이어서 자신의 탐욕을 계속 강화하고, 다른 하나는 삶의 연관성이 있는 다른 인물에게 전이(轉移)되는 것이다. 특히 연관성이 큰 인물의 경우 그 전염성이 더욱 크게 마련이다. 윤 직원 영감의 자식들이 부친의 축첩 행각을 모방하는 것은 심리적 모방의 전이 현상이라 할 수 있다. 이러한 심리적 모방과 탐욕의 전이를 통해 윤 직원 영감의 언어는 일상인의 언어, 집안의 어른으로서 품위를 갖춘 언어를 벗어나 신분의 천함을 드러내게 된다.

윤 직원 영감이 첩을 안 들여 준다고 자식들을 욕하는 장면은 이렇게 되어 있다.

"글씨, 그러니 말이네…… 그런 것두 다아 내가 인복이 읎어서 그럴 티지만, 거 창식이허며 종수허며 그놈덜이 천하에 불효 막심헌 놈덜이니! 마구 잡어 뽑을 놈덜이여. 웨 그렁고 허면, 아 글씨, 즈덜은 네-기, 첩년을 모두 둘씩 셋씩 은어서 데리구 살면서, 나넌 그냥 그저 모르쇠이네그려……! 아, 그놈덜이 작히나 사람 된 놈덜이머넌 허다못서 눈 찌그러진 예편네라두…… 흔헌 게 예편네 아닝가? 허니 눈 찌그러지구, 코 삐틀어진 예편네라두 하나 줏어다가 날 주었으먼, 자네 말대루 내가 몸 시중두 들게 허구, 심심파적두 허구 그럴 게 아닝가? 그런디 그놈덜이, 내가 뫼야 준 돈은 각구서 즈덜만 밤낮 그 지랄을 허지, 나넌 통히 모른 체를 허네그려! 그러니 즈놈덜이 잡어 뽑을 놈덜 아니구 무엇이람 말잉가?'

이 정도가 되면 주인공은 자신이 욕하는 인물과 똑같은 수준으로 인격이 파탄을 겪게 된다. 이를 양가성(兩價性)의 심리라 할 수 있을 것인데, 인력거꾼과 대화를 나누는 가운데 신분의 전도를 보여 주었던 것과 동일한 맥락으로 이해할 수 있다. 축첩의 목적은 표면적으로 "몸시중"이나 "심심파적"이라는 것인데 그 내면에는 자식들에 대한 혐오감이 도사리고 있다. 아울러 적자상속을 위한 계략도 숨어 있다. 윤 직원 영감은 이런 이야기를 아들들에게 직접 하는 것이 아니라 그를 찾아온 중개자를 통해 이야기를 한다. 주체의 윤리적인 파탄이 독백 형태를 취하고 있다고 할 수 있다. 작중인물의 의식과 화법의 형태 사이에는 밀접한 관계가 있게 마련인데, 윤리적 파탄이 대화성을 띠지 못하고 독백적 담론으로 실현되는 것은 인간관계의 고립, 나아가 자아 개념의 파탄을 상징적으로 보여 준다. 사회적 존재로서 독백적 언어 세계에 머물러 있다는 것은 그 자체가 모순적 상황이다.

거짓 교양의 사회심리학

참으로 희한한 일인데, 윤 직원의 집안에도 교양이라는 것이 존재한다. 우선 윤 직원 영감이 명창대회를 즐기고 있는 것은 분명 음악 감상이라는 높은 취향 혹은 교양이다. 라디오를 통해 시조창이며 판소리를 듣기도 한다. 이 또한 동시대인들의 예술을 즐기는 교양이 아닌가. 아울러 윤 직원 영감의 아들 윤 주사의 방 치장은 교양인의 면모를 여실히 과시한다. 방안에는 한서(漢書)가 수북이 쌓여 있고, 당대 유명 화가의 그림과 서예가의 족자 등으로 벽과 기둥이 치장되어 있어서 교양을 엿볼 수 있게 한다. 그런데 그러한 교양이 모방 심리를 바탕에 깔고 있는 허영심에서 출발한 것이라는 데 문제가 있다.

모방 심리는 허영심을 낳는다. 허영심은 대상에 대한 과도한 가치 상승에서 비롯된다. 그 이상화의 대상은 현실 자체가 아니라야 안전하다. 현실에서 과도하게 이상화한 대상은 현실 원칙의 지배를 용인하지 않을 수 없게 한다.「태평천하」에서는 독서와 음악 감상이 현실을 떠난 모방 심리의 양상으로 나타난다.

모방 심리의 표출 가운데 서울아씨의 독서는 모방 심리를 해명하는 단서를 제공한다. 그런데 이 모방 심리는 보바리 부인의 경우와는 달리, 보다 나은 세계를 지향하는 가운데 형성되는 허영이 아니라 과거를 지향하는 가운데 생겨나는 허영이다. 그 정체가 『추월색

(秋月色)』인데, 서울아씨가 그 소설을 읽는 모습은 다음과 같이 희화화된다.

> 공자님은 가죽 책가위가 세 번이나 해지도록 책 한 권을 가지고 오
> 래 읽었다더니만, 서울아씨는 『추월색』 한 권을 무려 천독(千讀)은
> 했습니다. 그러고서도 아직도 놓지를 않는 터이니까 앞으로 만독을
> 할 작정인지 십만독 백만독을 할 작정인지 아마도 무작정이기 쉽습
> 니다.
> 그뿐만 아니라, 서울아씨는 책 없이, 눈 따악 감고 누워서도 『추월
> 색』 한 권을 처음부터 끝까지 따르르 내리 외울 수가 있습니다.
> 그러니 그게 천하 명작의 시집(詩集)도 아니요, 성경책이나 논어 맹
> 자나 육법전서도 아닌걸, 글쎄 어쩌자고 그리 야속스럽게 파고들고,
> 잡고 늘고 할까마는, 실상인즉 서울아씨는 『추월색』이라는 이야기
> 책 그것 한 권을 죄다 외우는 만큼, 술술 읽기가 수나롭다는 것 이외
> 에는 달리 취할 점이 없습니다.

　이러한 심리적 모방은 다른 인물의 직접적인 행위의 모방이 아니
라 독서 행위의 모방이라는 점에서 의미가 이중화된다. 모방이 겹
겹으로 중개된 양상을 읽을 수 있는데, 한 책을 거듭 읽는다는 점에
서는 공자의 『주역』 독서가 희화되면서 모방되고, 한편으로는 윤
직원의 책읽기가 모방의 대상이 되어 있다는 것이 드러난다. 작중
인물의 독서 행위를 텍스트 안에 묘사하는 것은 독서 행위의 독서
라는 점에서 행위 차원에서는 이중으로 간접화된 양상이다. 이는

간접화된 삶의 양상을 드러내는 담론 차원의 한 방법이라는 의미를 지니는 것이기도 하다.

이는 역시 윤 직원의 모방 심리를 다시 모방한 것이라 할 수 있는데, 윤직원 역시 춘심이를 데려다가 「춘향전」을 읽히는 것이다.

이러한 심리적 모방은 앞에서 언급한 바처럼 독서 행위의 모방이라는 점에서 두 겹으로 이중화된 것이라 할 수 있다. 그리고 작중인물의 독서 행위를 작품 안에 묘사하는 것은 간접화된 삶의 양상을 드러내는 것이라는 의미를 지닌다.

그런데 여기서 주목되는 것은 『추월색』의 소설적인 특성과 그것을 읽는 방식 사이에 밀접한 관계가 있다는 점이다. 『추월색』은 사건의 다양한 반전이라든지 배경의 광범위함, 전통적인 윤리의 고수 등으로 하여 흥미를 유발하는 요소가 충분한 작품이다. 그런데 그 소설을 읽는 방식은 소설의 독서가 아니라 '노래'라는 점이다. 문학평론가 조동일의 설명대로 "만난을 무릅쓰고 어려서의 혼약을 이루는 남녀이합형의 소설"로 "여주인공은 열녀라고 칭송되면서 애정에의 의지를 이루는" 『추월색』을 사건에 대한 흥미나 주제에 대한 공감 때문에 읽는 것이 아니다. 그 소설의 "이야기 내용에 탐탁하는 게 아니다" 소위 "흥" 때문에 읽는다는 점이 주목되는데, "책을 걷어치우고 맨으로 누워서 외우는 게 좋지 않느냐고 하겠지만, 그건 또 재미가 없는 것이, 인력거꾼이 인력거를 안 끌고는 뛰기가 싱겁고, 광대가 동지섣달이라도 부채를 들지 않고는 노래가 헤먹고 하듯이, 서울아씨도 다 외우기야 할망정 그래도 그 손때 묻고 낯익은 『추월색』을 펴 들어야만 옳게 노래하는 흥이 납니다." 여기서 작가는 당시 널리 애독되던 신소설을 통한 인물 형상화 방법으로, '자동화된 삶'의 희학적 모습을 그리고 있다. 소설이 산문 예술로 읽히는 것이 아니라 그 리듬이 생리 차원에서 수용되고 있어 아이러니를 보여 준다.

이렇게 왜곡된 교양은 천속한 삶의 헛껍데기에 불과한 것이 된다. 따라서 이는 윤 직원 영감과 그의 아들의 교양이 오랜 시간 성숙된 것이 아니라 모방 심리에 의한 가짜 교양이라는 점을 떠올리게 한다.

하늘에다 쑥떡 먹이기

이 작품에는 여러 가지 국면에서 풍자가 드러나지만, 결국 윤 직원 영감의 성격에 집중되어 있다. 윤 직원 영감의 성격은 "호협한 구석이 있고 담보가 클 뿐 판무식꾼"이라고 설정되어 있다. 담보가 크다는 점에서 영웅적인 면모를 보이는 인물이다. 그러나 그 영웅적인 성격이 "판무식꾼"이라는 속성과 대조되면서 그 의미가 역전된다. 그러한 인물이지만 그의 재산은 "피로 낙관(落款)을 친 치산"이라 "녹록한 재물이라 할 수 없는" 돈이다. 그것은 윤 직원 영감의 삶의 근거에 맞먹는 것이다. 그러한 돈이 화적들에게 탈취를 당하고 부친까지 살해당하자 윤 직원 영감은 다음과 같이 울부짖는다.

이윽고 노적과 곡간에서 하늘을 찌를 듯 불길이 솟아오르고, 동네 사람들이 그제야 여남은 모여들어 부질없이 물을 끼얹고 하는 판에, 발가벗은 윤두꺼비가 비로소 돌아왔습니다. 화적은 물론 벌써 물러

갔고요.

윤두꺼비는 피에 물들어 참혹히 죽어 넘어진 부친의 시체를 안고 땅
을 치면서,

"이놈의 세상이 어느 날에 망하려느냐!"

고 통곡을 했습니다.

그리고 울음을 진정하고도, 불끈 일어서 이를 부드득 갈면서,

"오ー냐, 우리만 빼놓고 어서 망해라!"

고 부르짖었습니다. 이 또한 웅장한 절규이었습니다. 아울러, 위대
한 선언이었고요.

　화적들에 의한 재산의 수탈과 부친의 원한 맺힌 죽음 등으로 인
해 생겨나는 역사에 대한 혐오감이 절규의 형태로 드러나 있다. 이
는 구한말의 혼란과 무질서를 보여 주는 것이기도 한데, 윤 직원의
성격이 그러한 사회적 바탕에서 형성된 것이기 때문에 역사적인 의
미를 띤다. 여기서 말하는 화적들에 대한 혐오감과 두려움은 독립
운동가에 대한 두려움과 혐오감으로 전환되기도 하고, 뒤에 가서
양복 청년들과 동일시되는 것을 볼 수 있다. 이렇게 해서 일방적으
로 당하기만 하고 국가의 보호나 혜택을 입지 못했다는 데서 국가
와 역사에 대한 혐오감이 생겨난다. 이 혐오감은 이념을 문제 삼는
차원이 아니라 개인의 왜곡된 심리에서 나오는 원한의 감정이라는
점에 유의할 필요가 있다.

　윤 직원 영감의 "가문을 빛내기 위한 사업"의 하나는 집안에서
벼슬하는 인물을 내는 것이다. 그러나 자식들의 행동은 부친의 뜻

과는 다른 방향으로 진행된다. 군수감으로 지목된 손자 종수가 서
울로 올라와 여학생 오입을 하기 위해 여자를 구하는 장면에는 다
음과 같은 대화가 나온다.

> "그땐 말끔 은근짜들뿐이지만, 시방은 이 사람아, 오는 기집들이 모
> 두 상당허네……! 여학생을 주문하믄 꼭꼭 여학생을 대령시키구, 과
> 불 찾으면 과불 내놓고, 남의 첩, 옘집 여펴네, 버스 걸, 여배우, 백
> 화점 기집애, 머어 무어든지 처억척 잡아 오지!"
> "또 희떠운 소리를……! 아니 그래, 과부면 과부라는 걸 무얼루다가
> 증명허우? 민적등본을 짊어지고 오우? 여학생은 재학증명설 넣구
> 오구, 버스 걸은 가방을 차구 오우?"

윤리적인 파탄이 단지 개인의 도덕성 문제가 아니라 사회 풍속으
로 보편화되어 있다는 것을 암시한다. 여기서 두 인물이 주고받는
대화를 통하여 당시 어떤 부류의 매음녀들이 있었다는 점을 드러낸
다는 식의 지적은 별 의미가 없다. 둘의 어법이 문제이다. 표면상
둘의 대화는 물음과 대답으로 되어 있다. 그러나 두 사람은 동일한
스타일의 반복적 수사를 즐기고 있는 것이다. 불륜을 사회적으로
보장하고 그것이 일상적인 풍속으로 고착되었다는 점을 드러내는
것이다. 이러한 레벨이 전도된 담론은 윤리가 전도된 사회의 성격
을 드러내 준다는 점에서 풍자적으로 읽힐 수 있다.

"우리만 빼놓고 어서 망해라"고 절규하던 윤직원이 양복쟁이를
피하여 서울로 이사를 해서는 근대화의 묘리를 터득하고 삶을 구

가하는 가운데, 개인적으로 위대한 대망을 가지고 살아가는 중, 현실 인식은 허위의식이 되고 자아 정체성은 멀리 원경으로 물러나 있다.

윤 직원 영감의 꿈이 깨어지는 장면은, 그의 왜곡된 시대 의식과 함께 처절한 울부짖음으로 형상화된다.

아무도 숨도 크게 쉬지 못하고, 고개를 떨어뜨리고 섰기 아니면 앉았을 뿐, 윤 직원 영감이 잠깐 말을 그치자 방 안은 물을 친 듯이 조용합니다.

"…… 오죽이나 좋은 세상이여? 오죽이나……."

윤 직원 영감은 팔을 부르걷은 주먹으로 방바닥을 땅- 치면서 성난 황소가 영각을 하듯 고함을 지릅니다.

"화적패가 있너냐아? 부랑당 같은 수령(首領)들이 있더냐……? 재산이 있대야 도적놈의 것이요, 목숨은 파리 목숨 같던 말세(末世)넌 다 지내가고오…… 자 부아라, 거리거리 순사요, 골골마다 공명헌 정사(政事), 오죽이나 좋은 세상이여…… 남은 수십만 명 동병(動兵)을 히여서, 우리 조선놈 보호히여 주니, 오죽이나 고마운 세상이여? 으응……? 제 것 지니고 앉아서 편안허게 살 태평세상, 이걸 태평천하라구 허는 것이여, 태평천하……! 그런디 이런 태평천하에 태어난 부자놈의 자식이, 더군다나 왜 지가 떵떵거리구 편안허게 살 것이지, 어찌서 지가 세상 망쳐 놀 부랑당패에 참섭을 헌담 말이여, 으응?"

윤 직원 영감이 지극히 혐오하는 사회주의에 손자가 동참했다는 것은 가족의 붕괴와 파멸을 의미한다. 윤 직원 영감이 파악하는 사회주의의 시대적인 의미 때문만은 아니다. 사회주의에 대한 혐오감은 윤 직원 영감이 파행적이고 폭압적인 가족사의 험난함을 견딘 뒤끝이라 더욱 강화된다. 그동안 윤 직원 영감이 인색한으로 살아가며 자신의 재물을 지키기 위해 투구하던 행동의 동기(動機)가 무너진 셈이다. 윤 직원 영감이 키워 온 세상에 대한 원한이란 화적의 침입으로 부친이 죽고 노적이 불타는 가운데, "이놈의 세상, 언제나 망하려느냐?" "우리만 빼놓고 어서 망해라!" 하고 부르짖은 데서 드러난다.

이처럼 형성된 윤 직원 영감의 사회에 대한 원한 감정은 세상을 비판적으로 바라볼 수 있는 안목을 봉쇄한다. 세계를 좌우하는 세력의 도덕성이 파멸되었다는 것을 읽을 수 없게 된다. 자기 재산만 지켜 준다면, 윤리고 도덕이고 하는 것들은 아무 문제가 안 된다. 그리고 식민지 한복판에서, 식민지를 운영하는 일제가 태평천하를 구가할 수 있게 하는 은인으로 부각된다. 단 자신의 재산을 지켜 준다는 점을 전제하고서라야 그러하다. 자신의 이기심 말고는 남과 사회에 대한 아무런 배려도 할 줄 모르는 이러한 인간형을 빚어낸 것은 일제의 식민화 그 결과이다. 일상의 굶주림과 고통이 참아 내기 어려운 것은 사실이지만 더욱 근원적인 문제는 인간의 감수성과 윤리 의식을 파탄에 이르게 하는 것이다.

자린고비 노릇을 하면서 윤 직원 영감이 모은 재산은, 이를 안전하게 보호해 주는 식민지 세력의 음험한 마수에 의해 녹아난다. 자손들이 파락호(破落戶)가 되어 재산을 탕진하는 것은 물론, 무절제한 축첩과 환락에 빠져 집안은 파탄에 이른다. 그리고 마지막 희망이었던 손자의 사회주의에 동조하는 활동으로 말미암아 윤 직원 영감의 거대한 포부는 일시에 물거품이 된다. 손자 종학이 사회주의에 참여하였다는 소식을 듣고 "황소가 영각을 하듯" 질러대는 고함은 한 세계의 무너짐을 보여 주는 극적 긴장이 깃든 파멸의 울부짖음이다. 이러한 파멸이 겉으로는 단작스런 늙은이의 자린고비 행각과 애정의 구걸로 인해 풍자의 구조 속에 자리 잡게 된다.

　이러한 비극적 결말에 이르게 한 근원적인 힘이 일제에 있다는 것을 깨닫지 못하면서 '태평천하'를 외치는 윤직원의 절규는 풍자를 통해 형상화한 식민지 근대 비극의 한 전형이다.

더 생각해볼 문제들

1. 풍자와 유머와 아이러니 등의 관계에 대해 어떤 차이가 있는지 조사해 보고, 그러한 양식이 나타난 작품의 예를 찾아보자.

2. 「흥부전」의 '놀부'와 「태평천하」의 윤 직원 영감은 풍자 대상이 되는 인물의 전형이라 할 수 있다. 두 인물의 차이를 생각해 보고, 형상화 방식이 각각 어떻게 다른가 생각해 보자.

3. 풍자를 통해 시대 현실을 반영하거나 비판하는 경우, 그 풍자는 리얼리즘과 연관된다고 할 수 있다. 세계를 바라보는 문제라는 점에서 리얼리즘과 풍자의 관계를 연관지어 생각해 보자.

추천할 만한 텍스트

『태평천하』, 채만식 지음, 창작과비평사, 2006.

우한용(禹漢鎔)

서울대학교 국어교육과 교수.

서울대학교 국어교육과를 졸업하고 동 대학원에서 박사 학위를 받았다. 『월간문학』 신인상에 소설 「고사목 지대」로 등단하여 「꽃자리」, 「귀무덤」, 「평장혼」 등의 작품을 발표하였고, 장편소설 『생명의 노래』를 출간하였다. 지은 책으로 『채만식 소설 담론의 시학』, 『문학 교육과 문화론』, 『한국 현대소설 담론 연구』, 『한국 현대소설 구조 연구』, 『소설 교육론』 등이 있다.

마을 사람들은 오늘도 논으로 밭으로 헤어졌다. 오후의 태양은 오히려 불비를 퍼붓는
듯이 뜨거운데 이따금 바람이 솔솔 분대야 그것은 화염을 부채질하는 것뿐이었다.
숨이 콱콱 막힌다. 논꼬에 고인 물이 부글부글 끓어오른다. 텀벙 뛰어드는 개구리는
두 다리를 쭉 뻗고 뻐드러진다. 그놈은 비스감치 자빠지면서 입을 딱딱 벌렸다.
인순이는 빈집에서 인학이를 보고 있었다. 그는 아침나절 서늘할 무렵에는
감나무 밑에 깔아놓은 맷방석 위에서 색색 자고 있었다.

― 『고향』 '1. 농촌 점경' 중에서

이기영 (1895～1984)

호는 민촌(民村). 충남 아산에서 태어났다. 일본 세이소쿠 영어학교를 중퇴했다. 1924년 「오빠의 비밀 편지」를
『조선문단』에 발표, 등단했으며, 이후 가난한 소작농의 삶을 주로 다루는 대표적인 농민 소설 작가로 성장, 문학
사에 봉우리 하나를 세웠다. 이기영은 카프의 최연장자로서, 가장 대표적인 작가로서 이 새로운 문학을 앞서 이끌
었다. 「가난한 사람들」, 「민촌」, 「농부 정도룡」, 「아사」, 「홍수」, 「서화」, 『고향』 등이 그 결실이다.
이기영의 문학은 1935년의 카프 해체 이후 변모한다. 풍자적 수법을 실험한 장편 『인간수업』, 전향자의 내면을
다룬 「설」 등의 전향 소설, 유년을 그린 장편 『봄』 등에서 그 양상을 확인할 수 있다. 해방 후 '조선프롤레타리아예
술연맹'을 한설야와 함께 이끌다가 월북, 이후의 북한 문학과 문학 정책을 주도했으며, 「개벽」, 『땅』, 『두만강』 등
의 작품을 남겼다.

03

귀향과 실천의 여로
이기영(李箕永)의 『고향』

정호웅 | 홍익대학교 국어교육과 교수

두 겹의 계몽 구조

이기영이 태어난 것은 일본 낭인들의 폭거로 명성황후 민비가 죽는 대(大) 사건인 을미사변(1895년 8월 25일)이 일어나기 세 달 전(음력 5월 6일)이었다. 이기영은 덕수(德水) 이씨로 충무공 이순신의 12대손(13세손)이다. 대대로 무과를 거쳐 무관 벼슬을 살았던 집 안이니 무반(武班)의 양반에 해당한다.

　양반 집안 출신임에도 이기영은 민촌(民村)이란 호를 지어 가졌 다. 양반들이 모여 사는 마을을 반촌(班村), 상민(常民)들이 모여 사는 마을을 민촌이라 한다. 근대 이전의 한국 사회를 지배한 것 중 의 하나는 '양반－중인－평민(상민)－천민'의 네 위계로 이루어진 엄혹한 신분 질서였다. 이 전근대적 신분 질서는 1894년의 갑오갱

1930년대 조선 인구의 대다수는 자기 땅이 없는 가난한 소작 농민이었다.

장으로 공식 해체되지만 한국인들의 의식과 문화 속에는 그 후에도 오래도록 남아 한국 사회와 한국인들의 삶에 깊이 작용하였다. 그렇지만 그 같은 신분 질서는 이미 공식 해체되었고, 그 현실적 영향력도 크게 약화된 때였으므로 이기영의 호 '민촌'은 하나의 상징으로 이해하는 것이 타당하겠다. 그것은 정치, 사회, 경제, 문화 등 모든 부면에서 소외된 가난하고 힘없는 계층을 상징하며 또한 그 계층의 편에 서서 그 같은 소외의 현실을 타개하여 바람직한 세상을 이루고자 하는 이기영의 개혁 의지를 상징한다. 이기영은 문학으로서 '민촌'의 이 같은 상징 의미를 실현하고자 평생 고투하였다.

이기영은 소작농들의 비참한 생활을 사실적으로 그려 냄으로써 우리 소설사의 새로운 단계를 연 작가이다. 염상섭의 「표본실의 청

개구리」, 현진건의 「빈처」, 「술 권하는 사회」 등이 대표하는, 청년 지식인들의 고뇌를 주로 문제 삼았던 직전 단계의 소설과는 달리 하층민의 삶을 탐구, 구체적으로 형상화했던 것이다. 이 점에서 간도 조선인들의 죽음에 직결된 삶을 생생하게 그려 내어 이른바 '최서해적 경향'을 성립시킨 최서해의 문학과 동질적이다. 객관 현실을 구체적으로 반영하는 이 같은 경향은 박래(舶來)한 사상에 기대어 작가의 이념을 지식인의 독백이나 대화 또는 우화를 통해 제시하는 추상적 관념적 경향, 이른바 '박영희적 경향'과 대척적인 자리에 놓인다. 그러나 이들 두 경향은 다 같이 당대 현실의 변혁을 지향했다는 점에서는 동질적이니, 함께 소설사의 새 단계를 열었다. 이 같은 두 경향이 현실 변혁의 지향이란 동질성을 매개로 합치게 되는데 1925년의 카프 결성이 그것이다.

　이기영의 문학은 토지 소유관계를 중점적으로 문제 삼았다는 점, 계몽성의 요체가 시혜적 농민 계몽이 아니라 농민과 마찬가지 처지에 있는 계몽자와 농민들이 자신들의 현실을 타개해 나가는 실천의 과정이라는 것, 그리고 무엇보다도 농촌 현실과 농민들의 삶을 깊이 탐구하여 구체적으로 형상화하였다는 점 등에서 농민문학의 대표작으로 널리 알려진 이광수의 「흙」, 심훈의 「상록수」, 이무영의 「모범경작생」 등과는 전혀 다르다. 이 같은 이기영 문학을 대표하는 작품이 『고향』이다.

　『고향』은 《조선일보》에 연재(1933.11.15～1934.9.21)되었던 이기영의 장편소설이다. 이기영 소설의 주된 배경인 충남 천안의 한 농촌 마을을 무대로 당대 농촌 현실을 깊이 있게 묘파한 작품으로 염상섭의 『삼대』, 채만식의 『탁류』와 함께 20, 30년대 소설을 대표하는 명작이다.

　모두 38개의 소단락으로 구성된 『고향』의 주요 인물과 기본 구조는 맨 첫 단락인 '농촌점경(農村點景)'에 뚜렷이 제시되어 있다. 마름 안승학으로 대표된 수탈층의 유한한 생활과 권력에의 유착, 엄청난 노동에도 불구하고 혹심한 가난에 시달리며 마침내는 폭염 속 개구리처럼 희생당해야 할 운명에 놓여 있는 농민들의 참담한 생활이 마주 보고 선 가운데, 동경 유학생 출신 김희준이 등장한 것이다. 작품 전개와 함께 김희준은 계몽자로 부상, 폐쇄된 농민들의 의식을 깨우쳐 농민의 집단의식을 결집하는 매개적 역할을 한다. 그리하여 '계몽자─소작 농민'의 계몽 관계를 품은 농촌 지배 계층과 피지배 계층의 대립 구조가 성립하게 된다.

　이 작품의 기본 구조는 지주와 지주를 대리하여 소작을 관리하는 마름과 소작 농민들이 이루는 토지 소유관계이다. 농민들을 옥죄는 수탈 구조는 이 같은 토지 소유관계뿐만이 아니다. 식민지적 경제질서가 겹쳐 있으니 이중의 수탈 구조인 것이다. 이런 이중의 수탈 구조 가운데에 주인공 김희준이 뛰어들었다.

　주인공은, 무식한데다가 폐쇄적인 삶을 살아왔기에 세상 이치에 어두운 농민들을 계몽하여 그 같은 수탈 구조를 무너뜨려야 한다는 인식으로 독자를 이끌어 간다. 이 같은 계몽 구조는 다른 한편으로는 '작가─작품─독자'의 계몽 구조와 겹쳐지는데, 우리 소설사의 지배적인 형식의 하나는 바로 이 이중의 계몽 구조이다. 소설을 현실 타개의 수단으로 인식했던 우리 사회의 오래된 전통 하나를 여기서 확인할 수 있다. 『고향』의 김희준은 몰락한 중간층 출신으로 동경 유학을 거친 뒤 귀국, 한갓 소작농의 처지에서, 마찬가지 처지에 놓인 농민들과 함께 생활하며 그들을 계몽하는, 객관 현실 한복판에 서 있는 인물이다. 또한 그는 지나치게 완전한 이념적 인물로서 도식화되어 있는 다른 인물들과는 달리 도식화된 인물이 아니다. 그는 농민의 의식을 깨우치고자 노력하는 계몽적 인물이지만, 그들의 보수성과 숙명론적 인생관, 소(小) 소유자적 이기주의에 부딪혀 좌절하기도 하며, 자신의 불행한 조혼과 연애 문제로 격심한 내면 갈등을 겪기도 하고, 자신 속에 은밀히 도사린 인텔리 근성과 소시민적 패배주의를 극복하고자 끊임없는 자기비판을 자신을 향해 돌리며 고뇌하는, 살아 발전하는 인물이다.

(ㄱ) '이까짓 일을 하며 세월을 보내고 있담!' (중략)
'무엇 때문에 사는가? 놈들은 모두 조그만 사욕에 사로잡혀서. (중략) 나 자신부터가 같은 위인이 아닐까?'
(ㄴ) 사실 희준이는 그동안에 마음이 트여 왔다. 그러나 그들은 너무도 자기의 속마음을 이해하지 못하는 대로 그는 점점 그들을 저주하고 싶었다.
생활은 싸움이다. 그는 어디서나 이 생각을 잊어서는 안 될 줄 알았다. 적은 자신에게도 자기 집안에도 도처에 있음을 깨달았다.
그만큼 그의 앞길은 점점. 험준하여 때로는 아득한 생각을 갖게 한다.
'내가 이 짐을 끝까지 질 수 있을까?'

일제는 1911년부터 토지조사사업을 실시하여 수많은 농민들의 토지를 빼앗아 갔다.

(ㄱ)은 말만 앞세우며 언제나 유흥 기분에 들떠 술타령·계집타령
을 일삼는 청년 회원들에게 실망한 희준이 달빛 아래 들길을 '고
독'과 '공허'와 '허무'한 생각에 젖어 걸으며 토해 놓은 독백이며,
(ㄴ)은 귀향 후 일 년이 지난 뒤의 자신에 대한 재점검 내용이다.
3·1운동 이후의 향학열 고조로 탄생한 청년회란 주지하듯, 추상적
이상주의에서 구체적 현실주의로의 사회운동 노선 변화와 밀접한
관련이 있는, 당대 지식 청년들의 현실 개혁의 열정을 반영하는 단
체이다. 그러나 식민 지배 체제의 정비와 더불어 불처럼 타올랐던
그들의 순수한 열정이 식어 갔던 것이 일반적 추세였다. 10년도 채
못 되어 초심을 잃고 소시민적 안락에 젖어든 청년들의 실상을
(ㄱ)에서 드러내었다. (ㄴ)에는 소유자인 농민의 보수성과 숙명론

일본으로 실려가기 위해 군산항에 쌓여 있는 곡식들.

적 인생관이 선명히 포착되어 있다. 중요한 것은 이 같은 벽에 부딪혀 좌절하고 방황하며, 그리고 자신의 그 같은 유약함을 자기비판하는 주인공의 모습을 왜곡하지 않고 그려 내었다는 사실이다. 경향소설에서는 전혀 새로운 양상인데『고향』에 이르러 경향소설은 비로소 대상의 이념화·고정화에서 벗어났던 것이다.

　그런데 더욱 놀라운 것은『고향』의 농민들이 문제적 인물인 희준의 계몽 대상으로만 그치는 단지 무식한 존재가 아니라 때로는 그의 잘못된 허위의식을 깨우치는 역할을 하기도 한다는 사실이다. 예컨대 김선달은 유복한 집 자식들의 심심풀이에 불과한 청년회를 비판하는데, 희준은 이에 깨달아 자신의 자세를 가다듬으며, 내부의 허위의식, 곧 인텔리적 시혜 의식을 통렬히 비판하기에 이른다.

문제적 인물과 소작 농민 사이의 계몽 관계가 그 도식성에서 벗어나 구체성과 탄력성을 획득하게 된 것이다. 당대의 평자들은 김희준을 '지식 계급의 전형'이라 이구동성으로 평했는데, 거기에는 그가 이념화·고정화한 인물이 아니라 살아 발전하는 현실적 인물이라는 사실이 전제되었던 것이다.

작가의 이념을 그대로 전달하는 도식화된 메가폰 같은 존재가 아니라 살아 움직이는 현실적 존재인 김희준의, 객관 현실의 한복판을 통과하는 여행을 통해 현실의 심부가 광범위하게 드러나고 반영된다. 그는 계몽자이면서 동시에 객관 현실의 소설 내 반영의 매개자인 것인데, 이로써 그의 여로와 함께 객관 현실의 전체성이 과거·현재·미래를 잇는 '구체적 시간성' 위에 놓이게 된다. 그의 이념적 지향은 강렬한 것이지만 그의 여행을 통해 발견되고 드러나는, 그리하여 작품 속에 구체적으로 형상화되는 객관 현실에 내재한 지향성에 의해 뒷받침 받는 현실적인 성격의 것이기에 그러하다. 그 같은 이념 지향과 현실 사이의 변증법적 상호 관련이 긴밀하면 긴밀할수록 시간성의 긴장 정도가 증대될 것임은 자명한데, 『고향』은 그 같은 긴장의 가능한 최대치를 확보한 것으로 판단된다.

귀향의 형식, 실천적 투쟁주의

소설사적 관점에서 『고향』을 살필 때 또 하나 주목하여야 할 것은 '귀향 형식'이다. 공부와 외부 세계 체험을 통해 세상 이치에 눈뜬 인물의 귀향과 실천적 삶을 다룬 소설이 1920년대 중반에서 1930년대 초반까지 쏟아져 나왔다. 최서해의 「고국」(1924), 이기영의

「민촌」(1926), 「농부 정도룡」(1926), 「홍수」(1930), 「돌쇠」(1934), 조명희의 「낙동강」(1927), 한설야의 「과도기」(1929) 등이 그것인데, 소설사에서는 이 작품들을 '귀향 형식의 소설'이라 일컫는다. 이 같은 형식은 이 시기 크게 고양되었던 현실 변혁의 지향성과 실천적 투쟁주의가 만들어 낸 것인데, 상황의 악화와 사회 내적 동력이 약화되는 1935년 이후의 소설에서는 찾아보기 어렵게 된다. 귀향 형식의 작품들이 『고향』을 가운데 놓고 앞뒤로 엮어져 있으니, 이 점에서 주인공 김희준의 귀향 장면은 중요한 의미를 지닌다.

> 희준이 집은 물론 인성이 집 안팎 식구와 업동이네 김선달네 수동이네 막동이네—그 외에도 누구누구. 거의 온 동리 사람들이 옹기옹기 나와서 동구 앞을 내다보았다. 젊은 각시들은 울 밑과 삽짝문 옆에 붙어 서고 졸망구니[1]들은 달음박질을 해서 골목 길거리로 뛰어나왔다. 이 바람에 닭이 풍기고 개가 짖고 송아지도 뛰고 돼지가 꿀꿀거린 것이다. 그런데 웬일이냐? 그들은 희준의 행장이 너무나 초라한 데 그만 놀랐다. 그들의 생각에는 그도 좋은 양복에 금테 안경을 쓰고 금시계 줄을 늘이고 그리고 짐꾼에게는 부담을 잔뜩 지워가지고 호기 있게 들어올 줄 알았다. 그것은 그들뿐 아니라 희준의 모친과 그의 아내까지도. 한데 그는 시꺼먼 학생 양복에 테두리가 오글쪼글한 모자를 쓰고 행장이라고는 모서리가 해어진 손가방 한 개를 들었을 뿐이다. 그는 일본으로 건너간 지 오륙 년 만에 나오지 않는

---

1) 졸망졸망한 조무래기.

가. 서울 가서 중학을 마치고 다시 일본까지 건너가서 유학을 하고
나올 적에는 그는 무엇이든지 장한 일을 하고 온 줄 알았다.

가족과 동네 사람들의 기대를 보기 좋게 배반한 김희준의 귀향
은, "고토의 동포를 진리의 경종으로 깨우치고자"하는 웅지(雄志)
에 이끌린, 그를 키워 낸 고향의 황폐함 속으로의 투신이다. 앞에서
보았듯 그의 이 같은 투신은 파행적인 근대화 과정 속 급속한 궁핍
화의 내리막길을 굴러 내려가고 있는 농민들의 생활상, 이들을 막
다른 골목으로 내몬 두 겹의 수탈 구조 등이 구축하는 당대 농촌 현
실의 한복판을 관통하며 객관 현실이 규정하고 작가의 주관적 이념
이 이끄는 역사적 방향성을 매우 선명하고도 힘차게 제시한다. 이
로써 경향소설의 새로운 형식이 성립되었던 것이다.
    당대 조선에서의 근대화는 일제의 식민지 조선에 대한 효율적인
수탈을 위한 파행적인 측면을 뚜렷이 지닌 것이었으니 이를 꿰뚫어
보는 작가의 시선은 날카롭다.

정거장 좌우로 즐비한 일본 사람들의 드높은 상점을 철둑 너머로 건
너다보며 읍내로 뚫린 길을 터벅터벅 걸어갔다.

영양 부족과 허기에서 오는 현기증을 견디며 읍내 양조장에 술지
게미를 사러 가는 인동 모(母) 박성녀를 묘사한 부분이다. 가축 사
료인 술재강을 '훌륭한 푼거리 양식'으로 여기며 목숨을 부지해야
하는 극한적인 궁핍 상황과 '일본인들의 드높은 상점'이 '읍내로 뚫

린 '길'로써 연결되어 있다. 그러니까 읍내로 뚫린 신작로는 일본 자본주의의 국내 자본과 노동력에 대한 수탈의 통로라는 것이 작가의 인식이다. 5년 만에 귀국한 김희준을 놀라게 한 급격한 도시화·근대화의 본질 또한 이와 같음은 물론이다.

근대사회가 물신화된 제도적 장치의 힘으로 작동한다는 사실에 대한 인식을 우리 소설에서 처음 보인 것은 『고향』이다.

우편소가 새로 생긴 것을 보고 이웃 사람들은 그게 무엇인지 몰라서 겁을 잔뜩 집어먹고 있었다. 장승같이 늘어선 전봇대에는 노상 잉- 하는 소리가 들렸다. 그것은 전신줄을 감은 사기 안에다 귀신을 잡아넣어서 그런 소리가 무시로 난다는 것이다. 그리고 우편소 안에는 무슨 이상한 기계를 해 앉히고 거기서는 무시로 괴상한 소리가 들렸다. 그래서 이웃 사람들은 그것도 무슨 귀신을 잡아넣어서 그런 소리가 들리는 것이라고 하였다.

그럴 때에 안승학은 마술사처럼 이 귀신을 부리는 재주를 그들 앞에서 시험해 보였다.

그는 엽서 한 장을 사서 자기 집 통호수와 자기 이름을 쓰고 편지 사연을 써서 우편통 안으로 집어넣었다. 그리고 그들에게 장담하기를 이것이 오늘 해전 안에 우리 집으로 들어갈 터이니 가보자는 것이었다. 과연 그날 저녁때였다. 지옥사자 같은 누렁 옷을 입은 사람은 안승학의 집에 엽서 한 장을 던지고 갔다. 그것은 아까 써넣던 그 엽서였다.

"참 조홧속이다."

하고 그들은 일시에 소리를 질렀다.

경부 철도가 통과했고 이어서 근대적 행정·철도·우편·경찰 제도가 들어섰다. 바야흐로 한국 사회는 근대사회로 급속하게 탈바꿈하고 있는 것이다. 한국 사회의 근대화를 이끄는 이 같은 근대적 제도는 다른 한편 일본의 한국 침략, 수탈의 도구이기도 하였다. 근대적 제도의 이런 측면에 대한 통찰은 『고향』에서 찾을 수 없다. 엄혹한 검열 때문이었을 것이다. 이기영은 북한에서 쓴 장편 『두만강』에서 이를 보완하였다.

『두만강』은 이기영이 북한에서 쓴 3부작의 대하 장편으로 1954년에 1부, 1957년에 2부, 1961년에 3부가 발간, 완성되었다. 1부는 이기영 문학의 주된 배경인 충청도 천안 부근의 농촌을 무대로 19세기 말, 20세기 초부터 일제의 조선 강점에 이르는 시기의 의병운동과 애국 계몽운동을, 2부는 합방 이후부터 3·1운동 전후에 이르는 시기의 국내외 의병 운동과 부르조아 민족운동의 양상, 구(舊) 질서의 무너짐과 새 질서의 형성 과정을 그렸다. 2부에 들어 함경북도와 동북 만주로까지 공간을 확대하고 있음이 특징적이다. 3부는 1920년대 초에서 1930년대 초까지의 시기를 다루었는데 노동계급이 주도하는 국내 운동과 항일 무장투쟁의 양상 등, 국내외의 전투적 민족 해방운동을 그렸다.

『두만강』은 작가의 해방 전 소설, 특히 『고향』에 이어져 있는데 검열을 의식해 깊이 파고들지 못했거나 비유적 표현 아래 숨겨야 했던 일제의 침탈 양상, 일제에 대한 강한 적의와 투쟁 의지가 전면에 부각되어 있다.

농촌 현실과 농민들의 삶에 대한 『고향』의 묘사는 핍진하여 높은 수준의 '예술성'을 확보했다고 평가받는다.

화중밭[2]을 매는 인동이 모자는 점심을 먹으러 집으로 들어왔다. 그들은 비 맞은 사람처럼 땀을 호졸근히 흘렸다. 낙숫물처럼 떨어지는 땀방울을 박성녀는 호미 든 손으로 연신 씻었다. 치마폭에는 열무를 뜯어 담은 것을 다른 한 손으로 붙들었다. 그래 애 밴 여자처럼 그는 어기죽거리며 걸어온다.

"어머니!"

"엄마 젖!…… 젖 좀!"

인순이와 인학이는 반겨서 모친을 불렀다.

"왜들 나와 섰니? 집은 비우고."

인동이는 여치를 잡아 가지고 오던 것을 인학이에게 주었다.

"엄마 젖 먹고 여치하고 잘 놀아라! 응?"

그들은 보리 찬밥으로 점심 요기를 하고 또 밭으로 나갔다. 인순이는 모친이 시키는 대로 열무를 다듬어서 보리쌀과 함께 자배기와 소쿠리를 이고 뒷고갯길 밑에 있는 상나무 박힌 우물로 그것을 씻으러 갔다. 다홍 적삼 깜장 치마를 입은 누이 앞에 등거리[3]만 걸친 벌거숭이 인학이가 실에 처맨 여치를 들고 껑청껑청 뛰어간다.

_____

2) 극젱이로 밭고랑을 째고 조를 심은 밭.

3) 등만 덮을 만하게 걸쳐 입은 홑옷.

73

1920년대 중반의 천안 부근 원터 마을에 살았던 인동네의 삶의 본모습이 생생하게 드러나 있다. 작가 특유의 담담한 필치로 묘사되었지만 그 생생함은 그들의 땀냄새를 맡게 하고 그들의 배고픔을 같이 느끼게 만들 정도이다. 단순한 차원의 형상성이 아니라 예술성의 차원으로까지 고양된 형상성이다. 이처럼 예술성의 차원으로까지 고양된 형상성의 확보가 작가의 절실한 직접 체험에서 가능했던 것임은 물론이다. 스스로 농민 작가라 자부할 수 있었고 우리가 그를 참된 농민 작가라 할 수 있는 근거는 여기에서 나왔다. 이 경우 농민 작가란, 당시의 문단적 의미에서는 단지 소재주의적 명칭에 지나지 않았을 터이지만, 농민문학이 곧 민족 문학이었던 사실을 생각하면 그 의미는 실로 문학사 중심부와 관련된 것이다. 『고향』은 이렇듯, 예술성 차원으로까지 고양된 형상성을 풍부하게 확보함으로써 소설사에 빛난다. 이 작품이 앞 단계 경향소설을 극복하고 한 단계 더 높은 차원으로까지 나아갔다는 판단의 근거 하나는 이것이다.

『고향』을 연재 도중 이기영은 '전주 사건'에 연루되어 수감되었다. 이른바 카프 제2차 검거 사건이다. 김팔봉이 붓을 이어받아 연재를 계속했는데 작품 마지막의 노농 동맹 부분이 그것이다. 혁명의 주력군은 노동계급이고 농민 계급은 그 동맹군이라는 레닌의 교리를 반영하고 있는 이 부분은 작가의 직접 집필이 아니라는 점에서, 그리고 심각한 현실 왜곡이라는 점에서 군더더기이다.

더 생각해볼 문제들

1. 이 작품의 주인공인 김희준은 자신을 조혼의 피해자로 인식하고 있다. 김희준만이 아니다. 작자인 이기영을 비롯한 동시대 지식인들 상당수가 자신들을 조혼의 피해자라 생각했다. 이로 인해 많은 여성들이 버림받고 불행한 삶을 살아야 했다. 이 작품 속에는 그 같은 여성의 고통에 대한 관심을 찾기 어려운데 이는 무엇 때문일까?

   이기영은 문학으로써 한국 사회의 근대적 전환에 이바지하고자 했던 사람으로서 한국 사회 곳곳에 서려 있는 전근대적 요소에 대해 비판적이었다. 남존여비의 의식과 그것이 만들어 낸 남녀 불평등의 질서에 대해 비판적인 생각을 지녔음은 물론이다. 그러나 철저하지는 못했던 것으로 보이는데, 남성 중심적 사고방식에서 완전히 벗어나지는 못했던 것이다.

2. 『고향』의 주인공 김희준과 이광수 소설 『흙』의 주인공 허숭은 어떤 점에서 같고 어떤 점에서 다른가?

   가난한 농민들의 삶을 개선하고자 하는 의식의 소유자이며 그것의 헌신적 적극적 실천자라는 점에서 같다. 그러나 당대 농촌 현실을 어떻게 인식했느냐는 측면에서는 다르다. 김희준은 소수의 지주가 대부분의 땅을 독점하고 있음에 비해 실제 경작자인 농민들의 대부분은 자기 소유의 땅을 지니지 못한 토지 소유의 구조적 모순이 당대 농촌 현실의 가장 중요한 문제라고 인식했다. 이에 비해 허숭은 가난의 구조적 원인에 대해서는 전혀 관심 두지 않고 단지 농촌 현실을 '가난의 현실'로 인식했을 뿐이다.

3. 이 작품의 주요 인물 가운데 하나인 안승학은 한국 사회의 근대화에 대해 어떤 생각을 가진 인물인가?

   안승학은 전근대적 신분 질서의 중간층에 속했던 중인의 최하층에 해당하는 지방 아전 출신의 마름이다. 신분적, 경제적으로 지배 상층에서 소외된 그의 이 같은 처지는 그를 전근대적 질서를 해체하며 전개되는 한국 사회의 근대화를 적극적으로 옹호하게 이끌었다. 한국 사회의 근대화 과정에서 신분적, 경제적 상승을 이룰 가능성이 커졌기 때문이다.

추천할 만한 텍스트

『한국 리얼리즘 문학 연구』, 김윤식 외 엮음, 문학과지성사, 1990.

『한국 근대 리얼리즘 문학사 연구』, 서경석 지음, 태학사, 2000.

『민촌 이기영 평전』, 이성렬 지음, 2006.

정호웅(鄭豪雄)

홍익대학교 국어교육과 교수.

서울대학교 국어국문학과를 졸업하고 동 대학원에서 박사 학위를 받았다. 저서로는『우리 소설이 걸어 온 길』, 『반영과 지향』, 『한국 현대소설사론』, 『임화―세계 개진의 열정』, 『한국 문학의 근본주의적 상상 력』, 『한국 소설사』, 『우리 문학 100년』, 『김남천 평전』 등이 있다. 논문으로는 「염상섭 전기문학론」, 「염상섭의 '광분' 연구」, 「식민지 중산층의 몰락과 새로운 방향성―'삼대', '무화과' 연락론」, 「근대소 설의 기점 연구」, 「'만세전' 을 다시 읽는다」, 「'삼대' 론―새로운 논의를 위하여」, 「한국 근대소설과 자 기반성의 정신」 등이 있다.

이십 년이 넘도록 내처 붓을 꺾어 오던 내가 새삼 이런 글을 끼적거리게 된 건

별안간 무슨 기발한 생각이 떠올라서가 아니다.

오랫동안 교원 노릇을 해 오던 탓으로 우연히 알게 된 한 소년과,

그의 젊은 홀어머니, 할아버지, 그리고 그들이 살아오던 낙동강 하류의

어떤 외진 모래톱 — 이들에 관한 그 기막힌 사연들조차,

마치 지나가는 남의 땅 이야기나 아득한 옛날이야기처럼

세상에서 버려져 있는 데 대해서까지는 차마 묵묵할 도리가 없었기 때문이다.

— 「모래톱 이야기」 중에서

김정한 (1908~1996)

호는 요산(樂山). 경남 동래에서 태어났다. 동래고보를 졸업하고 일본 와세다 대학교 부속 제일고등학원을 중퇴했다. 이찬, 안막, 이원조 등과 『학지광』 편집에 관여하기도 했다. 유학시절 쓴 소설 「구제사업」은 검열로 전문 삭제되었고, 최초로 활자화된 작품은 1932년 『문학건설』에 발표된 「그물」로 마름과 지주에 대한 소작인의 저항을 다루었다. 1936년 《조선일보》 신춘문예에 단편 「사하촌(寺下村)」이 당선되어 본격적으로 창작 활동을 하게 되나, 일제 말에 이르자 더 이상 창작을 지속하기 어려운 상황에 처하게 된다. 해방 후 몇 편의 단편을 발표하였으나, 작가 자신은 1966년에 발표된 「모래톱 이야기」를 재기작으로 간주한 듯하다. 주요 작품집으로 『낙일홍(落日紅)』, 『인간단지(人間團地)』, 『김정한 소설 선집』(1974), 『김정한 단편선—사하촌』(2004) 등이 있고, 1977년 장편 역사소설 『삼별초』를 발표하였다.

04

삶 의 텃 밭 을 지 키 려 는
주 변 부 인 간 의 몸 부 림
김정한(金廷漢)의「모래톱 이야기」

황국명 | 인제대학교 국어국문학과 교수

낙동강을 품은 지리적 상상력

우리 소설사에 한강, 금강, 섬진강 등을 작품 무대로 삼은 경우도
적지 않지만, 낙동강이야말로 작가들의 상상력을 최대치로 자극한
공간이라고 할 수 있다. '낙동강의 파수꾼'이라고 일컬어지듯이, 김
정한은 작가 생애 내내 낙동강변 사람들의 고단한 삶과 그들의 진
솔한 목소리를 애정 어린 시선으로 담아내었다. 그 소설들 가운데,
1966년에 발표된「모래톱 이야기」는 김정한의 작가적 성가(聲價)
를 드높인 대표작이라 할 만하다.

　「모래톱 이야기」는 건우네 가족과 윤춘삼 노인이 낙동강 하류의
조마이섬에서 살면서 겪어 낸 삶의 이야기이다. 교사인 '나'는 나룻
배 통학생인 건우에게 관심을 갖고 있던 차에 그의 집으로 가정 방

80년대 초반의 을숙도 전경. 동양 최대의 철새 도래지였던 이곳은
1987년 낙동강 하구둑이 완공되면서 생태계 파괴가 가속화되었다.

문을 나가게 된다. 건우의 할아버지 갈밭새 노인과 "송아지 빨갱
이" 윤춘삼 노인을 만나고, 이들로부터 건우가 써 낸 '섬 얘기'와 크
게 다르지 않는 사연을 듣는다. 그것은 조상대대로 살아오던 사람
들과 무관하게 "소유자가 도깨비처럼 뒤바뀌고" 있다는 섬의 내력
이다. 그해 여름 홍수로 낙동강 물이 불어나자 '나'는 건우네 가족
을 찾아 나서고 윤춘삼 노인으로부터 갈밭새 노인이 살인죄로 구속
되었다는 말을 듣는다. 날림으로 만든 둑을 허물어 섬사람을 구하
려던 갈밭새 노인이 유력자의 하수인을 강에 집어던지는 사고가 일
어난 것이다.

　한마디로, 「모래톱 이야기」는 삶의 텃밭을 지키려는 순박한 인간

봇짐을 이고 섬으로 들어오고 있는 을숙도 주민.
저습지대인 을숙도는 수몰될 위험이 커서 섬 크기에 비해 주민이 적었다.

들의 전(全) 생명적인 몸부림을 기록한 것이다. 작품의 주무대인
조마이섬은 "낙동강 하류의 어떤 외진 모래톱"이다. ─ 건우가 하단
나루와 명지나루를 오가며 나룻배로 통학한 것으로 미루어 조마이
섬은 현재의 을숙도로 여겨진다. 지금은 나루터의 흔적조차 사라졌
다. ─ 그곳의 기막힌 사연을 "마치 지나가는 남의 땅 이야기"처럼
내버려 둘 수 없었다고 할 때, 작가는 인간에 미치는 지역 공간의
영향, 주체의 장소와 타자의 장소 사이에 존재하는 관계를 예리하
게 인식한 것이다. 장소와 인간 사이의 복잡한 관계에 대한 인식을
공간 의식 혹은 지리적 상상력이라 할 수 있다면, 「모래톱 이야기」
는 이 같은 지리적 상상력의 산물이라 할 것이다.

작가 자신의 성장기를 회고한 수필 「낙동강의 파수꾼」에서 김정한은 홍수로 재산을 잃고 수많은 사람이 '물귀신'이 되는 광경을 목격한 바 있다고 적었다. "유일한 생활의 보금자리"였기에 홍수가 끝난 뒤 하구의 모래톱으로 되돌아갈 수밖에 없었던 낙동강변 주민들의 처지에 대해 그는 "'센치'가 아닌 공포와 어떤 울분"을 느꼈다고 술회하였다. 이로 볼 때, 김정한의 지리적 상상력은 태어난 곳의 구체적인 생활의 현장에 근거한다고 하겠다. 그가 낙동강변의 농촌과 농민의 삶을 소설의 중심 영역으로 삼은 것도 이런 맥락에서 이해될 수 있을 것이다.

우리 주체를 형성하는 집단적 기억

'조마이섬'은 "생김새가 길쭉한 주머니"처럼 생겼다고 해서 붙여진 이름이다. 그런데 지형상의 특징만으로 장소의 실재성이 확보되는 것은 아니다. 장소의 실재성은 그 장소가 먼 과거부터 누군가 살아온 터라는 데 있다. 삶과 경험의 직접적인 기초가 되는 장소라는 점에서, 조마이섬은 단순한 자연물이 아니라 역사가 스며든 풍경이라고 할 수 있다. 역사적 풍경으로서의 장소는 집단적 기억의 장소이다. 이런 장소를 흔히 고향이라 한다. 지연과 혈연이 동심원을 이루는 고향 관념은 물리적 환경보다 다른 사람과의 상호 작용에 의해 형성된다. 그렇기 때문에, 고향은 강렬한 기억이나 정서와 연결되는 것이다.

집단적으로 기억되는 곳이기 때문에, 조마이섬에서의 삶은 집단 내부 인물들의 공동체적 경험으로 상승한다. 「모래톱 이야기」에서 주목할 만한 점은 장소의 역사와 기억이 이야기의 형태를 빌려 구성원에게 지속적으로 전승된다는 사실이다. 건우의 노트에 기록된 '섬 얘기'가 이를 입증한다.

'섬 얘기'란 제목의 그의 글은 결코 미문은 아니었다. 그러나 내용은 끔찍한 것이라 생각했다. 자기가 사는 고장 — 복숭아꽃도, 살구꽃도, 아기진달래도 피지 않는 조마이섬은, 몇 백 년, 아니 몇 천 년 갖은 풍상과 홍수를 겪어 오는 동안에 모래가 밀려서 된 나라 땅인데, 일제 때는 억울하게도 일본 사람의 소유가 되어 있다가 해방 후부터는 어떤 국회의원의 명의로 둔갑이 되었든가 하면, 그 뒤는 또 그 조마이섬 앞강의 매립 허가를 얻은 어떤 다른 유력자의 앞으로 넘어가 있다든가 하는 — 말하자면 선조'때부터 거기에 발을 붙이고 살아오던 사람들과는 무관하게 소유자가 도깨비처럼 뒤바뀌고 있다는, 섬의 내력을 적은 글이었다.

권력자와 유력자의 소유물로 뒤바뀌어 온 섬의 내력으로 볼 때, 조마이섬은 폭력과 억압, 죽음과 투쟁의 흔적을 기억하는 장소라 할 것이다. 선대의 경험에서 비롯된 섬의 내력은 할아버지와 어머니가 겪고 기억한 것이며, 이것은 다시 건우에게 전승된다. 그렇기 때문에, 건우의 섬 이야기는 건우 할아버지와 윤춘삼 노인이 들려준 "조마이섬 이바구"와 다르지 않다. 그래서 이들은 살고 있는 장소의 내력을 말하면서 "무엇인가를 저주"하는 감정을 공유한다. 따라서 건우 또한 그의 가족이 직면하고 있는 야만적인 상황에서 예외일 수 없다. "자기가 사는 고장", 곧 고향은 행복한 동요의 세계가 아니라고 한 이유가 여기에 있다.[1]

주민들이 들려 준 섬의 내력은 그들이 능동적으로 일으킨 사태라 기보다 그들에게 느닷없이 들이닥친 사태인 듯하다. 그러나 말해진 내력은 일어난 일의 단순 반복이 아니라 현재가 현재에 이르는 과 정에 대한 이야기이다. 그래서 섬 주민들에게 기억·전승되어 온 이 야기는 단순히 과거에 대한 정보를 제공하는 것일 수 없다. 그것은 과거의 경험을 해석하고 이를 통해 구성원이 공유하고 있는 현실의 본질에 관한 의미를 전달하는 것이다.

과거 경험과 현실의 본질이 지닌 의미를 제공한다는 점에서, 집 단적 기억은 구성원의 의식을 자극하는 탁월한 기반이 될 수 있다. 한편으로 그 의식 활동은 구성원이 장소와 통일적인 관계를 이루고 자신의 역사적 뿌리를 발견하게 만든다. 역사적 뿌리의 발견은 나 는 누구이며 어떤 장소에 속하는가에 대한 응답이다. 달리 말해, 그 발견은 개인을 역사적 시간 속으로 끌어들이고 현실을 인식하게 만 든다. 다른 한편, 구성원의 의식 활동은 '우리'라는 공동 주체에 대 한 인식에 이르게 된다. 「모래톱 이야기」의 작중인물들이 '우리 조 마이섬'이라 하듯이, 집단적 기억은 공동의 상황을 인식하고 공동 으로 행동할 것을 요구한다고 할 수 있다.

---

1) 물론 고향의 특질에 열광하여 문화적 성취를 과장할 때, 지역의 전통을 고안하거나 문화유 산을 상업화할 위험도 있다. 이는 장소의 허구적 특질을 강화하는 것과 다르지 않다. 이때 배 타적 적대적인 장소 경쟁은 다른 장소에 대한 지리적 낙인, 적대감에 이를 수 있다.

기획·소유되는 공간의 불평등

역사적 배경 속에서 축적된 억눌린 경험과 기억처럼, 조마이섬은 지배적 사회관계 혹은 사회적 통제의 강력한 영향 속에 놓인다. 「모래톱 이야기」에서 사회적 통제는 여러 측면에서 확인될 수 있는데, 먼저 인간을 억압하는 분단 체제의 냉전적 사고를 들 수 있다. 윤춘삼 노인은 이런 사고의 희생자라 할 수 있다. 그는 6·25전쟁 때 청년단원이 배내[2] 송아지를 잡아먹자 배내 먹이던 사람에게 송아지 물어내라고 화풀이하였고, 이것이 꼬투리가 되어 감옥에 갇혔던 것이다. 그래서 별명이 '송아지 빨갱이'인데, 이런 삽화는 반민주적인 반공 이데올로기가 민중의 요구와 이익을 어떻게 억압하고 배반하는가를 보여 준다고 할 수 있다.

또 조마이섬에는 집단에 대한 공간적 낙인 혹은 공간화된 통제가 작동한다. '동포애'라는 명분으로 강요된 문둥이 이주 계획뿐 아니라, 차별적인 주거지역으로 버림받은 섬 주민의 삶이 그러하다.

> 현대 문명의 혜택이라곤 아직 받아 보지 못한 그들의 생활 속에도 현대 문명인이 행사하는 선거란 상식이 깃들게 되고, 어느 정당이나 정치의 영향도 알뜰히 받아 보지 못한 그네들에게도 투표하는 임무만은 지워져야 하고 조국의 사랑이라곤 받아 본 일이 없이 헐벗고 배우지 못한 그들의 아들들이 먼저 조국을 수호해야 할 책임을 지고 훈련을 받고, 총을 메고 군인이 되어 갔다는 것⋯⋯.

---

2) 남의 가축을 길러서 다 자라거나 새끼를 친 뒤에 주인과 나누어 가지는 일.

위의 문장을 노트에 인용한 다음에 건우가 "우리 아버지도 응당 이러한 군인 중의 한 사람"이었으리라고 할 때, 그는 자기 지역 내부로 유배된 섬 주민의 삶을 암시한 것이다.

이와 같은 공간 통제는 공간 불평등을 강요하게 된다. 「모래톱 이야기」에서 제 한 몸과 제 집안만 무사하면 '남의 불행'을 구경거리로 삼는 '도회지 사람'과 자신을 희생하며 다수를 구한 갈밭새 노인이 극적으로 대비되어 있는데, 이는 한국의 근대화 과정에서 발생한 도시와 농촌의 양극화와 불균등 발전을 암시한다고 할 수 있다.

공간적 통제나 불평등은 자본이 농업을 지배하게 되는 과정과 맞물려 있다. 이를 「모래톱 이야기」는 물려받은 장소와 기획된 장소 사이의 불일치로 드러낸다. 그 불일치는 물려받은 땅을 사용·전승하려는 농민적 가치와 기획된 장소를 소유·거래하려는 상인적 가치의 대립과 같다.

사용권은 자연 과정에 참여함으로써 획득된다. 섬 주민들이 "본대[3]대로" 강의 물길을 트려는 행위는 하이데거 식으로 말해 장소를 그것이 존재하는 방식 그대로 두는 것, 즉 장소를 무리하게 인간 의지에 복속시키는 것이 아니라 장소의 본질 자체를 관용하는 것이다. 그러나 "낙동강 물이 맨들어 준" "선조로부터 물려받은 땅"에서 대대로 살아가려는 섬 주민들의 희망에도 불구하고, 소유자가 뒤바뀌어 온 섬의 내력처럼 소유권이 사용권을 지배하게 된다.

---

3) '본디'. '본래'의 경상도 사투리.

소유권은 자연을 장악하려는 인공의 법칙이다. 자연을 탐욕스런 인간의 의지에 종속시키고자 하기 때문에, 유력자의 소유 욕망은 쉽사리 폭력으로 이행한다. 그 폭력의 배후에 "법과 유력자의 배짱"이 있다.

> "이꼴이 되고 보니 선조 때부터 둑을 맨들고 물과 싸워 가며 살아온 우리들은 대관절 우찌 되는기요?"
> 그의 꺽꺽한 목소리에는, 건우가 지각을 하고 꾸중을 듣던 날 "나릿배 통학생임더"하던 때의 그 무엇인가를 저주하듯 한 감정이 꿈틀거리고 있는 것 같았다. 얼마나 그들의 땅에 대한 원한이 컸던가를 가히 짐작할 수가 있었다.

더 이상 공동체적 삶의 기반이 되지 못하고 소유자의 사적 전유물이 됨으로써 조마이섬은 기획된 장소가 된다. "황폐한 모래톱 — 조마이섬을 군대가 정지"하는 일이 그 사례이다. 강의 물길을 복원하려는 행위와 달리, 군인을 동원해 모래톱을 정지하는 작업은 에드워드 렐프(Edward Relph)의 말로 무장소화(無場所化, place-lessness)라 할 만하다. 무장소화는 장소의 독특하고 다채로운 경험과 기억을 무화(無化)하고, 기능과 효율성의 척도에서 경관을 획일화하는 것과 같다. 이런 획일화가 궁극적으로 권력과 자본에 의한 공간 재구성이라는 의미에서, 「모래톱 이야기」는 자연을 인간의 욕망에 종속시키는 반생태적 산업사회를 예감한다고 하겠다.

보편적 이상에 이르는 싸움의 연대

「모래톱 이야기」에서 낙동강과 그 주변의 모래톱은 작중인물들이 피할 수 없는 환경적 특질이다. 그들에게 조마이섬을 만들어 준 낙동강은 삶의 '젖줄'로 여겨진다. 이 강물의 물길을 본대대로 트려는 노력은 자연의 시간 과정에 순응하고 자연의 리듬에 인간의 몸을 맡기는 것과 같다. 낙동강에 대한 이러한 표상은 낙동강을 초월적 신성이 지배하는 곳으로 여기거나 문화적으로 의미를 구성한 결과가 아니다. 왜냐하면 주민들에게 자연은 역사 이전에 있다고 여겨지는 존재의 원천이 아니라, 끊임없이 대면하고 싸워야 할 대상이기 때문이다. 그래서 조마이섬 주민들은 "선조 때부터 둑을 맨들고 물과 싸워 가며 살아온 우리들"이라 말한다.

작가 김정한은 자연과 싸우면서 동시에 자연에 순응한다는 것을 인간 심리에 내재하는 관념의 유희라고 보지 않는다. 조마이섬 주민을 통해 강조한 것은 자연 순응과 투쟁이라는 양면성이 물리적으로 경험 가능한 것이며, 그런 양면성이야말로 자연 과정에의 참여라는 점이다. 이와 같은 의미는 작가의 지리적 상상력이 자연 생태를 유물론적으로 표상한 결과, 곧 자연의 물질성과 인간의 문화 과정 — 즉 농사 — 사이의 전면적인 상호 연관에 집중한 결과라고 할 것이다.

이런 맥락에서, 김정한은 장소의 특질을 허구적으로 고안하거나 자연을 낭만적으로 신비화하는 데 매우 비판적이다. 그래서 조마이섬을 두고도 장소의 아름다운 풍광을 특별히 감각적으로 그려 낸다거나 자연미에 대한 각성된 느낌을 크게 강조하지 않는다. 자

연은 세상에 들어가기 위한 장소이며 삶을 위한 투쟁의 장소이기 때문이다.[4]

장소의 이 같은 특수성은 인간의 삶과 경험을 가능하게 만드는 발판이며 동시에 그것을 제한하는 장애물로 작용한다. 홍수로 불어난 강물에 뛰어들어 생활용품을 건져 내는 다음의 삽화는 삶과 죽음이 갈마드는 장소의 특성을 단적으로 보여 준다고 할 것이다.

> 그때 마침 판잣집 용마루 비슷한 기다란 나무가 잠겼다 떴다 하며 떠내려가자, 조금 떨어진 신신바위 짬에서 별안간 쬐깐 쪽배 하나가 쏜살같이 나타나더니, 기어코 그놈에게 달라붙어서 한참 파도와 싸우며 흐르다가 마침내 저 아래쪽 기슭에 용케 밀어다 붙였다. 박수를 치기까지는 모두 숨을 죽이고 바라보기만 했다. 용감하다기보다 차라리 처참한 광경이었다. 나는 거기서 누구에게도 보장을 받아 오지 못한 절박한 생활을 읽었다. 한 표의 값어치로서가 아니라, 다만 살기 위해서 스스로 죽을 모험을 무릅쓰는 그러한 행위는, 부질없이 그것을 경계하거나 방해하는 힘을 물리침으로써만 오히려 목숨 그

---

4) 관광을 떠난 여행객은 자신이 거쳐 지나가거나 보게 되는 현실에 정신적으로 무책임하다. 그들에겐 한시적인 장소 변화에 따른 즐거움이 있을 뿐이며 불확실한 상황 속에서 겪게 될 실존적 경계심이 있을 이치가 없다. 생활의 압도적인 무게에서 벗어난 관광객에게 강변 들녘에서 일하는 농부들의 모습이 부러울 수 있다. 그러나 여행객의 부러움은 농민들의 삶에 내포된 억압과 고통을 은폐하는 데 기여한다. 그들에게 농촌은 휴식과 이완을 위한 장소일 뿐이다. 농민들에게 도시가 접근하기 어려운 '소비의 공간'이라면, 도시 여행객에게 농촌은 생물적 필요에 구애받지 않는 '공간의 소비'가 된다. 꽃이 흐드러지게 핀 자연의 물질성을 소비하는 것이다.

자체를 이어갈 수 있다는 산 증거 같기도 했다.

이광수의 『무정』은 낙동강과 관련된 인상적인 장면을 남기고 있는데, 그것은 죽음의 황톳물이 거칠게 흘러가는 강변에서 젊은 아낙 하나가 새로운 생명을 낳기 위해 몸을 트는 장면이다. 이광수의 낙동강이 죽음의 절망을 뛰어넘은 삶의 희망에 무게를 둔 것이라면, 김정한의 낙동강은 죽음을 담보할 때만 살아남을 수 있다는 역설을 드러낸다. 이광수가 희망적인 삶을 지나치게 낙관하였다면, 김정한은 구체적인 삶의 과정에 놓인 폭력과 죽음이라는, 민중의 참혹한 현실을 주목한 셈이다.

억눌리고 버림받는 민중들에게 이 세계는 결핍과 불의의 세계이다. 김정한이 그의 소설 제목을 「지옥변」, 「축생도」, 「수라도」라 한 것처럼, 부조리하고 궁핍한 세계는 지옥과 같다. 현실적인 지옥에 살기 때문에, 조마이섬 주민들의 "땅에 대한 원한"은 "시한폭탄"의 힘을 내장하며, 그 힘은 "한 둥치가 되어" 섬을 지키려는 의식적인 연대 투쟁으로 이어진다.

> 엉터리 둑을 막아 놓고 섬을 통째로 집어삼키려던 소위 유력자의 앞잡인지 뭔지는 모르되, 아무리 타일러도, "여보, 당신들도 보다시피 물이 안팎으로 이렇게 불어나는데 섬사람들은 어떻게 하란 말이오?"해 봐도, 들어주긴 커녕 그중 힘깨나 있어 보이는, 눈이 약간 치째진 친구가 되레 갈밭새 영감의 괭이를 와락 뺐더니 물속으로 핑 집어 던졌다는 거다.

그리곤 누굴 믿고 하는 수작일 테지만 후욕패설을 함부로 뇌까리자,
순간 화가 머리끝까지 치밀었을 갈밭새 영감도,
"이 개 같은 놈아, 사람의 목숨이 중하냐 네놈들의 욕심이 중하냐?"
말도 채 끝내기 전에, 덜렁 그 자를 들어 물속에 태질을 해 버렸다는
것이다.

"낙동강 물이 맨들어 준" 섬에 조상대대로 살아왔다는 말처럼,
주민들의 싸움은 땅을 소유하고 거래하려는 사적 욕망이 아니라 땅
을 사용하고 물려주려는 공적 욕망에 근거한다. 이런 의미에서, 그
들의 땅에 대한 욕망은 특정인에게 귀속되지 않는 익명 상태의 욕
망이라 할 수 있다. 그것은 법과 권력의 위세를 빌려 소유하겠다는
탐욕이 아니라, 자연의 순리에 따라 더불어 살려는 희망이다. 따라
서 주민들이 힘을 합쳐 둑을 허물어 버린 것은 특정한 장소에서 획
득된 연대의 경험이며 보편적인 이상을 생산하는 긍정적 경험이라
할 수 있다. 왜냐하면 삶의 터를 지키려는 연대의 싸움은 새로운 사
회 형식 혹은 광범위한 사회적 재구성을 암시할 수 있기 때문이다.

민중의 가치를 발견한 문학사적 의의

「모래톱 이야기」에서 작가 김정한의 지리적 상상력은 소재의 차원
이 아니라 작중인물의 실천과 경험의 차원에 작동한다. 지역의 역
사와 장소, 곧 지역의 생태적 특수성은 지역민의 삶을 결정하는 중
요한 요소이다. 그래서 외부인은 조마이섬 주민이 지닌 집단적 기
억과 경험을 공유하기 어려울 것이다. 그런 기억과 정서는 장소와

장소를 경험하는 주체의 상호 작용에 의해 형성되기 때문이다. 「모래톱 이야기」에서 섬 주민에 대한 깊은 연민에도 불구하고, 건우의 담임선생이 끝내 '이방인'일 수밖에 없는 이유가 여기에 있다.

건우의 담임교사, 「어둠 속에서」의 김인철 교사, 「인간단지」의 우중신 노인, 「축생도」, 「제3병동」의 의사, 「수라도」의 가야부인 등은 민중에 대한 공감과 연대를 보이고 있지만, 지식인에 대한 김정한의 태도는 대체로 부정적이다. 민족적 소명 의식을 상실한 지식인들의 사회적 방종과 도덕적 일탈, 대중의 기반을 상실한 인텔리 사회주의자, 지식인의 기회주의적 근성을 통렬하게 비판했다.

「모래톱 이야기」에서 작가는 갈밭새 영감의 입을 빌어 절박한 민중의 현실을 몰각한 음풍농월 식의 지식 인문학을 "썩어빠진 글"이라고 공격한다.

> "와 그 신문 같은 데도 그런 기 수타(많이) 난다 카데요. 남은 보릿고
> 개를 못 냉기서 솔가닥에 목아지들을 매다는 판인데, 낙동강 물이
> 파아란히 푸르니 어쩌니…… 하는 것들 말임더."
> 갈밭새 영감이 이렇게 열을 내기 시작하자, 곁에 있던 윤춘삼 씨가,
> "허허이 우리 선생님이 오늘 잘못 걸렸네요. 이 영감이 보통이 아임
> 데이. 그래도 선배의 씨라꼬……." 핀잔 비슷이 말했지만, 건우 할아
> 버지는 걸린 춤이 되어 버렸다.
> "하기싸 시인들이칸에 훌륭하겠지요. 머리도 좋고…… 선생도 시인
> 아입니꺼. 그런데 와 우리 농삿군이나 뱃놈들의 이바구는 통 안 씨
> 는기요? 추접다꼬? 글 베린다꼬 그라능기요?"

갈밭새 영감의 이러한 통분, "우리 섬에 대한 글"을 써 보라는 요
구는 주변부 인간의 비참한 삶을 외면해 온 기존 문학에 대한 의혹
일 것이다. 즉 그것은 고뇌에 찬 지식인의 실존적 허무 의식이나 도
시 소시민의 애환에 함몰되어 있던 60년대 중반까지의 지식인 문
학에 대한 날카로운 반문이며, 주변부 인간들의 문학에 대한 권리
를 추궁한 것이다.

　그래서 김정한 소설에서 억압받는 다수, 즉 농민, 도시 변두리의
하층 빈민이 주요 인물로 등장한다. 작가는 때때로 이들을 '순적백
성'[5], '따라지', '3등 인간' 등으로 부른다. 이런 별칭은 억압과 착
취가 집약된 민중에 대한 반어적 표현이며 동시에 그들이 지닌 가
능성에 대한 신뢰를 뜻한다.[6] 「모래톱 이야기」에서 확인되거니와,
실천하는 주체는 민중 자신이며, 그들의 분노는 그들을 억압하는
현실 자체로부터 불가피하게 성장한다. 따라서 이들에 대한 별칭들
은 집중적인 억압과 불평등 속에 놓이지만 민중이야말로 역사를 정
당한 방향으로 이끌어 갈 주체라는 것, 그 정당성은 민중의 우직한

---

5)　중국 고대 순(舜) 임금 때의 백성이란 뜻으로, 착하고 어진 백성을 이르는 말.

6)　이외에도 김정한 소설에서 농민은 '흙두더지', '무지렁이', '땅거지' 등으로 표현된다. 이러
　　한 표현은 농민의 참담한 삶뿐만 아니라 그들의 내면에 형성된 자기모멸을 암시한다. 눈부
　　신 도시의 환락은 풍요의 이미지를 표상하지만, 그 풍요가 농민들에게도 제공되는 것은 아
　　니다. 도시는 사회적 잉여생산물의 지리적 집중을 통해 형성된다. 더 심각한 문제는 도시의
　　눈부신 근대화가 농촌이 축적해온 문화의 공동성, 정서의 공감대, 삶의 역사성을 폐기시킨
　　다는 데 있다. 대도시가 과시하는 소비에 부러움을 느끼고 풍부함의 이미지에 매료될 때, 농
　　민들은 자신이 살고 있는 지역의 정체성에 더 이상 의존하지 않을 것이다. 지금 우리 농촌이
　　겪고 있는 위기의 한 요인도 여기에 있다.

진정성에서 유래함을 뜻한다.

그렇기 때문에, 작가는 민중을 교화 대상으로 여기는 시혜자의 입장을 취하지 않지만 동시에 민중을 무조건 찬양하지도 않는다. 「따라지 목숨들」이란 수필에서 "자기들의 기본권을 인식하고 주장할 만한 용기와 능력"을 강조한 것처럼, 주체적인 자각으로 착취와 지배를 극복하고자 투쟁할 때, '따라지'는 진정한 민중으로서 역사의 주인이 된다는 것이다.

용감하게 주체로 선 민중의 진정성은 사회변혁의 가장 혁명적인 요소가 된다는 데「모래톱 이야기」의 문학사적 중요성이 있다.「모래톱 이야기」는 60년대 참여문학 옹호론과 이에 연이은 70년대 리얼리즘론의 구체적인 물적 근거가 되며, 80년대의 민족·민중문학의 전개를 예비하고 또 그 거점이 되었다. 당시의 비평과 논쟁이 공허한 관념의 나열에서 끝나지 않았던 것도「모래톱 이야기」의 결정적인 역할에 힘입은 것이다.

더 생각해볼 문제들

1. 김정한의 소설에는 풍성한 토박이말이 두루 사용되고 있을 뿐 아니라, 작중 인물의 대화와 지문에도 지역 방언, 곧 사투리가 스며들어 있다. 현대 독자들에게 널리 읽히는 데 불리할 수도 있는 요소인데, 방언·토박이말의 사용을 어떻게 이해할 것인가?

    작중인물의 행동과 생각이 장소에 의존하고 있는 것처럼, 김정한의 체질적인 방언 사용도 같은 의미로 이해할 수 있다. 이는 지역의 장소가 작가에게 자신의 특정한 언어 형식을 요구한 것과 다르지 않다. 김정한에게 지역 방언과 토박이말은 지역의 구체적인 삶과 역사를 반영하는 수단이다. 또 지역 말의 장음화 현상까지 재생하여 그 음감을 최대로 살려 내고 있는 것을 볼 때, 김정한은 지역 말과 표준말, 구술성과 문자성의 차이를 의식하였으며, 이런 의식은 인쇄 기술과 문자성에 근거한 근대 문화에 대해 그가 비판적인 자세를 취했음을 암시한다. 이는 지리적으로 불평등한 공간 재구성이 우리 근대화의 밑그림이었다는 사실과 무관하지 않을 것이다.

2. 김정한의 지리적 상상력은 인간과 장소의 상호 작용에 대한 통찰과 무관하지 않다. 그런 상상력의 산물을 지금 여기 우리의 삶을 성찰하는 수단으로 삼고, 이런 성찰을 통해 새로운 지역사회와 새로운 민족 현실을 생산할 수 있을 것인가?

    장소는 상상과 담론의 요소일 뿐 아니라 사회의 물질적 실천이나 사회관계 및 권력이 작동하는 사회생태적 과정 속에 놓인다. 예를 들어, 고속철도는 기술과 자본에 의해 시간을 가속화함으로써 공간을 전면적으로 지배하고 통제할 수 있게 만든다. 기술과 자본에 의해 시·공간이 압축되면 될수록, 각 지역의 물질적 문화적 특수성은 소멸하고 개인의 공간 장악력이나 장소에 대한 영향력도 현저하게 감소할 것이다. 같은 맥락에서, 인터넷처럼 새로운 세계 체계의 가속도는 모든 장소의 지리적 현실을 융합하고 문화적 차이를 소멸시킬 것이다. 따라서 장소가 지닌 특질을 보존하거나 장소의 집단적 기억과 경험을 복원하는 일은 문화적 동질화에 대한 비판적 대안이 될 수 있다. 이런 맥락에서, 지리적 상상력은 곧 생태적 상상력이라 할 것이다. 왜냐하면, 지리적 상상력은 타자와의 관계를 포함하는 것이므로, 장소와 인간 그리고 자연과 문화의 상호 연관에 대한 생태적 인식의 원천이 될 수 있기 때문이다. 이런 인식에 근거한 삶은 지금과 전혀 다른 현실을 만들어 낼 수 있을 것이다.

추천할 만한 텍스트

『인간단지』, 김정한 지음, 한얼문고, 1971.

『증보판—김정한 소설 선집』, 김정한 지음, 창작과비평사, 1983.

『김정한 단편선—사하촌』, 김정한 지음, 강진호 엮음, 문학과지성사, 2004.

황국명(黃菊明)

인제대학교 국어국문학과 교수.

동아대학교 국어국문학과를 졸업하고 부산대학교 대학원에서 박사 학위를 취득했다. 한국 현대소설과 비평이 주요 연구 분야이며『채만식 소설 연구』, 『삶의 진실과 소설의 방법』, 『한국 현대소설과 서사 전략』, 『우리 소설론의 터무니』 등의 저서가 있다.

II

분단
상흔과
초극의
상상력

이건 마치 두꺼운 유릿속을 뚫고 간신히 걸음을 옮기는 것 같은 느낌이로군.
문득 동호는 생각했다. 산 밑이 가까워지자 낮 기운 여름 햇볕이 빈틈없이
내리 부어지고 있었다. 시야는 어디까지나 투명했다.
그 속에 초가집 일여덟 채가 무거운 지붕을 감당하기 힘든 것처럼 납작하게
엎드려 있었다. 전혀 전화를 안 입어 보이는데 사람은 고사하고 생물이라곤
무엇 하나 살고 있지 않는 성싶게 주위가 너무 고요했다. 이 고요하고 거침새 없이
투명한 공간이 왜 이다지도 숨막히게 앞을 막아서는 것일까.
— 『나무들 비탈에 서다』 중에서

황순원 (1915~2000)

평안남도 대동군에서 태어났다. 숭실중학을 거쳐 일본 와세다 대학 영문과를 졸업하고 서울중학교 교사와 경희
대학교 교수를 역임했다. 1931년 시 「나의 꿈」, 「아들아 무서워 말라」를 『동광』에, 「묵상」을 《조선중앙일보》에 발
표하며 등단했다. 1936년 『창작』에 「거리의 부사」를 발표한 후 소설 창작에 전념하여 1985년 『황순원 전집』이
간행되었고, 아시아자유문학상, 예술원상, 3·1문학상, 대한민국문학상 등을 수상했다. 주요 작품으로는 「목넘이
마을의 개」, 『별과 같이 살다』, 「독 짓는 늙은이」, 「소나기」, 『카인의 후예』, 「인간접목」, 「잃어버린 사람들」, 『나무
들 비탈에 서다』, 『일월』, 『움직이는 성』, 『신들의 주사위』 등이 있다.

01

전란의 거울에 반사된 인본주의의 문학

황순원(黃順元)의
『나무들 비탈에 서다』

김종회 | 경희대 국어국문학과 교수

황순원 문학 전개와 그 특성

오랫동안 글을 써 온 작가라고 해서 반드시 훌륭한 작품을 남기는 것은 아니다. 그러나 작품의 제작에 지속적 시간이 공여된 문학은 그렇지 않은 경우에 비추어 더 넓고 깊은 세계를 이룰 가능성을 갖고 있다.

해방 50년을 넘긴 우리 문단에 명멸한 많은 작가들이 있었지만, 평생을 문학과 함께 해 왔고 그 결과로 노년에 이른 원숙한 세계관을 작품으로 형상화할 시간적 간격을 획득한 작가는 그리 많지 않았다.

황순원이 우리에게 소중한 작가인 것은 시대적 난류(亂類) 속에서 흔들림 없이 온전한 문학의 자리를 지키면서 일정한 수준 이상의 순수한 문학성을 가꾸어 왔고, 그러한 세월의 경과 또는 중량이 작품 속에서 느껴지고 있다는 점과 긴밀한 상관이 있다.

장편소설로 만조(滿潮)를 이룬 황순원의 문학을 거슬러 올라가 보면, 시에서 출발하여 단편소설의 세계를 거쳐 온 확대·변화의 과정을 볼 수 있다. 그의 소설 가운데 움직이고 있는 인물들이나 구성 기법 및 주제 의식도 작품 활동의 후기로 오면서 점차 다각화, 다변화되는 경향을 보인다.

여러 주인공의 등장, 그물망처럼 얼기설기한 이야기의 진행, 세계를 바라보는 다원적인 시각과 인식 등이 그에 대한 증빙이 될 수 있겠다. 그러나 그 다각화는 견고한 조직성을 동반하고 있으며, 작품 내부의 여러 요소들이 직조물의 정교한 이음매처럼 짜여서 한 편의 소설을 생산하는 데 이른다.

이러한 창작 방법의 변화는, 한 단면으로 전체의 면모를 제시하는 제유법적 기교로부터 전면적인 작품의 의미망을 통하여 삶의 진실을 부각시키는 총체적 안목에 도달하는 과정을 드러낸다. 단편 문학에서 장편 문학을 향하여 나아가는 이러한 독특한 경향이 한 사람의 작가에게서 순차적으로 진행되고 있음은 보기 드문 경우이며, 그 시간상의 전말(顚末)이 한국 현대문학사와 함께했음을 감안할 때 우리는 황순원 소설 미학을 통해 우리 문학이 마련하고 있는 하나의 독창적 성과를 확인할 수 있는 것이다.

황순원의 첫 작품집에 해당되는 시집『방가』와 뒤이은 시집『골동품』에 나타난 시적 정서는 초기 단편에 그대로 이어져서, 신변적 소재를 중심으로 하는 주정적(主情的) 세계를 보여 준다. 이 시기의 작품들은 삶의 현장과 직접적으로 관련되어 있지 않은데, 이는 아마도 "암흑기의 현실적인 제약과 타협하지도 맞서지도 않았기 때문"일 것이다. 상실과 말소의 시대를 지나온 이러한 자리 지킴은 그에게 후일의 문학적 성숙을 예비하는 서장으로 남아 있다.

『곡예사』, 『학』 등의 단편집을 거쳐 『카인의 후예』나 『나무들 비탈에 서다』와 같은 장편소설로 넘어오면서 황순원은 격동의 역사, 곧 6·25전쟁을 작품의 배경으로 유입한다. 삶의 첨예한 단면을 부각하는 단편과 그 전면적인 추구의 자리에 서는 장편의 양식적 특성을 고려할 때, 그와 같이 굵은 줄거리를 수용할 수 있는 용기(容器)의 교체는 납득할 만한 일이다.

그러면서도 여전히 절제되고 간결한 문장, 서정적 이미지와 지적 세련의 분위기를 유지하고 있는데, 장편소설에서 그것이 가능하고 또 작품의 중심 과제와 무리 없이 조응하고 있다는 데서 작가의 특정한 역량을 짐작할 수 있다.

그는 산문적, 서사적 서술보다 우리의 정서 속에 익은 인물이나 사물의 단출한 이미지를 표출함으로써 소설의 정황을 암시적으로 드러내 보인다. 이러한 묘사적 작풍(作風)이 단편의 특징을 장편 속에 접맥시켜 놓고도 서툴지 않게 하고 오히려 단단한 문학적 각질이 되어 작품의 예술성을 보호한다.

대표적 장편이라 호명할 수 있는 『일월』과 『움직이는 성』에 이르러 황순원은 인간 존재에 대한 철학적 성찰을 깊이 있게 전개하며, 그 이후의 단편집 『탈』과 장편 『신들의 주사위』에 도달하면 관조적 시선으로 삶의 여러 절목(節目)들을 조망하면서 그때까지 한국 문학사에서 흔치 않은, 이른바 '노년의 문학'을 가능하게 한다. 문학평론가 천이두는 이를 "단순히 노년기의 작가가 생산했다는 의미가 아니라 노년기의 작가에게서만 느낄 수 있는 독특하고 원숙한 분위기의 문학"이라는 적절한 설명으로 풀이한 바 있다.

황순원의 작품들은, 소설이 전지적 설명이 없이도 작가에 의해 인격이 부여된 구체적 개인을 통해 말하기, 즉 인물의 형상화를 통해 깊이 있는 감동의 바다으로 독자를 이끌 수 있음을 잘 보여 준다. 그러할 때 그에 의해 제작된 인물들은 따뜻한 감성과 인본주의의 소유자이며 끝까지 인간답기를 포기하지 않는 성격적 특성을 가지고 있다.

하나의 완결된 자기 세계를 풍성하고 밀도 있게 제작함으로써 깊은 감동을 남기고 있는 황순원의 작품들은, 한국 문학사에 독특하고 돌올(突兀)한 의미의 봉우리를 형성하고 있다. 그것은 또한 현대사의 질곡과 부침(浮沈)을 겪어 오는 가운데서도 뿌리 깊은 거목처럼 남아 있는 이 작가에게 우리가 보내는 신뢰의 다른 이름이요 형상이기도 하다.

전란의 상흔과 모순에 맞선 인간 중심주의―초기 장편들의 세계
6·25전쟁이 발발하기 넉 달 전인 1950년 2월, 황순원은 첫 장편 『별과 같이 살다』를 간행했다. 1947년부터 「암콤」, 「곰」, 「곰녀」 등의 제목으로 이곳저곳에 분재되었던 것에 미발표분까지 합쳐서 묶은 이 소설은, 그 중간 제목들이 말해 주듯이 일제 말기에서부터 해방 직후까지의 참담한 시대상을 통해 우리 민족의 수난사를 담으려

했다. 그의 장편소설로서는 유일하게 '곰녀'라는 한 여인을 주인공으로 설정하고 있기도 하다.

1953년 9월부터 황순원은 『문예』에 새 장편 『카인의 후예』를 연재하기 시작했으며 우여곡절 끝에 집필을 완료하고, 그 다음해인 1954년 '중앙문화사'에서 화가 김환기(金煥基)의 장정(裝幀)으로 단행본으로 상재했다. 이는 1950년대 한국 문학의 대표작이 되었다.

또한 1955년 1월부터 장편 『인간접목』을 『새가정』에 1년간 연재하여 완결하였다. 발표 당시의 제목은 『천사』였으나 1957년 10월 '중앙문화사'에서 단행본으로 출간할 때 오늘의 제목으로 게재하였다. 이는 작가가 30대 후반에 체험한 동란의 비극을 소설로 옮긴 것이며, 이 민족적인 아픔을 본격적인 장편 문학으로 수용한 한국 문학의 첫 '6·25 장편소설'로 일컬어진다.

황순원은 1960년 1월부터 전란의 문제를 다룬 또 하나의 중요한 장편 『나무들 비탈에 서다』를 『사상계』에 연재하기 시작하여 7월호에 완결하게 되는데, 이는 9월에 같은 출판사에서 단행본으로 상재되었다. 피카소의 그림을 표지화로 서예가 김기승(金基昇)의 글씨를 제자(題子)로 한 이 단행본에서는, 발표 당시 허무주의자 주인공 현태를 자포자기의 자살로 버려두었던 것을 일부 수정하여, 일말의 정신적 구원 가능성을 암시하는 것으로 바꾸어 놓는다.

이 작품은 작가에게 이듬해 예술원상 수상을 가져다 주었으나, 이 작품을 평한 백철(白鐵)과 더불어 작가의 의식과 시대상의 반영에 관한 두 차례의 유명한 논쟁을 촉발하게 한다. "작가는 작품으로 말한다"는 신념 아래 일체의 잡글을 쓰지 않으며 심지어 신문 연재 소설도 끝까지 마다한 황순원의 문학적 엄숙주의에 비추어보면, 《한국일보》에 발표되었던 두 편의 논쟁문은 매우 특이한 사례에 속한다. 오늘날에 와서 우리가 이 논쟁을 다시 돌이켜볼 때, 다른 모든 소설적 가치들을 제외하고라도 작품의 총제적 완결성에 관한한, 자기 세계를 치밀하고 일관되게 제작해 온 작가의 반론을 무력화시킬 수 있는 어떠한 논리도 작성되기 어려웠으리라 짐작된다. 미상불(未嘗不) 「비평에 앞서 이해를」(《한국일보》, 1960. 12. 15.) 과 「한 비평가의 정신 자세-백철 씨의 소설 작법을 도로 반환함」 (《한국일보》, 1960. 12. 21.)이라는 제목만 일별해 보아도 그의 오연(傲然)한 결의가 느껴지는 바 없지 않다.

전란의 시대를 관통해 오면서 그 체험을 소설 문법으로 형용한 황순원은, 전란의 파고에 휩쓸리거나 그에 억압되어 소설을 쓴 작가가 아니었다. 험악한 시대를 깨어 있는 정신으로 살아야 했던 그의 문학적 발화법은, 문학에 관한 자신의 분명한 인식과 판단을 중심 줄기로 하여 그 줄기에 전란의 여러 상황을 부가적 절목으로 편입시키고 있는 경우에 해당한다. 손창섭이나 장용학을 필두로 하여 전후에 급작스러운 빛을 발했던 많은 전후문학 작가들과 그가 구별되는 지점이 바로 여기일 터이다.

황순원의 첫 장편소설『별과 같이 살다』가 간행된 것은 앞서 언급한 바와 같이 1950년이었으며, 여기서 주목의 대상으로 하는『카인의 후예』는 동란 이듬해 1954년 12월에 간행되었다.『카인의 후예』는 1953년 9월부터『문예』에 연재하기 시작했으나 5회까지 연재하고 이 잡지의 폐간으로 중단됐으며 나머지 부분은 따로 써 두 었다가 함께 묶었다.

이 소설은 해방 직후 북한에서의 토지개혁 및 지주계급이 탄압받는 이야기가 하나의 중심축이 되어 있는데, 그런 만큼 황순원 가문의 자전적 요소들이 많이 내포되어 있으며, 그 일가가 월남할 수밖에 없었던 배경도 잘 내비치고 있다. 이 소설의 무대는 작가의 향리, 곧 평양에서 40리 떨어진 평남 대동군 재경면 빙장리이다. 1950년대 한국 문학의 대표작이 된 이 작품으로 작가는 이듬해 '아세아 자유문학상'을 수상하게 된다.

이 소설의 한 중심축은 앞서 언급한 토지개혁과 지주계급의 탄압에 관한 이야기이다. 이는 곧 작가의 현실 인식과 밀접한 관련을 맺는 것으로, 이를 먼저 살펴보는 것이 좋겠다. 이와 다른 또 하나의 중심축은 지주계급 출신 지식인 청년 박훈과 마름의 딸 오작녀 사이의 교감과 사랑의 이야기인데, 이는 그 다음에 살펴보겠다.

북한에서의 토지개혁은 1946년 3월 '북조선 토지개혁에 관한 법령'이 공포되고 이를 추진하는 담당 조직으로 빈민과 농민·노동자로 구성된 1만 1500여 개의 농촌위원회가 만들어지면서 본격화된다. 이 위원회의 주도하에 일본인, 민족 반역자, 5정보(町步) 이상을 소유한 대지주의 땅은 몰수되어 토지가 없거나 부족한 농민에게 가족 수에 따라 무상으로 분배되었다. 이 당시에는 개인 영농을 위주로 토지 분배가 이루어졌으며, 북한에서 토지에 대한 사회주의적 집단화가 이루어진 것은 6·25전쟁 이후의 일이다.

『카인의 후예』는 이와 같은 토지개혁을 배경으로, 그 와중에 숱한 인간관계의 파탈(擺脫)과 고통을 겪고 있는 북한 사회를 사실적으로 그렸다. 그것이 단순히 역사적 사실을 그대로 반영한 기록이 아니라, 작가 자신의 가문을 바탕으로 생동하는 인물들의 이야기를 통해 축조되었다는 측면에서 문학적 특성과 장점을 반영하고 있다.

작품의 표제 '카인의 후예'는 두 가지 의미를 함께 끌어안고 있다. 카인은 성경에 기록된 인류 최초의 살인자이며 동시에 인류 최초의 곡물 경작자였다. 그러므로 '카인의 후예'는 곧 '범죄'와 '농민'이라는 중의법의 의미망을 함께 둘러쓴 이름이다. 북한의 농경 사회에 불어닥친 인간성 파괴의 현장, 작가는 그것을 일종의 범죄 행위라고 본 것이다.

지주의 아들 박훈은 넉 달 동안 운영해 오던 야학을 예고 없이 접수당하는 일로부터 시작하여, 주변 인물들이 상황에 따라 변해 가는 모습을 목도하면서 끊임없는 불안감에 시달린다. 반면에 그의 주변에 있는 농민들은 토지개혁에 관한 기대감과 죄의식을 동시에 갖고 있으면서 염량세태(炎凉世態, 권세가 있을 때는 아첨하고 권세가 떨어지면 푸대접하는 세속의 형편)의 냉혹한 현실을 뒤따라간다.

지주계급 출신의 용제 영감, 부재지주(不在地主) 윤기풍 등이 이 혼란기의 표적이 되고 박훈 역시 그러하다. 반면에 남이 아버지, 도섭 영감, 홍수 등 농민 위원장을 맡은 인물들은 이들을 타도하는 일의 선두에 서지 않으면 안된다. 특히 박훈 집안의 마름이었던 도섭 영감은 자신이 살아남기 위해 악랄한 변신의 길을 가는데, 그 이용 가치가 다하자 냉정하게 버림받는다. 그의 딸 오작녀가 바로 박훈을 연모하는 여인이며, 박훈을 위기에서 구출한다는 데 이 소설의 구조적 묘미가 있다.

이 소설을 통하여 우리는 북한의 토지개혁에 관한 법령이나 사례집을 수십 번 읽는 것보다 더욱 쉽사리 문제의 본질을 파악할 수 있다. 작가의 역사의식과 현실 인식이 그것을 이야기 속에 담고 있기도 하거니와, 박훈과 오작녀의 사랑에 있어서도 그 전개 과정이 토지개혁으로 인한 지주들의 수난사와 직접적으로 상관되어 있는 것이다.

남녀 간에 이루어지는 어느 사랑인들 거기에 숨은 사연이나 정황이 없으랴마는, 한 시대의 의식 전반이 뒤바뀌는 혼란한 시기를 감당하고 있는 박훈과 오작녀의 사랑은 소극적이면서도 뜨겁고 의미심장하다. 작가는 이 유별난 사랑의 이야기를 남녀 간의 대등한 정분으로서가 아니라 여자가 남자를 한없이 감싸 안는 모성적 사랑으로 그렸다.

박훈은 어려서부터 병약하고 무서움을 잘 느끼는 아이였으며, 지식인 청년으로 일제의 압박을 피해 고향으로 돌아와 있는 작중의 상황에서도 그러하다. 오작녀에 대한 감정을 겉으로 드러내지는 않지만, 그 열망은 때로 그의 꿈을 통해 나타나며 소설의 말미에 오작녀를 대동하고 월남하려는 시도를 통해 더욱 확연해진다. 이를테면 오작녀는 성장 과정에서부터 그에게 하나의 주박(呪縛)과도 같은 존재였다.

오작녀 역시 직접적인 사랑의 표현을 표출하는 유형이 아니다. 가슴 속의 사랑은 강렬한데 그것이 모여 몸 밖으로 탈출할 자리를 얻은 곳, 그것이 바로 오작녀의 "타는 듯한 눈"이다. 그 눈을 떠올리며 박훈은 약혼까지 할 뻔한 나무랄 데 없는 여자를 거부하기도 했던 것이다. "타는 듯한 눈", "불타는 눈", "언제나 눈꼬리가 없어 보이는 큰 눈"의 이미지는 박훈에게는 익숙한 도피처요 오작녀로서는 희생과 헌신의 표상이다.

그러니 이들의 내연(內燃)하는 사랑이 모성의 빛깔을 띠는 것은 당연하다. 시집을 갔던 오작녀가 끝까지 남편에게 가슴을 허락하지 않다가 쫓겨 오는 것은 이를 단적으로 말해 준다. 한 남자에게 여자로서의 사랑보다 더 큰 어머니로서의 사랑을 공여하고 있으므로, 오작녀는 그 가슴을 열어 줄 수 없었던 것이다.

이 헌신적 사랑은 마침내 농민대회에서 박훈을 보호하기 위하여, 많은 사람들 앞에서 서슴없이 "우리는 부부가 됐어요"라는 발설을 하게 한다. 거기에 자신의 체면이나 안위에 대한 염려는 조금도 없다.

이렇게 본다면, 이 작가는 이들 두 남녀의 사랑 이야기를 통해서 변동하는 새 사회의 내막을 절실하게 드러내고 있으며 그 시대상이 이들의 사랑을 한층 더 절실하게 하는 짜임새 있는 구성 기법을 사용한 것이다. 이 두 줄기의 조화로운 결합이 이 소설을 1950년대 우리 문학의 대표적인 작품으로 밀어 올리는 힘이었다 할 수 있겠다.

소설의 결말로 보자면, 이 이야기는 아직 다하지 못한 전개를 남겨 놓고 있어서 그 속편이 씌어졌음직도 하다. 그런데 그 속편이란 바로 다름 아닌, 분단 시대를 살아가는 우리의 구체적 삶에 해당한다. 단절과 대립의 역사, 고난과 통한의 분단사를 꾸려 가고 있는 동시대 우리 민족 구성원이 모두 '카인의 후예'라는 호칭으로부터 자유로울 수 없는 것이다.

『나무들 비탈에 서다』와 비교해 본 『움직이는 성』

한 작품 속에 집적되어 있는 여러 의미 가운데서 뜻의 요약과 뜻풀이를 위하여 하나의 주제를 추출해 내는 것은 절대적 가치가 없는 일인지도 모른다. 뿐만 아니라 경우에 따라서는 '의식의 흐름'이란 기술 방법에 의해 쓰여진 일부의 소설들처럼 주제를 확인하는 일 자체가 무의미하게 될 수도 있을 것이다.

그러나 전형적인 창작법과 사실적인 표현 방법에 따라 제작된 소설에 있어서는 주제의 확인과 그에 이르는 과정이 작품의 가치를 판단하는 좋은 자료가 된다. 물론 황순원은 후자에 해당하는 작가이다.

근대史의 격동기를 거쳐 오면서 생산된 우리 문학에는 패배와 반항의 군상으로 그려진 많은 지식인들이 등장한다. 특히 전후 1950년대 작가들의 작품은 대다수가 그러하다. 문학은 '사회제도의 하나이며 그 매개 수단으로서 사회가 만든 언어를 사용'하고 있기 때문이다.

이 논의를 보다 확실히 하기 위하여 『나무들 비탈에 서다』와 『움직이는 성』의 인물들을 대비시켜 보는 것이 유익하다. 『나무들 비탈에 서다』의 현태, 동호, 윤구는 『움직이는 성』의 준태, 성호, 민구와 포괄적인 의미에서 각기 동류 항으로 묶을 수 있다. 현태가 전란의 가혹한 현실 상황에 반발하는 허무주의자라면, 준태는 우리 민족의 심리적 기조인 유랑민 근성에 근거한 허무주의자다. 동호가

111

인간의 순수성과 고귀함을 지향하는 이상주의자라면, 성호는 기독교적 사랑의 실천을 추구하는 이상주의자다. 윤구가 혼란의 와중에서 물욕을 키워 가는 현실주의자일 때 민구는 본능적으로 이기심을 따라가는 현실주의자다. 이들의 이름 끝자가 서로 일치하고 있음은 작가가 보이는 작명법의 취향에 대한 암시일 수도 있을 것이다. 이들 중 엄밀한 의미에서 성공했다고 할 수 있는 사람은 아무도 없다. 허무주의자의 패배는 당연한 것이다. 현태는 극심한 자학에, 준태는 결국 죽음에 이른다. 이상주의자로서의 동호는 전란의 격랑 속에서 동정을 버리고 자살밖에 택할 길이 없으며, 성호는 내면적 인격의 건실함을 잃지 않지만 사회적 의미의 성공을 거두지 못한다. 현실주의자로서의 윤구와 민구의 삶은 속물적인 것으로의 전락이며 정신적인 패배자의 모습이다.

왜 이들이 모두 패배의 수렁으로 떨어져야 하는가를 밝히는 일은 곧 작품의 주제를 설명하는 것으로 되는데, 『나무들 비탈에 서다』에서는 전란이 초래한 한국 사회의 윤리적 위기를 다루고 있으며 『움직이는 성』에서는 한국인의 근원 심성을 유랑민 근성이라는 비판적인 측면에서 보고 있기 때문이다.

그렇다면 뒤이어 독자는 작가가 이들의 패배를 당연한 것으로 생각하고 이에 동의하고 있는가를 질문하게 된다. 그렇지는 않다. 그는 "인간을 아름답고 순수한 어떤 것으로 믿는 경향"을 지니고 있으며 그 때문에 문학사에서도 그를 낭만적 휴머니스트로 기록하고 있다. 주어진 운명이나 참기 어려운 상황에 대해 작가가 향일(向日) 작업의 반응 검사로 내세우는 것은 그것을 수락하고 감당하는 삶의 자세이며, 그것은 주로 작품의 말미에서 나타난다.

『나무들 비탈에 서다』에서 동호의 애인 숙이 현태의 아이를 낳아 기르겠다고 결심하는 것은, 전쟁의 상처를 "마지막까지 감당하기 위해서"이다. 『일월』에서 기룡이 보여 주는 현실 초월적 태도는 천생의 숙명과 가열한 고독감에 대한 수락과 감당을 의미한다. 『움직이는 성』의 성호와 지연도 불행한 사람들의 생애가 남기고 간 아이들을 거두어 기르면서 사랑의 실천에 동역자가 되며, 남은 사람들의 진행 방향을 가리키는 전조등으로서 '창조주의 눈'이란 함축적인 알레고리가 제시되고 있다. 이러한 사실들이 그가 인간의 정신적 아름다움과 존엄성에 대한 깊은 신뢰를 포기하지 않는 증거가 될 것이다.

그런데 그러한 인간애 또는 인간 중심주의가 그냥 얻어진 것일 리 없다. 황순원이 작품 활동의 후반기로 오면서 인간의 존재에 대한 철학적 성찰에 깊이 있게 접근하고 있었고 그러한 노력이 수준 있는 성과를 거두었기에 가능했을 것이다.

『일월』에서는 숙명적인 출생의 고통에 대한 성찰에서부터 존재론적 고독의 문제에 대한 천착으로 주의 깊게 주제를 발전시켜 나가고 있다. 마지막 장면에서 인철이 "머리에서 고깔모자를 벗어 뜰에 서 있는 한 나뭇가지에 거는" 행위는, 오랜 방황 끝에 과거의 인습적 굴레와 함께 존재론적 고독의 사슬에서 벗어날 수 있을 것임을 암시한다. 『움직이는 성』에서는 한국인의 근원 심성, 그 기층적 기질과 기독교 신앙의 갈등과 같은 철학적 종교적 사고를 유발하는 문제가 다루어지고 있다. 이러한 경향은 단편집 『탈』과 장편 『신들

1950년 6월 28일 서울에 입성하는 북한군.

의 주사위』에도 그대로 이어진다.

　이와 같은 우리 삶의 현장에 대한 관조적인 시각은 황순원이 이룩하고 있는 소설 세계의 의미심장한 깊이와 관련되어 있으며, 그 바닥을 두드려 보는 일이 곧 황순원 문학의 본질을 밝히는 것이 된다고 보인다.

　소설은 전지적 설명이 없이도 인물의 형상화를 통해 인간의 존재 양식에 대한 통찰력 있는 천착을 가능하게 할 수 있다. 황순원의 장편들이 이를 잘 증명해 주고 있다. 철학으로 존재론을 설명하자면, 작가와 독자 사이에 전문 지식의 공유가 있어야 하고 관념적인 용어를 사용하지 않을 수 없는데 비해, 소설은 이를 직관적이면서도

미군에게 체포된 북한 소년병들.

구체적으로 보여 줄 수 있다. 이는 소설 문학의 특성이자 강점이다. 독일 철학자 하르트만(Hartmann)이 사실주의를 예술의 건전한 경향이라고 한 것도 이와 같은 맥락 속에 있다.

인간의 존엄성을 증거한 문학

황순원의 시와 초기 단편들, 그리고 순서가 앞선 장편들조차도 기실 우리가 두 발을 두고 있는 구체적 삶의 현장에 과감히 뛰어든 문학이 아니다. 그러나 소재적 측면에서 초기 이후의 단편, 그리고 단편에서 장편으로 넘어오면서 황순원의 작품에는 한국 현대사의 가장 큰 격동의 사건인 6·25전쟁이 배경으로 등장한다. 인생의 여러 면모를 전면적으로 추구하는 데 적합한 장편소설의 양식을 통하여 전란의 와중과 전후에 펼쳐진 좌절 및 질곡을 표현하고자 했을 것임은 앞서 살펴본 바와 같다.

1930년 열여섯에 시를 쓰기 시작하여 1992년 일흔여덟까지 작품을 쓴 황순원은 시 104편, 단편 104편, 중편 1편, 장편 7편의 거대한 문학적 노적가리를 남겼다. 이 작품들은 그로 하여금 한국 현대문학에 있어서 온갖 시대사의 격랑을 헤치고 순수문학을 지켜 온 거목으로, 그리고 작가의 인품이 작품에 투영되어 문학적 수준을 제고하는 데까지 이른, 작가 정신의 사표로 불리게 하였다.

혹자는 역사적 사실주의의 시각에 근거하여 황순원이 서정성과 순수문학 속으로 초월해 버렸다고 비판하기도 한다. 그러나 그렇게만 말한다면 이는 단견의 소치이다. 황순원의 문학과 시대 현실의 관계는 흥미로운 굴곡을 이루고 있다.

초기 단편에서는 작가 자신의 신변적 소재가 주류를 이루면서 토속적 정서와 결부된 강렬하고 단선적인 이미지가 부각되고 있다. 「목넘이 마을의 개」를 전후한 단편에서부터 『나무들 비탈에 서다』까지의 장편에서는 수난과 격변의 근대사가 작품의 배경으로 유입되어 현실의 구체적인 무게가 가장 크다. 장편 『일월』과 『움직이는 성』, 그리고 단편집 『탈』에서는 인간의 운명에 관한 철학적 종교적 문제가 천착되면서 시대 현실이 한 걸음 후퇴한다. 그러나 『신들의 주사위』에 이르면 인간 존재에 대한 철학적 탐구는 그대로 지속되되, 한 지역사회가 변모해 가는 내면적 모습이 함께 그려진다.

이처럼 황순원의 소설들을 발표순에 따라 배열해 보면, 작품의 주제와 시대 현실 사이의 직접적인 상관성이 대체로 '무(無)-유(有)-무(無)-유(有)'의 순서로 나타난다. 이와 같은 굴곡은 이 작가가 시대 현실에 대한 인식을 위주로 소설을 써 온 것이 아니라, 작품의 구조에 걸맞도록 시대 현실을 유입시키고 있음을 뜻한다고 할 수 있다.

처음의 세 단계는 신변적 소재―사회적 소재―철학적 소재로 작품 성향이 변화하는 양상을 말해 주는 것이며, 마지막 단계에서는 시대 현실을 다루는 작가의 복합적 관점을 느끼게 하는 것으로 삶의 현장에 대한 관조적인 시야가 없이는 어려울 것으로 보인다. 그러기에 작품 활동의 후반기를 오면서 그의 세계는 인간의 운명과 존재에 대한 깊은 성찰에 도달하고 있다는 사실에 유의할 필요가 있겠다.

황순원의 문학은 인간의 정신적 아름다움과 순수성, 인간의 고귀함과 존엄성을 존중하는 바탕 위에서 출발했고 이를 흔들림 없이 끝까지 지켰다. 그가 일제하에서 "읽혀지지도 출간되지도 않는 작품을 은밀하게 쓰면서 모국어를 지킨" 일도, 이러한 상황과 무관하지 않을 것이다. 대부분 그의 작품이 상황의 가열함 속에서도 진실된 인간성의 회복을 위한 암중모색을 잊지 않고 있는 것은 그 때문이며, 문학사에서 그를 낭만적 휴머니스트로 기록하고 있는 것도 그 때문일 것이다.

더 생각해볼 문제들

1. 황순원의 문학 세계와 문학의 본래적 목표, 곧 인본주의나 인간 중심주의와
   의 관계는 어떻게 설정되어야 할지 생각해 보자.

   문학은 어떤 경우에라도 인간을 그 탐구의 대상으로 한다. 인간이 갖는 다양
   다기한 생각과 삶의 과정에서 겪는 숱한 고통을 이야기 구조를 통해 풀어내
   고, 그에 대한 새로운 인식을 보여 주거나 극복의 방안을 암시하는 것은 소
   설이 갖는 건강한 기능 가운데 하나이다. 황순원의 소설은 단편, 장편을 막
   론하고 이 대목에 특별한 장점이 있다. 인간을 소중하고 가치 있는 존재로
   전제한 그의 문학은, 그러므로 문학의 중요한 한 본령을 지키고 있는 형국이
   다.

2. 황순원의 문학과 한국 현대사, 특히 동족상잔의 6·25전쟁과의 관계에 대해
   작품의 내용을 중심으로 생각해 보자.

   6·25전쟁은 한국 문학의 소재에 있어 가장 높은 빈도를 보이는 역사적 사건
   이다. 황순원의 경우도 예외는 아니어서 「목넘이 마을의 개」, 「학」과 같은 단
   편, 『카인의 후예』, 『나무들 비탈에 서다』와 같은 장편을 막론하고 이 문제에
   대한 적극적인 수용의 태도를 보인다. 동시에 전란의 와중에도 결코 부서져
   서는 안 될 인간의 순수성과 인간애의 아름다움에 대한 신념을 강력하게 붙
   들고 있다. 전란이라는 배경을 통해 오히려 인간성의 고귀함을 더 잘 드러내
   는 것이 황순원의 문학이다.

3. 황순원의 소설 『나무들 비탈에 서다』에 나타난 세 유형의 인물, 곧 허무주의
   자, 이상주의자, 현실주의자가 시대 현실에 반응하거나 대응하는 방식을 통
   해 인간과 사회의 관계에 대해 생각해 보자.

   허무주의자 현태, 이상주의자 동호, 현실주의자 윤구는 전란을 거치면서 각
   기 그 성격과 현실적 상황의 부딪침에 의해 성격적 특성이 더욱 더 강화되어
   나타나는 것으로 그려진다. 동일한 사회 현실에 대해 각기 다르게 나타나는

성격 유형을 통해, 작가가 의도하는 인간성에 대한 다양한 성찰을 목격하게
된다. 이러한 유형은 다른 장편 『움직이는 성』에 있어서 허무주의자 윤태,
이상주의자 성호, 현실주의자 민구에 있어서도 거의 동일하게 나타난다.

추천할 만한 텍스트

『황순원 전집』, 황순원 지음, 문학과지성사, 1981.

김종회(金鍾會)

경희대학교 국어국문학과 교수.

경희대학교 국어국문학과를 졸업하고 동 대학원에서 박사 학위를 받았다. 1988년 『문학사상』을 통해
문학평론가로 문단에 데뷔했으며, 『문학사상』, 『문학수첩』, 『21세기문학』, 『한국문학평론』 등 여러 문
예지의 편집위원을 맡아 왔다. 김환태평론문학상, 한국문학평론가협회상, 시와시학상, 경희문학상 등의
문학상을 수상했으며 평론집으로 『위기의 시대와 문학』, 『문학과 전환기의 시대정신』, 『문학의 숲과 나
무』, 『문화 통합의 시대와 문학』 등이 있다. 특히 북한 문학과 해외동포 문학에 대한 학문적 관심이 많으
며, 그 결과로 『북한 문학의 이해』 1~4권 및 『한민족 문화권의 문학』 1~2권을 엮은 바 있다.

다음에, 부채의 안쪽 좀 더 좁은 너비에, 바다가 보이는 분지가 있다.
거기서 보면 갈매기가 날고 있다. 윤애에게 말하고 있다. 윤애 날 믿어줘.
알몸으로 날 믿어줘. 고기 썩는 냄새가 역한 배 안에서 물결에 흔들리다가
깜박 잠든 사이에, 유토피아의 꿈을 꾸고 있는 그 자신이 있다. (중략) 사람이 안고
뒹구는 목숨의 꿈이 다르지 않느니. 어디선가 그런 소리도 들렸다.
그는 지금, 부채의 사북자리에 서 있다. 삶의 광장이 좁아지다 못해
끝내 그의 두 발바닥이 차지하는 넓이가 되고 말았다. 자 이제는?

— 『광장』 중에서

최인훈 (1936~)

함경북도 회령에서 태어나 서울대학교 법대에서 공부했다. 1959년 『자유문학』에 단편 「그레이구락부 전말기」와
「라울전」이 추천되어 등단했다. 동인문학상, 중앙문화대상, 이산문학상, 한국연극영화예술상 희곡상, 서울극평
가그룹상 등을 수상했으며, 서울예술대학 문예창작학과 교수를 역임했다. 『가면고』, 『광장』, 『구운몽』, 『회색인』,
『서유기』, 『소설가 구보씨의 일일』, 『태풍』, 『화두』 등의 장편소설과 「옛날 옛적에 훠어이훠이」와 「둥둥 낙랑동」
등의 희곡, 그리고 「문학과 이데올로기」, 「원시인이 되기 위한 문명한 의식」, 「진화의 환상적 완성으로서의 예술」,
「인간의 메타볼리즘(Metabolism)의 3형식」, 「길에 관한 명상」 등의 평론을 발표했다.

02

'광장'이라는 유토피아
최인훈(崔仁勳)의 『광장』

김인호 | 동국대학교 국어국문학과 강사

우리의 '광장'

『광장』은 최인훈의 대표작이면서 현대문학의 고전이다. 김현이라는 유능한 비평가는 『광장』이 출간된 1960년을 '『광장』의 해'라고 명명할 정도로 문학사에서 그 작품의 뛰어남을 인정한 바 있다. 실제로 우리 문학사는 『광장』과 그 작가와 함께 6, 70년대 한국 문학의 황금기를 구가할 수 있었다. 그 당시 사람들은 『광장』을 읽으면서 이전에 맛보지 못한 폭넓은 사회·역사적 관심사와 만났고 그것들이 작품 속에 녹아들어 만들어 내는 깊은 울림에 빠져 들었다. 이데올로기의 비판과 사랑의 아름다움, 그리고 그것들과 어우러진 미적 형식. 지금도 『광장』을 읽은 독자들은 세대를 뛰어넘는 감동에 젖어 그 속에서 쉽게 빠져 나오지 못한다. 그것은 『광장』이 독자들에게 새로운 감각으로 받아들여지기 때문에 가능한 일이다. 『광장』이 출간된 지 반세기가 다 되어 가도록 식지 않은 관심은 이미 우리에게 하나의 사회·문화사적 사건이 되고 있다.

『광장』의 주인공 이명준은 스스로의 의지에 의해 월북하고, 사랑과 이데올로기의 덫에 걸려 고민하다가 동지나(東支那, 동중국) 바다에서 사라진다. 소설 속 그런 모습들이 『광장』 발간 이후, 오랜 경직된 이념의 억압과 혼란한 정치 상황 속에서 진정한 삶의 방향을 고민하게 하고 세계와 자아에 대한 폭넓은 눈을 갖게 했을 것이다. 『광장』의 텍스트로서의 문제의식은 제국주의와 이데올로기에 대한 비판, 그리고 사랑을 통한 인간 본성의 문제에까지 접근하고 있다. 무엇보다 이명준은 '광장'을 찾아 남과 북을, 그리고 한국전쟁의 한복판을, 그리고 그 뒤엔 제3국에 가는 뱃길에서 헤맨다. 물론 제3국에 가는 꿈은 그가 실종되었기 때문에 이루지 못한다. 하지만 '광장'이라는 표상은 우리가 꿈꾸는 유토피아, 즉 이상 세계의 모습으로 영원히 각인되었다. 소설은 한국전쟁 전후의 상황을 다루고 있지만, 그 속에 4·19혁명을 성공한 기쁨을 담아내고 있었던 것이다. 따라서 『광장』은 그동안 금기시된 소재를 사용한 것을 넘어서, 혁명의 정신을 발현시킨 작품이다. 최인훈은 민주주의와 근대성의 정착을 '광장'이라는 이상 속에 담아낸 것이다.

『광장』이 지닌 4월 혁명의 뜨거운 정신은 최인훈의 다른 소설인 「구운몽」, 『회색인』, 『서유기』, 「총독의 소리」 연작 등에서도 계속해서 나타난다. 『광장』이 4월의 기쁨을 노래했다면, 「구운몽」은 그 꿈이 꺾인 5·16군사쿠데타 상황을 보여 준다. 『회색인』이 독고준

4·19혁명의 중심지가 된 광화문 거리.

과 김학을 통해 우리의 부족한 근대성을 진단하면서 4월 혁명이 실패할 수밖에 없었던 외부적 원인들을 점검한다면, 『서유기』는 '독고준 개인의 내면'에서 집단적 무의식을 찾아내며 혁명의 실패 요인을 분석한다. 그리고 「총독의 소리」 연작에 이르면, 세계사적 안목으로 제국주의자들의 음모와 우리 내면에 담긴 노예적 근성을 밝힘으로써 시대에 대한 새로운 자각을 일깨운다. 이 모든 작품들은 『광장』의 이상을 재확인하면서 서사적 탈바꿈을 행한 것이라고 말할 수 있다.

그것은 6차례 개작한 『광장』의 변모에서도 엿볼 수 있다. 최인훈은 『광장』에 작가로서의 모든 열정과 능력을 쏟아 부었다. 먼저 출간 이후로 30년 가까이 지속된 군사정권 치하에서는 그와 같은 작품을 다시 생산할 수 없었기 때문일 것이다. 그리고 그 시기마다 독자들의 요청이 달랐고, 그것을 좀 더 제대로 전달하고자 했기 때문일 것이다. 그렇게 해서 진화된 『광장』은 점점 완성된 형태를 지니게 되는데, 한번은 이런 일도 있었다. 유신 정권 시절, 모두 최인훈이 미국으로 망명을 떠났다고 생각했을 때, 그는 새로이 개작한 『광장』 하나만을 달랑 들고서 고국으로 돌아왔다. 마치 『광장』의 개작이 귀국의 사유나 되는 것처럼. 또 마지막으로 개작한 것은 15년간의 절필을 끝내고 『화두』라는 금세기 최고의 대작을 발표한 직후였다. 이런 점들을 미루어 보아서 알 수 있듯이 『광장』에 대한 작가의 애착은 상상을 뛰어넘는다.

개작은 작중인물의 행위에 타당성을 부여하고, 독자와 친숙해질 수 있는 방안을 찾고, 열린 구조를 만드는 쪽에 초점이 맞추어졌다. 그는 텍스트의 구조에 큰 변화를 주지 않고 그 흐름을 원활히 하는데 정성을 쏟았다지만 사실상 내용 자체도 많이 바뀌었다. 실제적으로 1960년 『새벽』이라는 잡지에 발표된 것과 '문학과지성사' 전집판을 살펴보면 같은 어휘를 거의 찾아볼 수 없을 정도이다. 특히 이념에 대한 인식의 변화, 갈매기의 상징성에 대한 의미 변화 등이 눈에 띈다. 그는 도식성을 줄이고 소설의 입체적 효과를 강조했다.

『광장』에서는 전쟁 전후의 남과 북의 현실과 이데올로기가 세계사적 맥락에서 이야기되고 있다. 1950년대 작가들에게는 그 현실이 너무 혹독하여 한반도에서 터진 전쟁을 세계사적 안목으로 살펴볼 여유조차 없었다. 그저 그들에게는 궁핍하고 비참한 현실, 부조리한 삶을 극복하는 일만이 과제였다. 그리고 그 이후의 군사정권 시절에는 정권 차원의 허울, 즉 정통성의 문제가 불거질까봐 탄압했기 때문에 그러한 작품을 쓰지 못했다. 또 실제로 언론·출판의 검열자들이 남과 북을 공평하게 다루는 것마저 용납하지 않았다. 그래서 『광장』 이후로 남북한 현실에 관한 이야기가 나오기까지 20년 이상의 세월이 걸린다. 그것도 이병주의 『지리산』, 조정래의 『태백산맥』 등 빨치산에 관한 이야기일 뿐, 인민군 장교를 주인공으로 삼은 이야기는 아직도 낯선 실정이다.

　『광장』은 고뇌하는 인민군의 시선으로 배은망덕과 절망적 사랑을 가감 없이 보여 준다. 그것이야말로 어설픈 계몽이나 풍속과 동떨어진 모더니즘, 또 무지한 상태에서 '생의 형식'을 찾는 데에 골몰하던 문학적 태도를 훨씬 벗어나 있다. 『광장』이 단순히 분단 현실만 다루었다면 그토록 오랫동안 독자들의 사랑을 받지 못했을 것이다. 그것은 좀 더 근원적인 인간 내적 본질의 문제를 다루고 뛰어난 미적 구조를 형성했기 때문에 가능한 일이었다. 특히 소설 곳곳에 출현하는 환각의 장치들은 소설에 깊이를 부여하며 합리성만으로는 파악할 수 없는 인간 본연의 문제마저 생각하게 만들었다. 그것이 무엇인지는 누구도 자신 있게 말할 수 없다. 하지만 그런 점 때문에 더 많은 비평가와 문학 연구자들이 그것을 해석하고자 노력하고 지금도 『광장』은 새롭게 의미 부여되고 있다.

환각 속의 유토피아

최인훈의 소설에서 환각은 주체가 무의식의 입구에 들어섰을 때 나타나는 현상이다. 주체가 전의식(前意識)을 지나 억압된 무의식의 문을 여는 순간, 누군가 심하게 뒤통수를 타격하는 것과 같은 느낌을 받고, 주체는 멀미를 하거나 심한 어지럼증에 시달린다. 이때 나타나는 것이 환상이다. 그것은 보아서는 안 되는 것, 볼 수 없는 것들을 보았기 때문에 나타난 현상이다. 주체는 그것을 말로 표현하지 못하고, 함부로 남에게 이야기할 수도 없다. 또 그것이 자기 내면의 그림자일지라도 그걸 표현할 적절한 언어가 없다. 그것은 붙잡을 수 없는 것이기도 했지만, 의식과 무의식의 지대를 마음대로 넘나드는 것이라서 표현하기 어려웠던 것이다. 그것은 이념 뒤에 다른 세계가 있다는 것을 알려 준다. 이럴 경우 '헛것' 혹은 '허깨비'로 이름 붙여진 것이 결코 현실과 동떨어진 것이 아니게 된다. 게다가 그것은 "밖에서 자기 힘으로 살아 움직이는 것"이면서 가장 민감한 현실적인 것의 근원으로부터 솟아오른다. 그것이 때로는 어둠 속에서 '무엇을 할 것인가' 하고 자기 목소리를 내는데, '어디선가 들어 본 목소리'란 걸 보아 자기 내면의 소리라는 것을 짐작할 수 있다.

갈매기는 『광장』의 환각을 대표한다. 처음에 그것은 '탐스러운 뭉게구름'을 통해 '누드'를 연상시키는 '성적 욕망'과 같은 것이었다가, 윤애가 바닷가에서 이명준을 밀쳐 내며 "저것, 갈매기……"라고 말할 때 그것은 자아 검열자의 역할을 한다. 그리고 그것이 서두에서 '얼굴 없는 눈'으로 표현될 때, 잊어버려서는 안 될 것을 잊어버린 사람이 문득 잊어버린 것이 무언가를 깨닫게 해 주는 역할을 한다. 그러다가 소설의 마지막에 이르러 '작은 새'로 등장하는

데, 그것은 아직 태어나지 않은 딸의 의미로서 은혜와의 사랑의 안타까움을 절묘하게 표현해 낸다. 오죽했으면 그런 환영으로 나타났을까? 그들의 사랑은 전쟁 중 폭격에 의해 파괴되었는데, 이명준은 그 작은 새를 바라보며 "비로소 마음이 놓이게" 되었다고 말함으로써, 그들의 사랑이 파괴가 아니라 완성일 수 있는 가능성을 남겨 둔다. 이럴 때 갈매기는 삶의 의미를 되새겨 주는 매개물이 된다. 환각은 단순한 개인적 소망을 넘어선, 주체 내부에 숨어 있던 무의식의 발현이면서, 심지어 집단적인 소망까지 표현한 것이다. 다시 말해 「웃음소리」에서 '웃음소리'라는 환각이 자살을 하려는 주인공의 무의식적 삶에의 욕망을 일깨워 주듯, 『광장』에서 갈매기는 이명준 내부에 숨어 있던 무의식의 실상으로서 그에게 진정한 삶의 가치를 깨닫게 해 준다. 하지만 「웃음소리」의 주인공이 환청을 듣고 자살의 강박관념에서 벗어났다면, 이명준은 그 자신이 '부채꼴의 사북자리'에 너무 깊숙이 들어가 있어 죽음의 그늘에서 빠져나오지 못했다.

동지나 바다에서 그의 과거가 부챗살처럼 떠오른다. 주마등처럼 떠오르는 기억들. 그는 마치 무당이나 된 것처럼 '신내림'을 체험한다. 그가 들고 있는 부채에는 '바다와 갈매기'가 그려져 있고, 또 실제로 갈매기들이 타고르 호를 뒤따라오고 있다. '부채꼴' 속에 담겨 있는 철학과 학생의 꿈과 두 여자와의 사랑, 그리고 남과 북에서의 방황. 그렇다면 바다 위를 나는 갈매기를 이명준의 혼백이라고도 말할 수 있을 듯싶다. 아마 그는 '부채의 사북자리'에서 날아오르기 직전의 상태였을 것이다. "바다는 그쪽에서 활짝 펴진, 눈부신, 빛의 부채다."라고 말했을 때, 어쩌면 그는 부챗살 같은 날개를 달게 되리라고 믿었을지도 모른다. 그런데, 어쩌랴. 바다에서 가장 큰 기쁨을 찾아낸 그는, 그 순간 그냥 그대로 사라지고 만다. 그 어디에도 이명준이 자살할 만한 이유는 없었다. 그는 구체적으로 "5월달 새잎처럼 싱싱한 새 삶"을 기다렸고, 심지어 병원 문지기, 소방서 감시원, 극장 매표원 등과 같은 구체적인 직업마저 생각하고 있었다. 그리고 그가 꿈꾸는 "코리아"는 불만스러운 대상이 아니라 주민들의 불평에 정부 내각이 넘어질 정도로 민주주의가 잘 실현된 나라였다. 그런 것을 보아서도 알 수 있듯이, 그는 나라를 떠나지만 나라에 대한 사랑을 완전히 버리지 않았고, 훗날 통일된 고국으로 돌아올 날을 생각하고 있었다.

이런 전제를 할 때 갈매기는 이명준 자신의 또 다른 내면의 모습이다. 무의식 깊숙이 숨어 있는 욕망의 얼굴이랄까. 그것이 전사한 은혜와 아직 태어나지 않은 딸의 모습으로 나타나기도 한다. 두 마리의 갈매기는 못 다한 사랑의 꿈을 보여 준다. 그런데 한번 허깨비를 본 자는 죽음에 이를 수밖에 없는 걸까? 이명준은 부채꼴의 사북 자리에서 마지막으로 "활짝 웃는" 모습을 보인 뒤 사라지고 만다. 그것을 신내림의 상태에서 승천한 것이라고 할까. 이명준을 삼킨 바다는 "푸르고 육중한 비늘을 무겁게 뒤채면서" 말이 없다. 사실상 바다는 은혜와 딸을 되살려 낸 공간이기도 하다. 그렇다면 그들은 이제야 비로소 하나로 합해진 것이다. 주체 내부에서 자라난 그림자가 '밖'으로 나가 세 사람으로 분화되고 그런 뒤 마침내 합일을 이룬 것이다. 이로써 이명준의 죽음은 신비로워진다. 죽기 전에 '작은 새'와 눈이 마주친 그는 아직 태어나지도 않은 딸애를 떠올리며, "무덤 속에서 몸을 푼 한 여자의 용기를, 방금 태어난 아기를 한 팔로 보듬고 다른 팔로 무덤을 깨뜨리고 하늘 높이 치솟는 여자를, 그리고 마침내 그를 찾아내고야 만 그들의 사랑을" 깨달았다. 그렇다면 그것은 사랑의 완성이 아닌가? 그리고 그것은 '푸른 광장'에서 하나가 된 행복한 순간의 이야기가 아닌가?

'광장'의 본래 의미는 시민들이 합의를 모으는 공간이지만, 소설에서는 이명준이 꿈결에 아름다운 처녀를 만난 곳이고, 그곳에는 맑은 분수가 무지개를 그리고 꽃밭에는 싱싱한 꽃들이 만발해 있는 곳이다. 그러한 것을 이명준이 꿈꾸는 세계라고나 할까. 따라서 '광장'은 그가 책 속에서 찾던, 실재하기보다 이상으로 존재하는 세계이다. 이명준은 그것을 남과 북은 물론 제3국까지 찾아 나선다. 사실상 그 당시 분단의 현실에서는 광장으로 나가는 길이 봉쇄되어 있었다. 분단을 빌미로 억압만이 자행되었다. 아직 민주주의와 근대적 이상이 실현되지 못해서 그런 것이겠지만, 한반도의 알 만한 주민들은 책과 현실의 불일치 속에서 절망하게 된다. 남한의 광장에는 탐욕과 부패가 가득했고, 북한의 광장에는 '당'을 위한 충성의 발언만 가득했다. 올바른 인식을 하는 사람이라면 누구나 알 수 있는 일이었다. 광장에 이르는 길은 험난했다. 광장은 갈 수 없으되 가고 싶은, 포기할 수 없는 꿈이었다. 그곳에서 '갈매기'가 노닌다. 그렇다면 귀신들의 춤사위라고나 할까. 열락의 순간들. 외부 세계와 내부 세계의 갈라진 틈새, 그 뒤집혀진 시간 속에서 춤추는 욕망들, 소망들, 이상들……. '푸른 광장'에서는 이 모든 것들이 하나로 뒤섞인다.

주체와 탈이데올로기

책 속에만 파묻혀 살던 이명준의 사회 입문식은 경찰서에 끌려가 신문받는 것으로부터 시작한다. 경찰서는 그에게 이데올로기적 호출을 하며 붉은 딱지를 붙인다. 그의 아버지가 북한의 고위 간부라는 것이다. 이로써 그의 호사스러운 관념의 꿈들은 모두 무너진다. 그가 남한에서 할 수 있는 일들은 없었다. 그래서 그는 무도회에서 만난 윤애에게서 위로받고자 하지만, 그녀는 본능적으로 그를 거부한다. 그는 결국 그녀의 몸만 탐하다가 파국을 맞이하고 아버지를 찾아 월북하게 된다. 그것은 아버지에 대한 기대라기보다는 남한에서는 더 이상 아무것도 할 수 없었기 때문이다. 남에서 북으로 넘어가고, 북에서 좌절한 뒤 은혜에게 기대고, 그리고 은혜가 죽은 뒤에는 제3국으로 가는 것들이 다 그런 의미를 지닌다. 세계를 인식할 사이도 없이 휩쓸아가 버리는 역사의 흐름 속에서 그는 어떻든지 균형을 잡아 보고 싶었지만 어느 것 하나 쉬운 일이 없었다.

은혜는 남과 북의 정치적 상황에 실망한 뒤 마지막으로 기댈 수 있는 구원의 문이었다. 그녀는 그의 절망을 본능적으로 받아들였고 언제 사라질지 모르는 절박한 사랑을 가슴으로 품었다. 역사적 소용돌이 속에서 한 개인이 할 수 있는 일이란 게 그 정도인지 몰랐다. 그들은 포탄이 떨어지는 전쟁 중 '동굴' 속에서 만나는 것만으로도 얼마든지 행복했다. 그들이 사랑하지 않고 무얼 하겠는가? 전쟁 중에 어떤 역할도 할 수 없는 그들에게 사랑은 최고의 가치였다. 이명준

6·25전쟁 당시 포로수용소에 수용되어 있는 포로들.
『광장』에서 포로가 된 명준은 중립국 행을 선택한다.

이 "등허리가 쭈뼛한 꿈 밖의 무서움"에 좌절하고, 또 그것이 무서워
전쟁 중에는 윤애와 태식에게 고문을 가한다. 이런 정신 파탄적 모
습은 주체의 의지로는 이데올로기 속에서 아무것도 할 수 없다는 것
을 보여 준다. 그것은 이성적인 이명준이 하는 일이 아니라 악마가
하는 일이었다. 이데올로기 바깥은 없다. 누구도 거기서 벗어날 수
는 없다. 그래서 그는 사랑하는 여인의 품에 파고드는 수밖에 없었
던 것이다. 이명준은 두 팔이 안을 수 있는 광장만 있어도 좋겠다고
말한다. 그럴 정도로 절박하게 은혜에게 매달렸다. 하지만 그것조차
실현되지 않았다. 잠시 이데올로기를 잊을 수는 있지만, 그것도 잠

시 잊게 하는 것에 불과할 뿐, 『광장』에는 출구가 없었다.

이명준은 숨이 막힌다. 역사의 흐름과 동떨어지고 그것을 파악하지 못하면 그 흐름에서 영원히 밀려나게 되기 때문이다. 물론 여기서 역사란 이데올로기의 내부를 말한다. 이럴 때 책 속에서 찾아낸 이상은 아무런 소용이 없다. 마르크스주의는 순진한 아이의 이상일 뿐, 그것이 이데올로기로 바뀔 때 한낱 '도깨비놀음' 이상이 되지 못했다. "사람이 살다가 으뜸 그럴 듯하게 그려 낸 꿈이, 어쩌다 이런 도깨비놀음이 됐는지 아직도, 아무도 갈피를 잡지 못해서, 행여 내일 아침이면 이 멍에가 도깨비 방망이로 둔갑할까 기다리면서" 그는 절망한다. 그것은 공포였다.

이번에는 '남'에게 탓을 돌릴 수 없는 진짜 절망이 찾아왔다. 신문사와 중앙도서실의 책을 가지고 마르크시즘의 밀림 속을 헤매면서 이명준은 처음 지적 절망을 느꼈다. 참으로 그것은 밀림이었다. 그럴 듯한 오솔길을 발견했다 싶어 따라가면 어느새 그야말로 '일찍이' 다져진 밀림 속의 광장에 이르는가 하면, 지금 자기가 가진 연장과 차림을 가지고는, 타고 내리기가 어림없는 낭떠러지가 나서는 것이었다. '전 세계 약소민족의 해방자이며 영원한 벗'들도, 이 밀림의 어디선가에서 길을 잘못 든 것이 틀림없었다. 그렇다면 이 밀림에는 다져진 길도, 따라서 지도도 없으며, 다 제 손으로 할 수밖에 없다는 말이 된다. 목숨에 대한 사랑과, 오랜 시간이 있어야 할 모양이었다.

최인훈은 70년대 중반에 이미 소련이건 동구권이건 사회주의 국가가 근본적으로 잘못되어 가고 있다는 걸 직감했다. 그것이 개작에 영향을 미쳐, 전집판에서 공산주의가 "밀림의 어디선가에서 길을 잘못 든 것이 틀림없었다"고 단정적으로 말하게 된다. 그렇게 해서『광장』에서 공산주의의 이상은 '스탈린주의'로 바뀌게 된다. 초간본의 편향된 자본주의 비판이 전집판에서는 노골적인 공산주의 비판을 겸하게 되는 것이다. 이명준은 정치적 유토피아니즘을 거의 포기하고 최소한 누릴 수 있는 인간적 삶을 열망한다. 1963년 상재한『회색인』에서 제시되던 '사랑과 시간'은 1978년 개작한 전집판『광장』에서는 '목숨에 대한 사랑과 오랜 시간'이라는 구체적인 내용으로 바뀐다. '목숨', 즉 삶이 더 중요해진 것이다. 이쯤 되면『광장』은『회색인』이후의 작품이 되고 말지만, 전집판에서는 지독한 절제를 통해 이런 단계에서 멈춘다. 그보다 더 나아가면 이제『광장』이 될 수 없기 때문이다.

하지만 사랑은 더욱 부각된다. 최인훈은 이데올로기로부터 입은 상처의 치유책을 찾고 있었다. 사랑할 수만 있어도 이데올로기의 억압을 견딜 만했지만, 무엇보다도 그것은 이데올로기에 타격을 가할 수 있는 유일한 힘이었다. 그가 집요하게 은혜와의 사랑에 매달린 것은 본능이나 도피만이 아니라, 달리 생각해 보면 그것만이 돌파구였기 때문이다. 그리고 사랑이 없어 전쟁을 일으킨 자들을 조롱하며, 동굴 속에서나마 사랑의 광장을 만들고자 한다. 물론 그것 또한 은혜의 죽음과 함께 좌절된다. 하지만 이데올로기의 억압을 버틸 수 있는 유일한 힘의 발견, 그리고 그 속에서 살아남을 수 있는 방법을 깨닫게 된 것은 큰 성과다. 사랑과 시간. 그것을 축복하듯 갈매기들이 바다 위에서 뛰논다. '영혼들의 축제'라고나 할까. 하지만 그 판이 벌어진 곳이 이명준에게는 외부 세계의 마지막 난간이었다. 그는 갑판 위에서 어질머리를 느끼며 구토를 한다. 그때 갑자기 태어나지도 않은 '자기의 딸'이 환영으로 나타난다. 그것은 이데올로기의 톱니바퀴가 정상 궤도를 이탈했을 때, 즉 우리를 작동시키는 기계가 고장 났을 때 나타나는 것이다. '작은 새'의 등장은 현실적 구조의 잘못을 지적하며 이데올로기 바깥이 가능함을 말한다. '부채' 속에 갇혔을 때는 날지 못했지만 부채를 펼치자 활짝 날개를 편 작은 새. "부채를 쭉 편다. 바다가 있고, 갈매기가 있는 그림이 그려져 있다. 부채를 접었다 폈다 하다가, 스르르 눈을 감는다. 머릿속으로 허허한 벌판이 끝없이 열리며, 희미한 모습이 해돋이처럼 차츰 떠올라 온다." 그 펼쳐진 부채의 끝에 그의 모든 삶의 경험들이 자리 잡고, 그리고 '작은 새'가 날아오른다. 그것은 상징적으로 새로운 시작을 의미한다. 게다가 거기서 생명의 기운이 새벽 기운처럼 퍼져 오른다. 그런데 너무 늦었다. 그는 부채꼴의 사북자리 끝에 간신히 서 있었으나 자신을 지탱할 힘이 이미 바닥난 것이다. 그는 갑판 위에서 "두 발바닥이 차지하는 넓이"를 느끼면서, 마침내 바다에서 은혜와 딸과 자신이 마음껏 날아다니는 순간을 맛보다가 "활짝 웃으며", 영원히 다른 시간 속으로 들어간다.

더 생각해볼 문제들

1. 『광장』의 작가는 당대 현실을 어떻게 파악하고 있는가?

　　최인훈은 현실의 문제를 가장 직접적으로 거론한 작가이다. 그의 소설이 관념적이고 실험적이지만, 그가 기조로 삼고 있는 것은 언제나 현실이다. 그는 현실에 발을 딛고 이상과 사랑과 환상을 이야기한다. 그것은 그의 소설이 리얼리즘의 정신에 투철하다는 의미이다. 즉 그는 자기에게 주어진 세계와 역사·정치 상황 속에서 올바르게 살아가는 방법을 찾는다. 그것은 근대성의 이념이 우리의 풍속에 자리 잡아 가는 모습을 비판적으로 살펴보는 것으로 나타난다. 때때로 그것이 관념 그대로 드러나 이야기를 원한 독자를 당황스럽게 하지만, 그것은 그 자신만의 독자적인 사유를 거쳐 만들어진 것이라서 그 자체만으로도 큰 의미를 지닌다. 작가가 자기에게 주어진 상황을 정확히 인식하지 못하면 독자에게 보여 줄 것이 없다. 또한 적절한 작중인물을 창조해야 자기가 처한 상황을 제대로 보여 줄 수 있다.

　　『광장』의 이명준은 분단 상황에서 길을 잃고 '밀림'을 헤쳐 나간다. 『서유기』의 주인공 독고준은 4·19혁명 직전에 자기 자신을 그렇게 만든 역사적·이데올로기적 상황을 밝혀 내고 자기 모순을 극복해 낸다. 그리고 『태풍』이 식민지 상황에서 자신의 무지를 발견한 자의 고뇌를 드러낸다면, 『화두』에 이르러서는 동서 이념의 축이 붕괴되는 과정에서 미국과 러시아를 다녀온 화자가 20세기 전체를 아우르는 사유를 보여 준다. 즉 최인훈은 당대 현실을 인식하고 그것을 현실의 원리로 삼아 작품을 생산해 낸 것이다. 그의 작품 하나하나를 살펴보면 역사적 사건과 밀접하게 관련되어 있다. 『광장』이 4·19혁명의 정신으로 본 6·25, 「구운몽」이 5·16군사쿠데타, 『회색인』, 『서유기』가 4·19혁명, 「총독의 소리」 연작이 1963년 한일협정 반대 시위, 「하늘의 다리」가 당대 부정한 권력으로부터 발생한 정인숙 사건의 모습으로 나타난다. 하지만 작가 최인훈은 그러한 내용을 실험적 형식에 담음으로써 리얼리즘을 논의하는 문학 연구자나 비평가들을 당혹스럽게 만들었고, 그로 인해 최인훈의 세계관을 명확히 파악한 사람들이 지금도 아주 드문 실정이다.

135

2. 『광장』은 이데올로기와 사랑 중에서 어느 쪽을 더 강조하고 있는가?

『광장』은 남북으로 분단된 현실을 제재로 삼음으로써 이데올로기의 문제를 다룬다. 특히 남한과 북한의 정치 현실을 보여 주고 그것을 비판함으로써 이데올로기의 문제를 부각시킨다. 특히 광복 이후 한국전쟁까지 당대 사람들은 자기들의 의사와는 무관하게 자본주의와 공산주의로 갈려 살아가야 했고, 또 그러면서도 자신들의 처지가 어떤 상태인지 명확하게 인식하지 못했다는 것을 적절히 보여 준다. 그런 점에서 『광장』의 이데올로기적 요소는 돋보인다. 하지만 거기에 덧붙여 사랑의 문제가 아름답게 그려진다. 윤애와의 사랑은 에고를 지키려는 자들의 사랑의 갈등이지만, 은혜와의 사랑은 그것마저도 다 버린 사람들의 열정적이고 절망적인 사랑이다. 그래서 그런 사랑 끝에 죽음에 이른 은혜가 행복하게 보이는 측면도 없지 않다. 게다가 이명준은 사랑의 승화를 통해 이데올로기마저도 넘어서는 모습을 보여 준다. 한반도에 갇혀 사는 사람들에게 이데올로기 바깥은 존재하지 않았지만, 사랑하게 되면 그것 이상의 가치를 찾게 된다. 1960년 『새벽』지에 실린 『광장』이나 초간본 '정향사판'의 내용은 남한의 윤애를 사랑하고 북한의 은혜를 사랑하는 정도로 분단된 조국을 상징했지만, 1970년대에 나온 '민음사판'과 '문학과지성사 전집판'은 이데올로기를 뛰어넘는 절대적 사랑을 부각시키는 데 초점을 맞춘다. 그것은 이데올로기마저 초월하고, 마침내 동지나 바다의 '푸른 광장'에서 만나는 위대한 사랑의 모습으로 나타난다.

3. 주인공 이명준은 최인훈의 다른 소설에서 어떻게 살아나고 있는가?

최인훈 소설의 주인공들은 다양한 이름을 가지고 있지만, 대체로 서로 관련되어 있고, 특히 『광장』의 이명준은 다른 소설에서 다른 인물들로 변화하고 확장되는 모습을 보여 준다. 「가면고」의 민이 「구운몽」에서 독고민으로, 『광장』의 이명준이 『회색인』과 『서유기』에서 독고준으로, 각각 '민'과 '준'이라는 같은 이름을 사용하고, 「구운몽」과 『회색인』, 『서유기』 주인공의 성이 '독고'라는 점도 의미심장하다. 또한 「하늘의 다리」의 화가인 이준구는 『광장』의 이명준과 두 자나 같고, 「총독의 소리」 연작의 '시인'도 다분히 작가의 모습을 하고 있다. 실제로 그 두 작품에는 최인훈의 예술론이 많이 담겨 있다. 그뿐만 아니라 『소설가 구보씨의 일일』의 구보와 『태풍』의 오토메나크, 『화두』의 '나'에게서도 이명준의 냄새가 난다. 책을 좋아하고, 세계에 대한 인식을 소중히 여기는 이명준의 삶의 태도는 최인훈의 다른 소설에서 되살아나는 것이다. 『광장』의 이명준은 동지나 바다에서 사라졌지만, 어쩌면 그는 다른 방식으로 살아나 「구운몽」의 독고민을 통해 자신의 내부의 모습을 보여 주고, 『회색인』이나 『서유기』에서는 사유의 폭이 더 확장되며 역사까지 포함한 깊이 있는 모습을 보여 준다. 그리고 『화두』에 이르면, 「총독의 소리」 연작에서 보여 주던 제국주의자들의 실상과 세계 속의 우리의 처지를 좀 더 구체적으로 보여 준다.

추천할 만한 텍스트

『우리 시대 작가 총서─최인훈』, 김병익·김현 엮음, 은애, 1979.
『'광장'을 읽는 일곱 가지 방법』, 김욱동 지음, 문학과지성사, 1996.
『최인훈』, 이태동 엮음, 서강대출판부, 1999.
『해체와 저항의 서사─최인훈과 그의 문학』, 김인호 지음, 문학과지성사, 2004.
『최인훈 소설 연구』, 김미영 지음, 깊은샘, 2005.

김인호(金寅鎬)

동국대학교 국어국문학과 강사.
동국대학교 국어국문학과를 졸업하고 동 대학원에서 『최인훈 소설에 나타난 주체성 연구』로 박사 학위를 받았다. 1997년 동아일보 신춘문예에 「최인훈 『화두』에 대한 철학적 담론」이 당선되어 문학평론가로 활동하기 시작했으며, 지은 책으로는 『니체 이후의 정신사』, 『탈이데올로기와 문학적 향유』, 그리고 최인훈 문학의 전모를 다룬 평론집 『해체와 저항의 서사』 등이 있다.

－ 금일삼촌별세급하향

나는 잠시 망연해졌다. 그러나 불현듯, 이제 고향 땅에 핏줄로서는 내 손윗사람이

한 명도 남지 않게 되었다는 엉뚱한 생각부터 먼저 들었다. 오래 고향을 지켜 온

삼촌마저 끝내 돌아가신 것이다. 별 애통한 느낌까지는 들지 않았으나 묵은

괴로움의 응어리가 삭아 없어지는 쓸쓸함이 목구멍을 채웠다.

한줄기 시원한 소나기라도 맞은 것 같은 마음 개운함도 작용하고 있었다.

첫 느낌은 분명 그랬다.

－ 『노을』 중에서

김원일 (1942~)

경남 김해에서 태어나 대구에서 성장했다. 1950년 6·25전쟁 중에 아버지가 월북했다. 서라벌예술대학 문예창작
과를 거쳐 영남대학교 국어국문학과를 졸업하고 단국대학교 대학원 국어국문학과를 졸업했다. 1966년 「1960
알제리아」가 《매일신문》 신춘문예에 당선되어 등단했다. 김원일은 분단 문학의 대표적 작가로 월북한 공산주의
자를 아버지로 둔 명에를 문학적 화두로 승화하여 빛나는 작품들을 다수 창작하였다. 소설집 『어둠의 혼』, 『어둠
의 축제』, 『오늘 부는 바람』, 『노을』, 『도요새에 관한 명상』, 『환멸을 찾아서』, 『바람과 강』, 『겨울골짜기』, 『마당 깊
은 집』, 『그곳에 이르는 먼 길』, 『늘 푸른 소나무』 등이 있고, 산문집 『사랑하는 자는 괴로움을 안다』, 『삶의 결, 살
림의 질』이 있으며, 다수의 평론이 있다.

03

분단 현실을 바라보는 성숙한 시선
김원일(金源一)의 『노을』

권오룡 | 한국교원대학교 불어교육과 교수

체험에 기초한 사실적 소설

일반적으로 작가들은 자신의 체험이나 실제의 사실을 바탕으로 글을 쓰지만, 문학작품의 의미를 작가의 체험적 사실과의 연관성 속에서만 찾아보려는 방식은 그리 좋은 것으로 인정되지 않는다. 이런 방식은 문학작품이 구체적 사실을 소재로 하면서도 그것을 글로 가공하는 과정에서 자기만의 것으로 독특하게 지니기 마련인 상상적이거나 상징적인 초월성의 부분을 소홀히 하게 될 위험을 지니기 때문이다. 그러나 간혹 예외적인 경우가 없는 것은 아니다. 김원일의 『노을』은 이런 예외적인 경우에 속하는 작품이라고 할 수 있다. 『노을』에서 29년 전 이른바 '빨갱이'들이 일으킨 폭동의 무대로 설정되어 있는 진영은 작가 김원일의 고향이기도 하다. 또 작가의 실제 아버지는 8·15해방 이후 좌익 활동을 하다가 6·25전쟁 때 월북한 좌파 지식인이었다. 이렇듯 『노을』은, 작가가 어렸을 때의 실제 사실들과 정확히 일치하는 것은 아니지만, 상당 부분이 체험적 사실들에 기초해 있는 자서전적 소설이다. 뿐만 아니라 이 체험적 사실들에는 어린 시절의 김원일이 훗날 성장하여 글을 쓰는 작가가 되도록 만든 실존의 근원적 동기가 잠재되어 있기도 하다. 이 근원적 동기는 『노을』의 예고편이라 할 수 있는 단편소설 「어둠의 혼」에서 드러나기 시작하여 『노을』을 거쳐 마침내 김원일의 대표작이라 할 수 있는 대하 장편소설 『불의 제전』에 이르기까지 꾸준히 탐색되고 확대·발전된다.

김원일은 1942년 경상남도 진영에서 태어났다. 그가 여덟 살 되던 해에 6·25전쟁이 발발했고, 9·28서울수복 때 부친이 단신으로 월북하자 남한에 남은 가족들은 대구에서 어머니의 삯바느질을 생계 수단으로 삼아 궁핍한 삶을 이어 나가지 않을 수 없었다. 이 시절의 고달픈 삶은 작가의 또 하나의 자서전적 소설인 『마당 깊은 집』에 탁월하게 형상화되어 있다. 이 소설의 주인공이 그러하듯 김원일도 신문 배달 등을 하며 조금이나마 가계에 보탬이 되려 애썼고, 그런 와중에도 틈틈이 글을 써서 당시의 유명한 학생 잡지였던 『학원』에 투고하여 게재되기도 했다.

4·19혁명이 나던 해인 1960년 김원일은 서라벌예술대학 문예창작과에 입학하여 김동리로부터 소설 창작을 배우는 한편 여러 문우들과 사귈 수 있는 기회를 갖게 되었다. 3년간의 군복무를 마친 후 1966년 김원일은 대구 《매일신문》에서 주최한 '매일문학상'에

경남 김해시 진영읍 금병공원에 세워진 김원일 문학비.

「1961·알제리아」라는 단편소설로 당선되고, 이듬해인 1967년에는 『현대문학』의 제1회 장편소설 공모에 『어둠의 축제』가 준당선되어 중앙 문단에 진출하게 된다. 1973년 첫 소설집 『어둠의 혼』을 출간했고 1976년 두 번째 소설집인 『오늘 부는 바람』에 이어 1978년 『노을』을 출간하여 '대한민국 문학상 대통령상'과 '한국 소설 문학상'을 수상했다. 또 1983년에는 중편 「환멸을 찾아서」로 동인문학상을 수상하기도 했다. 1985년에는 마흔셋의 나이에 이르러 그동안 18년간의 직장 생활을 청산하고 전업(專業) 작가의 길로 들어서 이후 『바람과 강』, 『마당 깊은 집』, 『늘 푸른 소나무』, 『불의 제전』 등의 대표작들을 위시한 많은 소설들을 발표하며 오늘날까지

왕성한 창작 활동을 이어 오고 있다.

잊으려 해도 잊혀지지 않는 과거

－금일삼촌별세급하향

나는 잠시 망연해졌다. 그러나 불현듯, 이제 고향 땅에 핏줄로서는 내 손윗사람이 한 명도 남지 않게 되었다는 엉뚱한 생각부터 먼저 들었다. 오래 고향을 지켜 온 삼촌마저 끝내 돌아가신 것이다. 별 애통한 느낌까지는 들지 않았으나 묵은 괴로움의 응어리가 삭아 없어지는 쓸쓸함이 목구멍을 채웠다. 한줄기 시원한 소나기라도 맞은 것 같은 마음 개운함도 작용하고 있었다. 첫 느낌은 분명 그랬다. (중략) 나는 그 인사를 흘려들으며 아무 대답도 하지 않았다. 앞을 우뚝 막아선 산에다 눈을 주었다. 관악산은 이미 그늘져 침침한 회청색을 띠고 있었다. 그 뒤로 아직 끓고 있는 더위와 어울려 자줏빛 노을이 가라앉고 있었다. 그 마른 핏빛 노을이 가물가물 먼 기억의 실마리를 집어내어, 잊으려 지우고 지워 온 깊은 상처를 새로이 긁었다. 어느 사이 런닝샤쓰를 적신 땀이 식은땀으로 차갑게 살에 닿았다. 등줄기를 찌르는 그 찬 기운 때문만도 아닌데 나는 한차례 어깨를 떨었다. 비로소 강한 통증이 뒷골을 쳤다. 시야가 뿌옇게 흐려 왔다.

『노을』은 이렇게 주인공 삼촌의 부음을 알리는 것으로부터 시작된다. 아주 단순화시켜 말하면 삼촌의 죽음이라는 사건은 한 세대의 종말, 그리고 이 세대와 얽혀 있는 사실들이 망각의 무덤에 묻히게 됨을 뜻한다고 할 수 있다. 이 소식을 접한 주인공의 첫 반응이 "한줄기 시원한 소나기라도 맞은 것 같은 마음 개운함"이었던 것은 망각이 가져다 줄 어떤 구원이나 해방에 대한 기대감을 반영하는 것일 터이다. 그러나 주인공의 심경은 이내 "자줏빛 노을"에 겹쳐 어른거리며 떠오르는 "핏빛 노을"에 대한 기억과 겹쳐지면서, 등골이 시려 오는 듯한 불안감과 함께 "강한 통증"의 느낌으로 변질된다. 극과 극을 오가는 이 같은 심경 변화의 이유는 무엇일까?

주인공의 이 같은 이중적인 착잡한 심경의 비밀은 우선 그의 개인적 기억과 관계가 있다. 삼촌의 죽음과 더불어 이제 "고향 땅에 핏줄로서는 내 손윗사람이 한 명도 남지 않게" 될 때 고향에서의 주인공에 대한 기억은 사라져 버릴 것이고, 주인공 또한 고향과 이것에 연결된 과거 사실에 대해 애써 기억할 필요가 없게 될 것이다. 주인공은 잊기를 원하고 잊혀지기를 원한다. 주인공이 잊기를 원하는 것에는 백정의 자식이라는 개인적 사안과 무식하고 난폭한 백정이었던 아버지가 분별없이 끼어들어 더욱 피비린내 나는 것으로 만들었던 빨치산 폭동이라는 사회적·역사적 사건이 나란히 놓인다. 그러나 불행하게도 삼촌의 죽음은 주인공에게 이런 망각의 위안을 선물하는 게 아니라 "잊으려 지우고 지워 온 깊은 상처"를 돌이키지 않을 수 없게 만드는 기억의 촉매로 작용한다. 망각은 결코 주인공을 과거의 굴레로부터 벗어날 수 있게 해 주는 해방의 도구가 아닌 것이다.

주인공에게 이토록 끈질기게 달라붙어 있는 과거의 기억을 사회의 차원으로 확대할 때 그것은 역사가 된다. 그러므로 주인공을 사로잡고 있는 과거의 기억은 그만의 개인적인 문제가 아니라 8·15 해방 이후 순탄치 못했던 한국 현대사의 굴곡 속에서 한국 사회 전체가 짊어져야 했던 멍에이고 신음해야 했던 상처인 것이다. 이렇게 『노을』은 가족사의 깊은 상처를 다시는 기억하고 싶지 않은 깊은 비밀로 간직한 한 인물이 그 과거와 다시 만나게 되는 모습과, 그 과정에서의 주인공의 심경과 의식의 변화에 대한 형상화를 통해 한국 현대사의 상처에 대한 사회적 차원의 치유책을 모색하고 있는 소설이다.

『노을』의 구성 : 사실성과 예언성

『노을』은 크게 보아 두 부분으로 구성되어 있다. 29년의 시차에 의해 나뉘는 두 부분 가운데 시간상으로 앞선 첫 번째 부분은 주인공인 '나'(김갑수)가 어렸을 때 고향인 진영에서 아버지 김삼조가 주동이 되어 일으킨 좌익 폭동 사건이 일어나기까지의 일상적 삶의 모습에 대한 사실적 묘사와 서술의 부분이고, 두 번째 것은 이제 29년의 세월이 흘러 40대 중반의 나이에 이르러 출판사 중견 사원이 된 주인공이 삼촌의 부음을 받고 아들과 함께 고향을 찾아 장례식을 치르며 접하게 되는 현재의 사실들에 대한 이야기 부분이다. 전부 7개의 장으로 이루어져 있는 『노을』에서 첫 번째 부분에 해당되는 장은 2, 4, 6장이고, 1, 3, 5, 7장이 두 번째 부분을 이루고 있다. 『노을』에서 이러한 구성은 이 소설만의 고유한 의미를 만들고 전달하는 데 매우 효과적인 기능을 하고 있다.

첫째로, 그것은 29년이라는 짧지 않은 시간이 경과했음에도 불구하고 현재가 과거의 굴레로부터 여전히 자유롭지 못하다는 사실을 인식할 수 있도록 하는 데 이바지한다. 이것을 우리는 『노을』의 독특한 구성이 사실적 측면에서 거둔 성과라 할 수 있는데, 이를 통해 『노을』은 이 소설이 씌어진 70년대 후반 유신 독재 체제 아래 있었던 한국 사회 상황의 정곡을 찌르는 사실주의적 성취를 이룩한다.

오늘의 시점에서 『노을』을 읽으면서 우리가 염두에 두어야 하는 것은 이 소설이 씌어진 70년대 후반의 한국 정치 현실의 삼엄함이다. 당시의 서슬 시퍼렇던 반공 이데올로기의 위협 아래서 북한이나 사회주의에 대해 언급한다는 것은, 그것들을 노골적으로 비난하고 공박하는 경우를 제외하고는 금기와 다름없었고, 그래서 6·25전쟁에 대해서도, 그것이 남·북한이 함께 치르고 겪은 사건이었음에도 불구하고, 두 진영의 입장과 관점을 함께 아우르는 객관적이고 총체적인 시각에서의 접근 또한 가로막혀 있었던 것이 그 시대의 정황이었다. 그러므로 『노을』은 8·15해방 이후 6·25전쟁까지의 해방 공간에서 좌우 대립과 빨치산 폭동이라는 소재를 다룸에 있어 70년대 후반의 한국 사회와 정치 현실에 엄존하고 있었던 표현의 한계와 우선 부딪쳐 싸워야 했던 작품이고, 이 한계를 뛰어넘을 수 있는 가능성을 구체적으로 보여 주어야 한다는 과제를 스스로 떠안아 마침내 이를 성공적으로 수행한 작품인 것이다.

그러나 『노을』의 성과가 이것만으로 그쳤다면 그리 높이 평가되기는 어려웠을 것이다. 『노을』이 이보다 더 높이 거둔 성과는 이러한 상황의 고착성과 경직성에도 불구하고 이것을 깨뜨리고 이것에서 벗어나려는 한 개인의 각성의 계기와 실천의 단서를 보여 주고 있다는 점에 있다. 주인공에게 아직도 생생한 29년 전의 사실들, 그리고 그 연장선상에서 현재의 주인공이나 다른 인물들이 당해야 했던 고초 — 예컨대 주인공의 경우 배도수·진필제 같은 인물들과의 만남으로 해서 정보기관의 조사를 받았던 일과, 치모라는 인물의 경우에 있어 학생 시위에 연루되어 대학에서 퇴학을 당하게 되는 것 등 — 는 오히려 우리가 그 고착된 상황의 굴레 안에 머물러서는 안 되는 이유를 당위적으로 일깨워 준다. 그러므로 과거와 현재를 연결시키고 있는 『노을』의 구성은 오히려 과거와 현재의 구속에서 벗어나려는, 벗어나야 한다는 당위적 의지를 잠재적으로 내포하고 있는 것인데, 이렇게 미래로 열리고자 하는 현재의 각성과 이것의 진실성을 보증해 주는 것이 다름 아닌 현재를 사로잡고 있는 과거인 것이다. 구성상의 독특함에 의지하여 『노을』이 획득할 수 있었던 이 두 번째 성과를 이 소설의 예언적 측면의 의미라 할 수 있을 것이다.

소년의 눈과 어른의 눈

『노을』의 예언적 성취를 뒷받침하고 있는 또 하나의 구성적 요소는 인물과 시점이다. 사실 『노을』이 어려운 시대적 여건에도 불구하고 씌어질 수 있었던 데에는 인물의 제시 방식, 그리고 이것과 불가분의 관계에 있는 시점의 묘에 힘입은 바 크다. 이 소설에서 주인공 김갑수는 열네 살짜리 소년으로서의 모습과, 성장하여 중년의 나이에 이른 인물로서의 이중적 면모를 지닌다. 인물의 이러한 양면성은 이 소설 자체가 29년의 시차를 갖는 두 개의 플롯을 병렬하고 있기 때문이기도 하지만, 반드시 이것이 결정적인 이유인 것은 아니다. 이제 중년의 어른이 된 김갑수의 회고적 시점만으로 과거를 서술할 수도 있기 때문이다. 그러나 이럴 경우, 앞서 말한 바와 같은 시대적 제약으로 말미암아 29년 전에 주인공의 아버지가 참여하여 일으켰던 빨치산 폭동에 대해 사실적으로 접근하는 데에는 많은 어려움이 수반되었을 것이고, 결과적으로 이 작품의 사실주의적 성취 또한 상당히 손상되기 십상이었을 것이다. 이념적 문제에 대해 이념의 검열을 피하면서도 사실적으로 접근하기 위해 고안된 방식이 바로 어린 주인공의 순진한 시점을 빌리는 것이었다.

그러나 이러한 방식은 『노을』에서 처음 시도된 것이 아니라 이 소설의 기본 구상을 담고 있는 「어둠의 혼」에서 이미 시도되어 성공을 거둔 것이었고, 또 이 방식은 다른 작가들에게 있어서도 70년대에 6·25전쟁과 분단 문제를 다룰 수 있게 해 주는 서술 방식으로 흔히 선택되었다. 그 가운데 대표적인 것으로 윤흥길의 「장마」를 꼽을 수 있는데, 이런 점에서 「어둠의 혼」과 『노을』은 70년대 분단 소설의 한 유형을 스스로 만들어 대표하는 작품으로 평가할 수 있다. 『노을』이 갖는 문학사적 의의 가운데 하나는 이러한 점에서 찾아진다.

그러나 어린 소년의 순진한 시점은 이런 장점 못지않게, 피할 수 없는 한계를 지닌다. 그것은 6·25와 분단을 바라보는 종합적이고도 총체적인 인식을 드러내는 데 무력할 뿐만 아니라 현재의 인식을 초월하는 미래의 전망을 제시하는 데에는 도저히 이를 수 없는 것이다. 6·25와 분단 문제는 그것에 대한 사실적 접근도 물론 필요한 것이었지만, 이것 못지않게, 아니 이것 이상으로 현재적 인식과 미래적 전망의 창출이 중요시되는 문제였던 것이다. 이 미래 전망의 창출은 간접적으로나마 70년대 후반의 유신 체제라는 폐쇄적이고 억압적인 정치 현실과 그 이데올로기적 기반을 흔들 수 있는 문학적 실천의 실마리와도 연결될 수 있는 과제였기 때문에 더욱 그러했다. 어린 소년의 시점과 나란히 놓이면서 이것과 교대로 펼쳐지는 성숙한 어른의 시점은 이런 점에서 반드시 필요한 것이었다. 또한 이러한 시점은 주인공의 아비지를 무식한 백정의 신분으로 설정한 것으로 말미암아 『노을』이 지닐 수밖에 없는 인식적 차원의 한계를 극복하기 위해서도 필요한 것이었다고 할 수 있다.

모순에 대한 인식

이 성숙한 시점에 입각하여 현재와 과거를 잇는 인식이 여러 각도로 개진된다. 현재와 과거가 연결된 시간 구조 속에서 『노을』이 우선 인식시키고자 하는 것은 시간, 혹은 역사의 정체성이라는 모순이다. 이것은 간략하게나마 앞서도 언급한 바 있으므로 길게 되풀이할 필요가 없을 것이지만, 한 가지만 덧붙여 말하면 주인공이 애써 과거를 잊음으로써 그것에서 벗어나려 하는 것에는 단순히 백정의 자식이라는 미천한 신분을 감추거나 아버지의 빨치산 활동을 은폐하기 위한 것이라는 구체적 의미만이 아니라, 조금 추상적인 차원에서는 역사의 정체성, 상황의 고착성에서 벗어나야 한다는 당위성을 일깨우려는 의지가 함께 내포되어 있다고 말할 수 있다.

이렇게 심층적 구조에 있어 역사와 상황은 조금도 변하지 않은 상태로 머물러 있음에 비해 일상생활의 표면에서 사람들의 삶과 의

인민 재판. 북한군 점령 지역에서는 지주나 자본가, 경찰과 군인 및 그 가족 등을 재판에 넘겨 처벌했다.

식은 과거와 비교할 수도 없이 크게 변화하여, 역사의 정체성이라는 명제와의 대비에서 오는 또 다른 모순에 대한 인식을 촉구한다. 이러한 시각에서 두드러져 보이는 것은 현재의 풍족함과 과거의 가난함이다. 이러한 대비는『노을』에서 은연중에 여러 번 되풀이되는데, 이를 통해 작가는 해방 공간에 있어 사회주의 이념의 수용과 확산의 이유가 된 사회·경제적 배경을 암시적으로라도 이야기하고 싶었던 것인지 모른다. 그러나 실제『노을』에서 이러한 배경에 대해서는 그다지 깊이 있게 묘사되어 있지 않은데, 이는 어린 주인공에게 이러한 배경에 대한 인식을 심어 줄 수 있는 유일한 인물인 아버지가 무식한 백정으로 설정되어 있기 때문이다.『노을』에서 중년의 성인이 된 주인공의 시점이 필요했던 또 하나의 이유는 이러한 한계를 극복하기 위한 것이었다고 말할 수 있다. 아버지에게 있어 사회주의 이념은 그저 이제까지 무식한 백정의 신분으로 감내해야 했던 가난과 업신여김을 갚음할 수 있는 수단으로만 여겨졌던 것이기 때문이다.

이렇듯 주인공의 아버지가 빨치산 폭동에 적극적으로 참여했던 것은 자기도 좋은 집에서 배불리 먹으며 살고 싶다는, 단순하다 못해 한심할 정도로 유치한 이유에서였다. 아버지는 사회주의 이념이나 그 자신의 허황된 명분과 도저히 일치할 수 없는, 일개 하수인에 지나지 않는 인물이었다. 이에 비해 부유한 지주의 아들로서 일본 유학까지 마치고 돌아온 배도수라는 인물은 지적 능력을 바탕으로 폭동 사건을 주도한 핵심적 인물이다. 두 인물 사이의 이러한 위상과 역할의 현격한 차이에도 불구하고 종국에 이르러 아버지가 죽고 마는 것에 비해 배도수는 일본에 피신했다가 고향인 진영으로 돌아와, 비록 속죄의 의미로 은둔하고 있기는 하나, 안온한 노후의 삶을 이어가고 있다. 이러한 운명의 엇갈림에는 단순히 문화적 세습의 차이라고만 말하고 지나칠 수 없는 깊은 아이러니가 깃들어 있다. 삼촌의 장례식 다음날 배도수를 만남으로써 이러한 아이러니에 직면하게 되는 주인공의 심경에 동요가 아주 없는 것은 아니지만, 작가는 이러한 운명의 대비를 비교적 차분히 조명하면서 해방 이후 한국 현대사의 또 하나의 모순을 지적하고 있다.

과거와의 화해

그러나 과거의 회복이라는 것이 단순한 과거 사실의 재생이나 모순의 인식에만 머문다면, 이를 일컬어 과거와의 진정한 화해라고 말하기는 어려울 것이다. 『노을』에서 과거와의 화해란 주인공이 망각의 유혹을 떨치고 과거를 자신의 삶의 뿌리로 적극 수용하게 된다는 의미만은 아니다. 이러한 개인적 의미를 넘어 과거와의 화해라는 것이 보편적인 차원으로까지 승화되기 위해서는 역사의 정체성과 상황의 고착성을 깨뜨리고, 여러 모순들이 지양될 수 있는 계기를 모색할 뿐만 아니라, 좌우 이념의 대립으로 인한 상처를 치유하여 궁극적으로 이 대립을 하나로 아우를 수 있는 실천적 단서를 탐색하는 데까지 나아가야 할 것이다.

미래 전망의 탐색과 연관된 이 문제에 대해 『노을』은 두 가지 접근 방법을 제시하고 있다. 첫 번째는 치모라는 인물이 구현하고 있는 실천적 방법이다. 이 치모라는 청년은 주인공의 아버지와 함께 빨치산 활동을 했던 이중달이라는 인물의 유복자다. 시골에서 천재 소리를 들으며 자라나 서울대학교에 진학했던 그는 주변 사람들의 기대에도 불구하고 학생 시위에 연루되어 퇴학당하고는 고향에 내려와 야학에서 사람들을 가르치거나 무지한 농민들의 이익 옹호를 위한 여러 가지 봉사 활동에 전념하고 있는 인물이다. 그의 이러한 실천 의식은 과거의 상처를 자기 스스로 치유해야 한다는 다음과 같은 발언에 뒷받침되어 있다.

그러나 피맺힌 상처긴 해도 인자 와서 그걸 우짜겠습니꺼? 그 상처

151

를 자가 처방으로 치료할 수밖에 없고, 나아가서는 그 비극을 사랑하도록 노력해야 되잖겠습니껴?

치모라는 인물의 이 같은 자기 실천적 방법에 비해 주인공이 표나게 드러내지는 않으면서도 점진적인 의식의 변화를 통해 제시하는 방식은 가족의 일체감 회복이라는 정서적 접근 방식이다. 주인공에게 아버지는 어떤 인물이었는가? 아버지는 집안 살림에는 눈곱만큼의 관심도 보이지 않고 걸핏하면 엄마를 때리거나 하고 주색잡기만 일삼는 증오의 대상이었다. 자기네들의 비밀회의를 엿들었다고 자식을 반죽음이 되도록 패고, 폭동 때 붙잡힌 우익 인사들을 소 잡듯 잔혹한 방식으로 처형하는 난폭하기 그지없는 인물이 주인공의 아버지다. 그러나 이러한 아버지에 대한 혈육의 정을 재발견하게 되는 다음과 같은 대목이 주인공이 잊고자 했던 과거에 대한 회고의 마지막 부분에 나오는 것은 매우 깊은 의미를 지닌다.

"내가 나쁜 사람이기는 하지마는……" 아버지는 문득 멈춰서더니, 나를 돌아보았다. 네가 내 아들이 틀림없제, 하듯 아버지가 눈을 크게 뜨고 내 눈을 깊이 들여다보았다. 그 눈길은 어느 누구의 눈길일 수가 없는, 아버지의 정다운 눈길이었다. "니만은 이 애비를 나쁜 사람이라고 생각지 말거래이."
아버지의 말에 그만 내 눈에 눈물이 핑글 돌고 말았다. 목이 메었다. 아버지의 그 말이 거짓말이래도 좋았다. 어쩜 당신이 그냥 심심풀이로, 이유도 닿지 않는 줄 뻔히 알면서 해 보는 희떠운 소릴는지도 몰랐다. 그러나 잠시 뒤, 아니 내일, 아니 먼 훗날, 그때 내가 당신을 욕하게 될지라도 지금은 아버지가 지은 모든 죄를 용서해 주리라, 그럴 수밖에 없다고 나는 다짐했다. 당신 말고는 어느 누구도 나에게는 아버지가 될 수 없기 때문이었다.

가족의 일체감을 확대시켜 나가면 민족의 일체감에까지 이를 수 있을까? 결코 쉬운 일은 아닐 것이다. 이런 점에서 가족의 일체감 회복은 분단 현실과 이로 인한 대립 의식의 극복이라는 문제에 대한 실천의 첫걸음에 지나지 않지만, 그러나 이것의 현실적 유효성은 남북 이산가족 상봉 같은 사실을 통해 웅변적으로 입증된 바와 같다. 가족의 일체감이라는 것은 반공이니 용공이니 하는 따위의 이분법에서 벗어나 이 대립을 하나로 통합할 수 있게 해 주는 한 단계 높은 차원을 향하는 마음의 출발점으로서의 의미를 지닌다.

지금 『노을』을 읽는 의미

김원일의 『노을』은 시대적 제약에도 불구하고 이에 굴하지 않고 그 한계를 스스로 극복해 가며 분단 현실에 대한 의식을 새롭게 하고 표현의 영역을 확장해 낸 뚜렷한 의의를 지니는 소설이다. 『노을』의 이러한 성과는 어린 소년의 눈을 빌리면서도 근본적으로는 과거와 현재를 객관적으로 파악할 수 있는 성숙한 시선에 의지함으로써 가능한 것이었다. 『노을』이 씌어지던 때에 비해 분단 현실에 대한 오늘날의 의식은 비교도 되지 않을 만큼 진보했고 그 접근 방법 또한 다양해졌지만, 분단 현실 자체는 아직도 변함없이 지속되고 있는 상황에서 이를 극복하기 위해 우리에게 무엇보다 우선적으로 필요한 것은 냉철하고 객관적인 성숙한 관점이라는 것을 『노을』은 일깨워 준다. 오늘의 시점에서 『노을』을 읽는 의미는 이러한 점에서 찾아져야 하리라.

더 생각해볼 문제들

1. 1970년대 이후 분단 소설의 계보에 대해 알아보자.

6·25전쟁은 해방 이후의 현대사 속에서 우리 민족이 겪은 최대의 재앙이었지만, 6·25 이후 역대 정권의 반공 이데올로기에 눌려 총체적인 문학적 형상화는 좀처럼 기대하기 어려운 것이었다. 그러므로 50년대와 60년대에 6·25와 분단 현실을 소재로 다룬 소설들은 대부분이 반공 소설의 범주에 속하는 것일 수밖에 없었다. 70년대 이후 이러한 금기의 벽을 조심스럽게 두드리는 작가들이 출현하여 이 소재들에 대한 새로운 관점에서의 이해와 소설화가 이루어지기 시작했는데, 그 대표적인 작품이 김원일의 「어둠의 혼」, 『노을』이고 윤흥길의 「장마」라 할 수 있다. 이 작품들의 공통점은 어린 주인공, 혹은 화자의 시선을 통해 6·25에 대해 이야기한다는 것이었다. 이 소설들에서 제시된 또 하나의 가능성은 6·25를 가족사의 테두리에 겹쳐 놓고 서술한다는 것이었는데, 80년대 이후 발표된 이문열의 『영웅시대』와 『변경』이나 김원일의 『불의 제전』 같은 작품들을 이에 속하는 것으로 분류할 수 있다. 분단 소설의 또 하나의 계보는 '빨치산 소설'이라 이름 지을 수 있는 것으로서, 김원일의 『겨울 골짜기』, 이병주의 『지리산』, 조정래의 『태백산맥』 등을 대표적 작품으로 꼽을 수 있다.

2. 『노을』은 반공 소설인가?

1978년 처음 발표된 이후 『노을』은 흔히 반공 소설로 이해되기도 했다. 그러나 여기에는 당시의 추상같았던 반공 이데올로기의 검열에서 벗어나기 위한 것이었다는 정황적인 이유가 내포되어 있다. 어느 작가의 회고에 의하면 당시는 마르크스나 루카치 같은 사람의 이름만 언급해도 붙잡혀 가 고초를 겪어야 했다는 것이다. 이런 상황에서 북한이나 사회주의에 대해 동조적이거나 이해적인 시각을 취한다는 것은 무모한 짓이나 다름없었다. 실제에 있어 『노을』은 좌우의 이념적 대립을 용해하고 한 차원 높게 종합할 수 있는 어떤 정서적 일체성의 회복을 모색하고 있는 소설이지, 어느 한쪽의 이데올로기에 편승하여 선전하거나 미화하고 있는 소설도 아니고 다른 쪽의 이데 올로기나 정치체제를 무조건적으로 비판하는 소설도 아니다.

3. 『노을』의 묘사에 있어서의 색채감에 대해 주목해 보자.

김원일은 회화적 상상력이 매우 뛰어난 작가다. 그 자신의 말에 의하면 소설을 쓸 때 김원일에게는 어떤 인물과 함께 그가 처해 있는 상황 전체가 하나의 장면이나 화폭처럼 머리에 먼저 떠오르고, 그러면 이것을 글로 풀어 적는 방식으로 글을 써 나간다는 것이다. 이런 회화적 상상력에 있어 빼놓을 수 없는 것이 색채감이다. 가령 이런 구절을 보자. "산 위에 걸린 쎈구름이 노을빛에 물들어 있었다. 노을은 산과 가까운 쪽일수록 찬란한 금빛을 띠고 차츰 거리가 멀어질수록 보라색 쪽으로 여리어져, 노을을 단순히 붉다고만 볼 수는 없었다. 자세히 보면 그 속에는 여러 가지의 색이 교묘히 섞여 있음에도 불구하고 사람들은 노을을 붉다고만 말한다. 진노란색, 옅은 푸른색, 회색도 저 속에 섞여 있지 않은가." 이렇게 여러 색깔들을 나열하는 것은 단지 사람 사는 세상이 다양함을 넉넉히 수용하고 차이를 구별하여 존중하는 곳이어야 할 것이라는 의미를 전하는 것으로만 그치지 않고 주인공의 심경에 일렁이는 잔잔한 파문까지를 느낄 수 있게 해 준다. 이런 면에 초점을 맞춰 읽는 것도 소설 읽는 즐거움을 더 크게 만들 수 있는 방법이 될 것이다.

추천할 만한 텍스트

『김원일 중단편 전집』(전 5권), 김원일 지음, 문이당, 1997.
『김원일 깊이 읽기』, 권오룡 지음, 문학과지성사, 2002.

권오룡(權五龍)

한국교원대학교 불어교육과 교수.
서울대학교 불어불문학과를 졸업하고 동 대학원에서 박사 학위를 받았다. 1979년 『문학과지성』을 통해 등단하여 1989년에 첫 평론집 『존재의 변명』을 출간했고, 이를 통해 1990년도 대한민국문학상을 수상한 바 있으며, 1992년 두번째 평론집 『애매성의 옹호』를 출간했다. 편저로 『이청준 깊이 읽기』가 있다.

"야한티서 이얘기는 다 들었소. 내가 당혀야 헐 일을 사분이 대신 맡었구랴.

그 험헌 일을 다 치르노라고 얼매나 수고시렀으꼬."

"인자는 다 지나간 일이닝게 그런 말씀 고만두시고

어서어서 묌이나 잘 추시리기라우." "고맙소, 참말로 고맙구랴."

할머니가 손을 내밀었다. 외할머니가 그 손을 잡았다.

손을 맞잡은 채 두 할머니는 한동안 말을 잇지 못했다.

— 「장마」 중에서

윤흥길 (1942~)

전북 정읍에서 태어나 원광대학교 국어국문과를 졸업했다. 집안의 가세가 기운데다 한국전쟁이 겹치는 바람에
혹독한 가난을 경험했다. 1968년 《한국일보》 신춘문예에 단편 「회색 면류관의 계절」이 당선되어 등단했다.
1976년에 첫 소설집 『황혼의 집』을 출간했으며, 1977년부터 전업 작가로 활동했다. 1977년에는 한 해 동안 「아
홉 결레의 구두로 남은 사내」 연작을 포함해서 11편의 중단편을 발표하며 70년대 한국 소설을 대표하는 작가로
자리를 잡았다. 80년대에는 『에미』, 『완장』 등과 같은 굵직한 장편소설을 발표했다.

04

전쟁의 비극을 넘어서 치유의 가능성 찾기
윤흥길(尹興吉)의 「장마」

김동식 | 인하대학교 국어국문학과 교수

「장마」의 문학사적 위치와 '유년기 전쟁 체험 세대'

작가 윤흥길이 지속적으로 관심을 기울인 문학적인 주제는 크게 두 가지이다. 하나는 한국전쟁과 분단 현실이고 다른 하나는 70년대 이후로 가속화된 산업화의 과정이다. 윤흥길의 작품 세계는 전쟁 체험과 분단 상황을 다룬 작품군과 산업화 이후의 사회적 모순을 그려 낸 작품군으로 나뉜다. 연작소설 『아홉 켤레의 구두로 남은 사내』 등이 산업화의 어두운 측면을 날카롭게 포착한 작품이라면, 중편소설 「장마」는 전쟁과 분단의 문제를 심도 깊게 다룬 그의 대표작이다.

분단 상황은 한국 사회가 여전히 안고 있는 현재의 모순이며, 분단의 역사적 근원에는 한국전쟁이 가로놓여 있다. 그렇다면 한국

159

문학은 전쟁과 분단의 문제를 어떻게 다루어 왔을까. 그리고 윤흥길의 소설 「장마」가 놓인 문학사의 지형은 어떠한 것이었을까. 50년대의 소설에서 전쟁은 여전히 생생하게 살아 있는 충격이자 상처였다. 전쟁의 충격과 상처를 피해 의식, 휴머니즘, 허무주의, 실존주의적인 정서로 어루만지던 시대였다. 60년대에는 전쟁 체험에 대한 병리적인 관점에서 벗어나 전쟁 체험을 객관적으로 성찰하기 시작한다. 70년대에 이르면 유소년 시절에 전쟁을 체험한 작가들이 등장하면서 전쟁의 비극과 상처를 회상과 기억을 통해서 내면화하는 양상을 보인다.

윤흥길은 70년대에 본격적인 활동을 펼쳤던, 유소년기 전쟁 체험 작가에 해당한다. 1942년 전라북도 정읍에서 태어난 그가 한국전쟁(1950~1953)을 경험한 것은 8~10세의 일이었다. 아마도 전쟁과 마주하던 어린 윤흥길의 가슴 속에 소설 「장마」가 자리를 잡았던 때도 그 즈음이었을 것이다.

장마, 또는 전쟁의 불투명성

윤흥길의 「장마」는 한국전쟁으로 인한 갈등과 비극 그리고 화해의 과정이 섬세하게 그려진 중편소설이다. 작품의 화자인 '나'는 초등학교 3학년 소년 동만이다. '나'는 전라도 시골에서 친가와 외가 식구들과 함께 살고 있다. 친할머니, 외할머니, 부모님, 이모, 친삼촌과 외삼촌이 동만의 가족이다. 동만의 가족들은 모두 그 어떤 불안과 공포에 휩싸여 있다. 작품의 서두에 제시되는 장마의 이미지는 등장인물들이 경험하고 있는 불안과 공포의 심리를 표상하고 있다.

작품의 첫머리를 잠시 살펴보도록 하자.

밭에서 완두를 거두어 들이고 난 그 이튿날부터 시작된 비가 며칠이
고 계속해서 내렸다. 비는 분말처럼 몽근[1] 알갱이가 되고, 때로는
금방 보꾹[2]이라도 뚫고 쏟아져 내릴 듯한 두려움의 결정체들이 되
어 수시로 변덕을 부리면서 침묵의 밤을 온통 물걸레처럼 질펀히 적
시고 있었다.

　장마는 6월의 끝자락에 시작된 한국전쟁에 대한 비유이며, 동시
에 앞으로 전개될 사건의 성격을 암시하는 복선이며, 등장인물들의
억압된 내면 심리를 보여 주는 상징이다. 전쟁을 비 또는 장마와 같
은 기상 현상에 비유한 작품으로는 염상섭의 『취우』와 손창섭의
「비 오는 날」 등이 있다. 여기서 눈여겨봐 두어야 할 부분은 장마가
"두려움의 결정체"이며 세상을 "물걸레"처럼 질펀하게 적시고 있
다는 대목이다. 장마가 세상을 질펀하게 적시고 있듯이 전쟁의 공
포와 불안이 사람들의 몸과 마음에 스며들어 있었던 것이리라. 장
마의 그 눅눅한 습기가 모든 사람에게 전달되듯이, 전쟁과 관련된
두려움이 모든 사람의 삶에 들러붙어 있었음을 암시하고 있다. 동
만의 눈에 한국전쟁은 온 세상에 비를 쏟아 붓는 장마처럼 보였다.

---

1) 몽글다. 가루 따위가 미세하고 곱다.

2) 지붕의 안쪽.

처벌을 기다리고 있는 부역자들.
북한군 점령지를 국군이 되찾으면 북한군에게 협력한 사람을 색출하여 처벌했다.

그는 이제 열 살 된 소년이었기 때문이다.

동만의 집에 친가와 외가가 함께 살게 된 것은 전쟁 때문이었다. 외삼촌과 이모를 공부시키기 위해 서울로 떠났던 외가가 돌아왔고, 친할머니는 외할머니에게 같이 지내기를 권했다. 동만에게는 할머니만 두 분이었던 것이 아니라 삼촌도 두 사람이었다. 완장을 차고 돌아다니던 친삼촌은 빨치산이었고, 의용군 징집을 피해서 숨어 지내던 외삼촌은 국군 소위가 되었다. 한 집안에 국군과 빨치산이 있었던 셈이지만, 그래도 할머니들 사이에 별다른 갈등은 없었다. 할머니들 사이에서 갈등이 증폭된 것은 두 사건 때문이었다. 첫 번째 사건은 소년이 형사의 꼬임이 빠져 초콜릿을 얻어먹고 친삼촌의 행방에 대해 발설한 일이었다. 친할머니는 사람 백정이라며 소년을

1983년 남한 내 이산 가족 상봉.
전쟁은 끝났지만 우리 민족 모두는 전쟁의 상처로부터 자유로울 수 없었다.

꾸짖었고, 궁지에 몰린 소년을 감싸고도는 외할머니마저 못마땅해
했다. 두 번째 사건은 외삼촌의 전사 소식이다. 지루한 장마가 계속
되던 어느 날 밤, 외할머니는 국군 소위로 전쟁터에 나간 외아들이
전사했다는 통지서를 받는다. 이튿날 외할머니는 빨치산을 향해 무
서운 저주를 퍼붓고, 이 소리를 들은 친할머니는 노발대발하게 된
다. 그 말은 빨치산에 나가 있는 자기 아들더러 죽으라는 저주와 같
았기 때문이다.

　빨치산이 소탕되고 있는 때라서 가족들은 대부분 친삼촌이 죽었
을 거라고 생각한다. 하지만 친할머니는 소경 점쟁이의 말을 근거
로 아들 맞을 준비를 크게 벌인다. 그러나 예언한 날이 되어도 아들
은 돌아오지 않고 친할머니는 실의에 빠진다. 그때, 난데없이 아이

들의 돌팔매에 쫓겨 구렁이 한 마리가 들어와 마당가의 감나무로 올라간다. 친할머니는 졸도하고 집 안은 온통 쑥대밭이 되는데, 외할머니는 동네 사람들을 쫓아 버리고 감나무에 올라앉은 구렁이에게 다가가 말을 하기 시작한다.

> "자네 오면 줄라고 노친께서 여러 날 들여 장만헌 것일세. 먹지는 못헐망정 눈요구라도 허고 가소. 다아 자네 노친 정성 아닌가. 내가 자네를 쫓을라고 이러는 건 아니네. 그것만은 자네도 알어야 되네. 냄새가 나드라도 너무 섭섭타 생각 말고, 집안일일랑 아모 걱정 말고 머언 걸음 부데 펜안히 가소."

구렁이가 별다른 반응을 보이지 않자, 외할머니는 친할머니의 머리카락을 불에 그슬은다. 그 냄새에 구렁이는 땅에 내려와 대밭으로 사라져 간다. 그 후 친할머니는 외할머니와 화해하게 되고 일주일 후 숨을 거둔다. "임종의 자리에서 할머니는 내 손을 잡고 내 지난날을 모두 용서해 주었다. 나도 마음 속으로 할머니의 모든 걸 용서했다. 정말 지루한 장마였다."

소년 화자(話者)의 경험과 1인칭 시점의 복합성

「장마」는 어린 소년의 눈에 비친 전쟁의 비극을 그린 소설이며, 그와 동시에 작가 윤흥길의 자전적인 체험이 반영된 작품이기도 하다. 앞에서도 이야기한 바 있지만, 윤흥길은 8~10세의 소년기에 한국전쟁을 경험했다. 실제로 서울에 있었던 윤흥길의 외가는 전쟁의 와중에서 참화를 만나 이리의 사돈집에 더부살이를 했었다. 또한 그에게 어린 시절의 우상이었던 외삼촌은 일선 소대장으로 복무하고 있던 중에 김화 지구 전투에서 목숨을 잃었다. 이러한 경험은 「장마」의 등장인물과 사건을 통해서 고스란히 재현되고 있다. 「장마」에서 초등학교 3학년의 소년이 화자(話者)로 설정된 것은 작가의 소년기 경험이 투영된 것이라고 보면 크게 틀리지 않을 것이다. 조금 더 확대해서 말하자면, 유소년기에 한국전쟁을 체험한 세대의 감수성과 밀접한 관련을 맺고 있는 것이다.

일반적으로 1인칭 시점에서 작품의 화자가 '나'이면서 주인공인 경우에는 1인칭 주인공 시점이라고 하며, 화자가 '나'로 등장하면서 사건에 대한 관찰과 보고를 전달하는 경우에는 1인칭 관찰자 시점이라고 한다. 흥미로운 점은 「장마」에서 '나'(동만)는 주인공이면서 관찰자로 제시된다는 사실이다. '나'는 이야기를 이끌어가는 서술적 화자이면서 동시에 사건과 상황에 참여하여 경험하는 인물이기 때문이다. 달리 말하면 「장마」에서 '나'의 시선은 등장인물로서의 역할과 서술적 화자로서의 기능이 겹치고 나뉘는 지점에서 마련된다고 할 수 있다. '나'가 주인공이자 관찰자로서 갖는 독특한 성격에 주목할 때, 「장마」에 대해서 "복합적인 1인칭 소설"(김치수, 김윤식)이라는 평가가 가능할 것이다.

어른들 놀이치고는 너무 유치하고 어리석고 그러면서도 어떻게 보면 아주 평화스럽게 보이는 장난이었다. 봉홧불과 무수한 살상과의 상관관계를 나는 미처 깨닫지 못했다. 왜 건지산에서 불길이 오르고

난 다음이면 꼭 읍내에서 시가전이 벌어지고 꼭 어느 고을 어떤 동네가 쑥대밭이 되어야만 하는가를 이해할 수가 없었다. 그러나 설사 그런 문제를 일찍이 이해해 버렸다 해도 결과는 매마찬가지였을 것이다.

소년 화자의 또다른 특징은 전쟁을 바라보는 순진무구한 시선을 제공한다는 점에 있다. 위의 글에서 보듯이 전쟁을 어른들이 벌이는 유희 혹은 장난으로 보는 시선이 그것이다. 1인칭 소년 화자는 세계 해석에 대한 순진무구함을 보여 줄 뿐만 아니라 전쟁에 대한 선입견 없는 시선을 마련한다. 동시에 그들은 전쟁의 배경과 원인을 알지 못한 채로 상황의 비극성과 폭력성을 감당해야 하는 존재들이기도 하다. 초콜릿으로 동만을 유혹했던 형사의 농간은, 세계 곳곳에 함정처럼 도사리고 있는 무차별적인 폭력성과, 눈앞의 초콜릿이 욕망의 전부였던 어린 소년의 순진무구한 내면을 대비해서 보여 준다.

윤흥길처럼 유년기에 전쟁을 체험했던 작가들은 자신들이 전쟁 당시에 가졌던 순진한 아이의 눈을 통해서 전쟁에 대해서 일정 정도의 거리를 두고 바라볼 수 있었으며 동시에 기억을 통해서 고통의 상처를 어떠한 방식으로든 치료하려는 의도를 보여 준다. 과거를 제시하는 수준이 아니라 작가의 기억 속에서 내면화·주체화하고 더 나아가 치유의 가능성을 찾아 나서는 것이다. 하지만 유소년 시점을 도입함으로써 분단의 근본 원인이나 극복 의지를 선명하게 보여 주지 못한다는 약점 역시 갖게 된다.

모성에 근거한 화해, 그리고 샤머니즘

「장마」는 전쟁으로 인한 갈등과 비극을 가족의 차원에서 형상화하고 있으며, 치유(화해) 가능성을 모성(母性)과 샤머니즘에 근거해서 모색하고 있는 작품이다. 빨치산이 되어 집 나간 아들이 돌아올 수 있도록 집안에 밤새도록 불을 켜 두는 친할머니의 모습에서, 감나무 위의 구렁이를 죽은 자의 넋이라고 여기며 일종의 천도(遷度) 의식을 거행하는 외할머니의 모습에서, 우리는 이념적 대립을 사소한 것으로 만들어 버리는 모성적 본능을 발견한다. 전쟁의 상처를 치유하고 가족 간의 갈등을 화해의 차원으로 이끌어 내는 힘이 모성에 있다고 본 것이다. 모성에 근거한 화해의 모색은 윤홍길의 다른 작품들인 『묵시의 바다』와 『에미』에서도 제시되는 주제 의식이기도 하다.

아들들이 선택한 이념과 사상은 달랐지만 모성은 이념의 차이와 대립을 넘어선다는 것. 국군이건 빨치산이건 간에 모두 어느 누군가의 아들이라는 점. 모성은 이념 이전에 생명이 있음을, 사상 이전에 인간이 있음을 알려 주는 근원이다. 우익과 좌익, 국군과 빨치산, 자본주의와 공산주의의 구분을 넘어선 지점에 모성은 자신의 자리를 마련하고 있다. 전쟁은 누구의 이념이 더 정당한가 또는 누가 승리해야 하는가를 놓고 무차별적인 폭력을 교환한다. 하지만 모성은 이념의 정당성이나 승리에 대해서는 관심이 없다. 모성 앞에서는 국군이나 빨치산이나 그저 '내 새끼'일 따름이기 때문이다.

「장마」에서 인상적인 것은 두 할머니의 모성이 자신의 입장만을 생각하는 주관적이고 이기적인 차원을 넘어서 타인의 아픔을 공감하는 상호 주관적인 차원으로 옮겨 간다는 점이다. 원한과 보복의 악순환이 계속되는 한 우리는 전쟁을 끝낼 수 없다. 자식을 잃은 원한은 복수를 낳을 것이고, 복수는 새로운 원한으로 이어질 것이기 때문이다. 따라서 원한과 보복의 무한한 반복이나 순환을 중단할 수 있는 근거를 찾아야 한다. 모성, 더 나아가서는 서로를 이해하고 공감하는 모성에서 작가는 화해와 치유의 가능성을 찾은 것이다. 그런 의미에서 「장마」는 한국전쟁은 왜 일어났으며 그 역사적 의미는 무엇인가라는 물음이 아니라 한국전쟁을 통해서 개인 또는 가족이 나누어 갖게 된 비극적인 상처는 어떠한 방식으로 치유될 수 있는가라는 물음을 제기하는 소설이라 할 것이다.

모성이 화해와 치유의 가능성을 찾아가는 근거라고 할 때, 「장마」의 결말 부분에서 볼 수 있듯이 모성이 의지하고 있는 영역은 꿈과 점(占)으로 대변되는 샤머니즘(무속 신앙)이다. 1950년대의 시골에서 늙은 어머니들이 기댈 곳이 무속 신앙이었다는 점은 충분히 이해가는 대목이다. 하지만 토속적 신앙에 근거한 화해 가능성이 어느 정도의 현실성과 타당성을 갖는가에 대해서는 논의의 여지가 남아 있다. 「장마」의 결론 부분을 두고서 여러 비평가들의 의견이 분분했던 것도 이와 같은 맥락에서였다.

비평가 김윤식은 「장마」에 등장하는 샤머니즘이 분단을 극복하고 민족적 동질성과 공동체적 감각을 회복하고자 하는 열망에서 비롯되었음을 인정한다. 하지만 샤머니즘을 매개한 화해는 반근대적 또는 전근대적이며, 원근법이 소멸된 민화(民畵)의 세계를 보여 준다고 평가한다. 또한 최유찬은 전쟁과 분단이 역사적 현실의 모순에서 비롯되었으므로 현실적 모순의 해결을 외면한 상태에서는 진정한 화해가 성취되기 어렵다는 견해를 제시한 바 있다.

반면에 김병익은 윤흥길의 작품들이 분단의 피해 의식에서 벗어나 내면화와 자기화의 단계로 나아가는 과정에 있다고 본다. 「장마」가 이념적 대결을 해결할 수 있는 실마리를 혈연적 유대에서 찾고 있으며 다소 비현실적인 결말이지만 근원적인 반응을 유도할 수 있을 것으로 기대한다. 비슷한 맥락에서 권영민은 윤흥길 소설에 뚜렷한 역사적 전망을 요구하는 것은 독자의 욕심이지 작가의 책임은 아니라고 전제하면서 화해의 모색 과정에서 삶의 근원에 접근하고 있는 것으로 파악했다.

분명한 것은 이와 같은 논의들이 「장마」가 이루어 낸 문학적 성취를 인정한 자리에서 이루어지고 있다는 사실이다. 논의의 방향이 긍정적이든 부정적이든 간에, 전쟁을 유소년기에 체험한 작가들이 분단 문제를 어떻게 다루어야 할 것인가에 대한 문학사적인 기대가 반영되어 있었던 것이다. 결말 부분을 둘러싼 논의들은 그 자체로 「장마」의 문제적인 성격을 보여 준다고 해도 크게 틀리지 않을 것이다.

한국전쟁의 비극과 화해의 과정을 압축적으로 담아 낸 축도(縮圖)
윤흥길의 「장마」에는 여러 겹의 관계들이 얽혀 있고 겹쳐져 있다. 담담한 시선으로 관계들의 얽힘과 부딪침을 추적하고 있을 따름이다. 전쟁 상황 아래의 한 가족을 배경으로 얽히고 부딪히는 욕망과 관계들을 통해서 삶의 구체성을 그려 내고자 하는 것이다. 「장마」

에는 이념적인 차원(친삼촌과 외삼촌), 권력적인 차원(친할머니와 '나', 형사와 '나'), 혈연적인 차원(친할머니와 외할머니)의 대립적인 관계들이 작품 곳곳에 섬세하게 배치되어 있다. 총탄과 폭격이 난무하는 전장의 상황이 등장하지 않음에도 불구하고, 역사가 기록할 수 없는 갈등과 화해의 드라마가 그려질 수 있었던 이유도 여기에서 찾을 수 있을 것이다.

한국전쟁은 국군이나 빨치산만의 전유물은 아니었다. 후방의 사람들 역시 저마다의 방식으로 전쟁을 견디며 겪어 가고 있었다. 전쟁의 논리는 저 높고 먼 곳으로부터 주어지는 것이 아니라, 후방의 일상생활 속에 불안과 공포의 그림자를 드리우고 있었다. 불안과 공포에 억눌리면서도 그들은 치유와 화해의 가능성을 끊임없이 찾아 나섰다고, 「장마」는 말하고 있다. 그런 의미에서 「장마」는 한국전쟁의 비극과 화해의 과정을 압축적으로 담아 낸 축도(縮圖)라고 할 수 있을 것이다.

더 생각해볼 문제들

1. 문학작품을 읽는 데 있어서 사회·역사적인 맥락을 이해하는 일은 중요한 의미를 갖는다. 작품의 주제 의식을 보다 풍요롭게 읽기 위한 방법 가운데 하나이기 때문이다. 물론 사회·역사적 맥락에 작품의 의미를 종속시키거나 환원하려는 생각은 바람직하지 않다. 이러한 점에 유의하면서 한국전쟁의 역사적 배경과 의미를 검토해 보자.

2. 문학작품을 읽어 갈 때 제목은 중요한 의미를 갖는다. 특히 '장마'처럼 작품

전체의 분위기를 암시하거나 작품 속에 반복적으로 등장하는 말은 더더욱 주목할 필요가 있다. 「장마」에는 '장마'라는 말이 13번 등장한다. 사용되는 장면마다 중요한 의미를 지니는 것은 아니지만, 장마와 관련된 기상의 변화가 작품의 의미와 분위기 조성에 어떠한 기능을 하는지 살펴보자.

3. 「장마」에서 제시된 화해의 가능성은 모성과 토속신앙에 근거하고 있다. 특히 집에 들어온 구렁이와 대화를 나누며 천도 의식을 행하는 외할머니의 모습은 무척이나 인상적이다. 구렁이가 죽은 친삼촌의 현신(現身)이라는 실증적인 증거도 없지만, 이 일을 계기로 친할머니와 외할머니는 다시 화해를 한다. 일반적으로 의례(儀禮, rite)는 우연성과 불확실성을 떨쳐 내기 위해 마련된 절차이며, 의례에 참여하는 사람들에게 심리적 위안을 제공한다. 굿, 기도, 성인식, 제사 등과 같은 의례가 문학작품에서 어떠한 기능을 하는지 살펴보도록 하자.

추천할 만한 텍스트

『황혼의 집』, 윤흥길 지음, 문학과지성사, 1976.
『장마』, 윤흥길 지음, 민음사, 1980.
『장마』, 윤삼육 각색, 커뮤니케이션북스, 2005.

김동식(金東植)
인하대학교 국어국문학과 교수.
서울대학교 국어국문학과를 졸업하고 동 대학원에서 논문 「한국의 근대적 문학 개념 형성과정 연구」로 박사 학위를 받았다. 1995년 「글쓰기의 우울 : 신경숙론」으로 비평 활동을 시작했다. 현재 계간 『문학과사회』 편집동인이다. 저서 『냉소와 매혹』, 『소설에 관한 작은 이야기』, 『잡다』 등이 있으며, 논문 「풍속 문화 문학사」, 「'까마귀'에 대한 몇 개의 주석」, 「철도와 근대성」 등이 있다.

III 운명과
존재

이윽고 방문이 열리더니 정순이, 아, 그 어느 꿈결에서 보던
설운 연꽃 같은 얼굴을 내밀었다. 순간, 나는 그녀가 무슨 옷을 입고,
얼굴의 어디가 어떻다는 것을 전혀 의식할 수 없었다.
다만 저것이 정순이다, 저것이, 아, 설운 연꽃 같은 그것이다,
하는 섬광 같은 것이 가슴을 때리며, 전신의 피가 끓어오름을 느낄 뿐이었다.
— 「까치 소리」 중에서

김동리 (1913~1995)

본명은 김시종(金始鍾). 경북 경주에서 태어났다. 대구 계성학교를 거쳐 서울 경신학교를 다니다가 중퇴했다. 1935년 《중앙일보》 신춘문예에 「화랑의 후예」가, 1936년 《동아일보》 신춘문예에 「산화(山火)」가 연속 당선되었다. 1930년대에 등단한 작가 그룹의 대표적인 존재로 주목을 받았으며, 해방 후에는 한국청년문학가협회의 건설을 주도하고 우파 진영을 대표하는 작가·평론가로 적극적인 활동을 전개하였다. 서라벌예술대학 교수를 거쳐 중앙대학교 문예창작학과 교수와 예술대 학장을 역임했다. 한국의 현대소설가들 가운데서 동양적 전통의 세계, 종교의 세계, 민속의 세계에 가장 깊이 관심을 기울여 주목할 만한 성과를 이룩한 작가로 평가되지만, 당대의 역사적 상황과 지식인의 고민을 정면으로 다루는 일에도 소홀하지 않았다. 「무녀도(巫女圖)」, 「황토기(黃土記)」, 「역마(驛馬)」, 「흥남 철수」, 「등신불(等身佛)」, 「까치 소리」 등의 단편과 『사반의 십자가』, 『을화』 등의 장편이 대표작으로 꼽힌다.

두 세계의 만남과 상호 침투, 그리고 융합
김동리(金東里)의 「까치 소리」

이동하 | 서울시립대학교 국어국문학과 교수

한 살인자의 이야기

여기 한 사람의 살인자가 있다. 이름은 봉수. 까치 소리 때문에 사람을 ─ 그것도 봉수 자기를 진심으로 좋아하고 따르던, 지극히 순결하고 착한 사람을 ─ 죽였노라고 말하는 살인자이다. 바로 이 봉수라는 살인자의 사연을 담고 있는 소설이 김동리의 「까치 소리」이다.

일찍이 문학평론가 김윤식은 김동리의 「까치 소리」를 두고 다음과 같이 적은 바 있다: "『죄와 벌』의 살인 동기와 『이방인』의 살인 동기에 이제 우리는 「까치 소리」의 살인 동기를 세계문학 속에 등록시킬 수가 있는 것이다."

김윤식의 이러한 평가는 「까치 소리」라는 소설이 만만치 않은 문

175

학적 의미와 깊이를 가지고 있다는 사실을 암시한다. 그렇다면 이러한 평가를 가능케 한 김동리의 「까치 소리」란 대체 어떤 소설인가? 이제부터 그 작품 속으로 들어가 보기로 하자.

겉 이야기(外話)와 안 이야기(內話)

「까치 소리」의 서두는 다음과 같이 시작한다.

> 단골 서점에서 신간을 뒤적이다 「나의 생명을 물려 다오」라는 얄팍한 책자에 눈이 멎었다. '살인자의 수기'라는 부제가 붙어 있었다.
> 생명을 물려준다, 이것이 무슨 뜻일까. 나는 무심코 그 책자를 집어들어 첫 장을 펼쳐 보았다.
> (중략) 나는 그 책을 사왔다. 그리하여 그날 밤, 그야말로 단숨에 독파를 한 셈이다. 그만큼 나에게는 감동적이며, 생각케 하는 바가 많았다.
> (중략) 나는 다음에 그 수기의 내용을 소개하려 하거니와 될 수 있는 대로 그의 문학적 표현을 살리기 위하여 본문을 그대로 많이 옮기는 쪽으로 주력했음을 일러둔다.

위에서 발췌 인용한 서두 대목을 읽다 보면 금방 알 수 있는 사항이 두 가지 있다. 그 첫째는, 이 「까치 소리」라는 작품이 액자소설의 형태를 취하고 있다는 점이다. 작품의 중심이 되는 안 이야기를 겉이야기가 마치 액자처럼 둘러싸는 형태를 취하고 있는 소설을 액자소설이라고 일컫는 터이거니와, 「까치 소리」의 경우, 작품의 중심이 되는 봉수의 이야기(즉, 안 이야기)를, 봉수의 수기를 사서 읽은 사람의 이야기(즉, 겉 이야기)가 마치 액자처럼 둘러싸는 형태를 취하고 있는 것이다.

그 다음 둘째로 우리가 알 수 있는 것은, 김동리가 이 작품을 쓰면서 이야기의 핵심이 살인 사건이라는 점을 초두에 언급함으로써, 독자들의 궁금증을 강하게 유발하고 있으며, 독서 과정에 은연중 긴장감이 감돌도록 만들고 있다는 점이다. 이처럼 작품의 서두에서부터 독자들의 궁금증을 유발하고 독서 과정에 은연중 긴장감이 감돌도록 만드는 기법은 액자에 해당하는 겉 이야기의 단계를 벗어나 안 이야기로 들어간 다음에도 변함없이 이어진다.

「까치 소리」의 안 이야기에 해당하는 부분은 '수기'라고 소개되었던 데에서 이미 짐작할 수 있었던 바 그대로 주인공인 봉수의 1인칭 고백이라는 형태를 취하고 있다. 그런데 그 고백의 진행 양상을 보면, 먼저 동네의 늙은 회나무에 둥지를 친 까치의 울음소리가 무시로 들리곤 하는 정황이 소개되고, "아침 까치가 울면 손님이 오고, 저녁 까치가 울면 초상이 난다"는 속신(俗信)이 언급된 다음, 까치가 울기만 하면 심한 기침과 더불어 "봉수야 날 죽여 다오"라고 단말마의 비명을 지르는 어머니의 모습이 제시되고, 그러한 어머니의 모습을 보며 차츰 정말로 어머니에 대한 살의를 느끼게 되는 봉수의 모습이 제시되면서, 독자들로 하여금 "이들 모자는 어찌하여 이처럼 비정상적인 상태에 빠져 있는가?"라는 궁금증에 강렬하게 사로잡히지 않을 수 없도록 만든다. 그리고 독자를 이러한 궁금증 속으로 몰아넣은 다음에 이어지는 소설의 전개는 끝까지 긴장감을 유지하는 가운데 빠른 속도로 펼쳐지며, 결국 봉수가 살인을 저지르기는 하되, 어머니가 아니라 자신을 좋아하고 따르던 영숙이라는 소녀를 죽이는 것으로 마무리된다. 이러한 결말에까지 나아가는 동안 「까치 소리」는 간결하면서도 밀도 있는 소설 구성의 한 모범을 보여 준다.

속신의 실현에 담겨 있는 의미

그런데 이처럼 소설 전체의 결말부를 이루고 있는 봉수의 살인은, 그가 저녁 까치의 울음소리를 듣는 순간, 바로 그 까치 울음소리로 말미암아, 느닷없이 저질러진다. 그러고 보면 그의 살인 행위는 "저녁 까치가 울면 초상이 난다"고 하는 속신이 실현된 사례로 볼 수 있다. 이 작품의 앞부분에 "저녁 까치가 울면 초상이 난다"고 하는 속신이 제시되어 있었던 것을 상기하면, 결국 이 작품의 안 이야기는 전체적으로 볼 때 '속신의 제시 → 그 속신의 실현'이라는 공식으로 간단히 요약될 수 있는 셈이다.

하지만 누구나 다 알고 있는 바와 같이 "저녁 까치가 울면 초상이 난다"고 하는 속신은 아무런 근거도 없는 것이다. 그런데 이처럼 근거 없는 속신이 「까치 소리」라는 소설 속에서는 정말로 실현되고 있으며, 그것의 실현이 살인이라는 결과를 만들어 내고 있는 셈이다.

그런데 이러한 살인 사건으로 말미암아 죽은 영숙이라는 소녀는 「까치 소리」에 나오는 모든 인물들 가운데서 가장 착하고 순결한 사람이다. 게다가 그는 봉수에게 아무런 조건 없는 사랑의 마음을 품고 있는 사람이기도 하다. 이러한 인물이 바로 그 봉수에게 살해 당하는 것이다. 이것은 참으로 안타까운 비극이 아닐 수 없다.

그러면 어찌하여 이러한 비극이 발생하게 되었는가? 이 물음과 관련해서는 위에서 이미 '속신의 실현'이라는 명제가 제시된 바 있다. 하지만 이러한 명제가 사태의 전말을 빈틈없이 설명해 줄 수 있는 것은 결코 아니다. 「까치 소리」라는 소설의 표면에서 두드러지게 부각되는 것은 물론 위의 명제이지만, 우리는 이 소설을 읽어 가는 동안, 위와 같은 명제의 이면에서, 말로 표현할 수 없을 만큼 미묘하면서도 강렬한 어떤 힘이 작용하고 있으며, 그 힘이 모든 작중 인물들을 완벽하게 장악하여, 최후의 비극적인 결말을 향해 내닫도록 만들고 있음을 감지하게 된다. 「까치 소리」의 진정한 의미를 이해하는 것은 곧 그 힘의 진정한 실체를 파악하는 것에 다름 아닐 터이다. 그런데 깊이 생각해 보면, 이러한 힘의 실체에 관한 물음에 대한 답은 결코 단일한 것일 수 없음을 깨닫게 된다. 그 물음에 대한 답을 찾는 사람이 지니고 있는 생각의 방향이나 감수성의 깊이에 따라서 그 답은 상당히 다양하게 나올 수 있는 것이다. 세 가지 정도만 예를 들어 보기로 하자.

우선, '순결한 속죄양의 제의적(祭儀的) 희생'이라는 신화적 원리에서 답을 찾는 입장이 가능하다. 그런가 하면, 언령(言靈)이라는 말을 가능케 할 정도로 강력하면서도 사람들의 의식 아래에 잠복해 있게 마련인 언어의 특이한 힘에 대한 인식을 열쇠로 삼아 이 작품의 해독을 시도해 보는 것도 가능하다. 또한, 정신분석의 방법에 입각하여, 외아들인 봉수와 홀어머니인 그 어머니 사이의 특이하고 병적인 모자(母子) 관계에 초점을 맞추고, 그 모자 관계의 연장선상에서 봉수의 영숙 살해를 해명하는 입장도 가능하다 — 그리고 이 밖에도 자못 다양한 답을 우리는 생각해 볼 수 있을 터이다 — .

그런데, 우리가 어떤 답에 이르게 되건 간에, 도저히 부정하기 어려운 사실은, 우리로 하여금 각자 우리 나름의 답을 찾아 나가도록 만드는 과정에서 이 「까치 소리」라는 작품이 참으로 무겁고 깊은 비극적 울림을 가지고 우리 모두를 전율과도 같은 감동에 휩싸이도록 만든다는 것이다.

「까치 소리」와 『오델로』

지금까지 우리는 「까치 소리」에 나오는 영숙의 죽음을 두고 '비극'이라는 표현을 여러 번 썼다. 사실 영숙의 죽음은 지극히 순결하고 착한 사람이 그 자신 좋아하고 따르던 사람으로부터 살해당한 것이라는 점에서 「까치 소리」를 읽는 독자들의 마음속에 강렬한 비극적 충격을 던져 준다. 우리는 그의 비극적인 죽음을 보면서 대번에 셰익스피어의 비극 『오델로』에 등장하는 데스데모나의 죽음을 연상하게 된다.

그런데 좀 더 자세히 살펴보면, 영숙의 비극과 데스데모나의 비극은 '지극히 순결하고 착한 사람이 그 자신 좋아하고 따르던 사람으로부터 살해당한 것'이라는 결말 자체의 성격에서는 동일하지만, 그러한 비극적 결말을 향하여 나아가는 과정은 상당히 다르다는 사실을 알 수 있다.

무엇보다도 「까치 소리」에는 『오델로』의 이야고에 해당하는 인물이 나오지 않는다. 이야고는 『오델로』속에서 그 자신의 주체적인 의지를 가지고 비극적인 사건을 차근차근 만들어 가는 인물이다. 그처럼 주체적인 의지를 가지고 사건을 만들어 가는 인물이「까치 소리」에는 나오지 않는 것이다.

그러고 보면 오델로와 봉수 역시 '주체적인 의지'라는 측면에서 볼 때 근본적인 차이를 드러낸다. 오델로의 경우는 어쨌거나 그 자신의 주체적인 의지에 따라서 데스데모나를 죽인 셈이지만, 봉수의 경우는 그렇지 않은 것이다. 그의 살해 행위는 표면적으로 보면 까치 소리의 주술적인 힘에 피동적으로 홀린 결과였을 따름이다. 다시 말해 거기에는 그의 주체적인 의지가 전혀 개입되어 있지 않았다. 표면이 아닌 이면의 차원으로 가서 따져 보아도 그의 살해 행위에 그 자신의 주체적인 의지가 개입되어 있지 않았다는 결론은 달라지지 않는다.

지금까지의 이야기를 종합해서 생각해 보면, 결국 봉수의 영숙 살해라는 비극적 사건은 인간의 주체적인 의지가 개입되지 아니한 비극이라고 할 수 있다. 이 비극의 현장에서 인간은 모두 주체성을 발휘하지 못한 채 그저 피동적으로 휘둘리기만 하는 존재들로 나타난다. 살해자인 봉수도, 피살자인 영숙도, 또 봉수의 어머니도, 봉수의 애인인 정순도 다 그러하다. 그러니까 "아무도 주체성을 갖지 못한 채 스스로 알지 못하는 힘에 의하여 일방적으로 휘둘리기만 하다가 살인자와 피살자가 되어 버렸다"는 내용의 비극이 바로「까치 소리」인 셈이다.

이처럼「까치 소리」가 주체성 부재의 비극으로 규정될 수 있다는 사실은 어쩌면 이 작품의 문학적 가치를 제약하는 부정적 요소로 작용하는 것이 아닐까?

그렇게 보는 것도 가능하다. 특히 고대 그리스 이래 오랜 전통과 권위를 확보해 오고 있는 서양 비극론의 입장을 수용하는 자리에 서서 본다면 그러한 결론에 도달하는 것이 필연적일 것으로 생각된다. 하지만 다시 곰곰 생각해 보면, 서양의 비극론에서 말하는 평가 기준을 우리가 절대적인 기준으로 받아들여야 할 이유는 어디에도 없다는 사실을 깨닫게 된다.

인간이 주체성을 견지하는 가운데 투쟁을 전개하다가 비극적 결말에 도달하는 이야기가 문학적 가치를 확보할 수 있다면, 주체성을 갖지 못한 채 스스로 알지 못하는 힘에 의하여 일방적으로 휘둘리기만 하다가 비극적 결말에 도달하는 이야기 역시 얼마든지 그것대로의 문학적 가치를 확보할 수 있다. 전자의 이야기에 인간의 진실이 깃들 수 있다면, 후자의 이야기에도 역시 인간의 진실이 깃들 수 있기 때문이다. 결국 전자의 이야기든, 후자의 이야기든, 인간의 진실을 깊이 있게 파헤치면서 미적인 성취를 이룩하기만 하면 되는 것이다.

「까치 소리」는 후자의 유형에 속하는 이야기이면서 인간의 진실을 깊이 있게 파헤치는 한편 미적인 성취를 이룩한 작품으로서, 분명 뚜렷한 문학적 가치를 확보하고 있다.

두 세계의 만남

「까치 소리」의 등장인물들은, 모두 닫힌 세계 속에서 움직이고 있는 것처럼 보인다. 그 세계는 "아침 까치가 울면 손님이 오고, 저녁 까치가 울면 초상이 난다"고 하는 속신이 군림하고 있는 세계이다. 그 세계는 사람이 주체성을 갖지 못한 채 스스로 알지 못하는 힘에 의하여 일방적으로 휘둘리기만 하다가 비극적 결말에 도달할 수밖에 없는 세계이다. 한마디로 말해 사람이 비합리적인 운명의 힘에 의해 지배당하는 세계, 전근대적 세계, 초역사적 혹은 탈역사적 세계이다.

하지만 「까치 소리」의 등장인물들이 놓여 있는 세계는, 6·25전쟁이 벌어지고 있는 역사적·현실적 세계이기도 하다. 작품 속에서 벌어지고 있는 비극의 중요한 원인이 되었다고 할 수 있는 봉수의 심리적 문제도 따지고 보면 6·25전쟁이라는 역사적·현실적 사건에서 연유한 내적 상처로 이해되어야 마땅한 측면을 가지고 있다.

방금 지적된 사실을 종합해 보면, 「까치 소리」라는 작품 속에서는 전근대적·탈역사적 세계와 역사적·현실적 세계 사이의 만남이 이루어지고 있다는 결론이 가능해진다. 그 만남은 참으로 기묘한 만남이지만 또한 자연스러운 만남이기도 하다. 여기에서 이루어지고 있는 만남에는, 억지로 갖다 맞춘 듯한 느낌이 없다. 억지로 갖다 맞춘 듯한 느낌이 들기는커녕, 그 두 세계가 자연스럽게 만나 상호 침투한 끝에 하나로 융합하는 모습을 보는 것 같은 인상을 줄 정도이다.

김동리의 창작 경력 속에서 「까치 소리」가 놓여 있는 자리

이상에서 살펴본 바와 같은 특징을 가지고 있는 「까치 소리」라는

작품이 발표된 시기는 언제였던가? 1966년이었다. 김동리의 소설가로서의 공식적인 활동이 시작되었던 해가 1935년이니까, 이 작품은 그가 등단한 지 30년도 넘은 시점에서 나온 셈이다.

김동리의 창작 경력은 1935년에서부터 1970년대 말까지 40년 이상의 폭을 가지고 있거니와, 다수의 학자들은 그 기간을 크게 초기·중기·후기의 세 단계로 구분할 수 있다고 본다. 해방 이전의 기간이 초기에 해당하며, 해방 직후에서부터 대략 1950년대 말까지가 중기에, 1960년대 초부터가 후기에 해당한다. 「까치 소리」는 1966년에 발표된 소설이니까, 이러한 구분 방법에 따르면 김동리 문학의 후기에 속하는 작품이다. 아니, 바로 그 후기를 대표하는 존재의 하나로 자리매김할 수 있는 작품이다.

김동리 문학의 후기를 대표하는 것으로 평가될 만한 소설로는 이 「까치 소리」 이외에 「등신불」(1961)이라든가 『을화』(1978)와 같은 작품이 있거니와, 이들 세 작품을 나란히 놓고 검토해 보면, 자못 흥미로운 공통점이 금방 드러난다.

「등신불」은 전설의 분위기를 담고 있는, 아득한 옛날에 있었다고 하는 만적 스님의 소신공양(燒身供養) 이야기와, 2차 대전 때 학병(學兵)으로 중국 전선에 끌려 나갔다가 탈출하는 젊은이의 이야기를 연결시켜 놓고 있는 작품이다. 여기서 전자의 이야기는 전근대적·탈역사적 세계에 놓여 있는 반면, 후자의 이야기는 역사적·현실적 세계에 놓여 있는 것인데, 「등신불」이라는 작품 속에서 그 양자가 자연스럽게 만나 상호 침투한 끝에 하나로 융합하는 양상을 드러내고 있다.

그런가 하면『을화』는 무교(巫教)의 세계에 관한 이야기와 기독교가 들어오면서 바로 그 무교를 위협하던 개화기의 시대상 이야기를 연결시킴으로써, 역시 전근대적·탈역사적 세계와 역사적·현실적 세계의 만남과 상호 침투, 그리고 융합을 이루어 내고 있다. 주지하다시피 이 작품은 1936년에 발표되었던 단편「무녀도」의 개작이라는 성격을 띠고 있거니와,「무녀도」에서는 그 두 가지 세계 중 전자 쪽이 훨씬 큰 비중을 지녔던 데 비하여,『을화』에서는 작가가 후자 쪽의 비중을 상당히 강화시킨 결과, 전자와 후자가 거의 대등한 비중을 가지고 만나는 것으로 전체적인 성격의 변화가 일어나고 있다.

이렇게 보면, 김동리의 후기 문학을 대표하는 작품들은 모두 전근대적·탈역사적 세계와 역사적·현실적 세계의 만남과 상호 침투, 그리고 융합을 보여 주고 있는 셈이다. 위에서 필자가 '자못 흥미로운 공통점'이라고 표현하였던 것이 바로 이것이다. 그런데 시야를 좀 더 넓혀서 관찰해 보면, 이러한 모습은, 방금 언급된 세 작품뿐 아니라, 김동리 문학의 후기에 들어 창작된 작품들 대다수에서 두루 나타난다는 사실이 확인된다.

그렇다면 김동리가 초기 및 중기에 발표한 작품들의 경우는 어떠하였던가? 그 작품들에서는 방금 언급된 바와 같은 양상이 거의 나타나지 않는다. 김동리의 소설가로서의 활동은 1935년부터 시작되거니와, 그때부터 대략 1950년대 말까지 이르는 긴 기간 동안, 김동리의 소설 세계는 두 개의 계열이 서로 섞이지 않고 병존하는 양상을 일관되게 유지해 왔다. 그 계열 가운데 하나는 역사적·현실적 세계를 구체적으로 다루는 작품군이었고, 다른 하나는 전근대적·탈역사적 세계를 원형론적 시각에서 다루는 작품군이었다.

작품의 수로 따지면, 전자 쪽이 훨씬 많다. 여기에 드는 작품들 가운데에는 「혼구(昏衢)」, 「인간 동의」, 「홍남 철수」, 「밀다원 시대」 같은 가작(佳作)도 있지만, 실패작도 많았다. 여기에 비하면 후자 쪽은 작품 수에 있어서는 전자 쪽보다 못하지만 거의 예외 없이 탁월한 문학적 수준을 보여 주고 있다는 점에서 인상적이다. 「바위」, 「무녀도」, 「황토기」, 「달」, 「역마」, 『사반의 십자가』 등이 모두 여기에 속한다. 방금 열거된 작품들의 제목만 보아도 알 수 있듯 사실이 후자의 계열이야말로 김동리 문학의 독특한 면모를 뚜렷이 드러내 주는 것이었다. 작가 자신 그 점을 잘 알고 있었고, 당연히 이쪽의 창작에 남다른 의욕을 가졌던 것으로 보인다. 하지만 이쪽은 그 성격상 애초부터 다산(多産)이 불가능한 것이었다는 점이 한계로 작용하였던 것 같다.

어쨌든 김동리는 작가 활동의 초기 단계에서부터 1950년대 말에까지 이르는 긴 기간 동안 이처럼 두 개의 계열로 뚜렷이 나뉘는 문학 세계를 보여 주었다. 그동안 그의 작품 세계는 해방을 전후하여 중요한 변화를 보였으며 그렇기 때문에 그 기간을 초기와 중기의 두 단계로 구분하는 작업도 가능한 터이지만, 초기에나 중기에나, 두 개의 계열이 섞이지 않고 분열된 상태로 존재한다는 점에서는 변화가 없었다. 그랬던 것인데, 작가 생활의 마지막 단계에 이르러, 김동리는 마침내 그 양자의 결합을 성취하였다. 후기의 작품들 대다수가 그 점을 증명하지만, 그중에서도 특히 돋보이는 성과가 바로 「등신불」, 「까치 소리」 그리고 『을화』인 것이다. 이처럼 작가 생활의 마지막 단계에 이르러, 그전까지 계속 분열되어 있었던 두 계열의 결합을 이룩하고, 그렇게 하는 과정에서 질적으로도 높이 평가받을 만한 작품을 선보일 수 있었다는 점에서, 김동리는 문학적으로 행복한 마무리를 짓는 데 성공한 작가였다고 말할 수 있을 듯하다.

더 생각해볼 문제들

1. 「까치 소리」가 액자소설의 형태를 취한 것은 적절한가?

   액자소설은 보통 '안 이야기'가 특별히 기이하거나 괴상한 면모를 지니고 있어서 독자들이 보기에 개연성이 떨어진다고 판단될 경우에 작가들이 즐겨 선택하는 경향이 있다. 액자라는 장치에는 이야기의 개연성에 대한 독자들의 불신을 줄여 주는 효과가 있기 때문이다. 이러한 사실을 감안해 보면, 김동리가 「까치 소리」라는 소설을 쓰면서 액자 장치를 끌어들인 것은 적절한 조치였다는 판단이 금방 내려진다. 「까치 소리」라는 작품에서 이야기의 핵심을 이루고 있는, "까치 소리 때문에 사람을 죽였다"고 하는 사건은 참으로 기이하고 괴상한 사건임에 틀림없기 때문이다.

2. 「까치 소리」에서 인상적으로 독자에게 다가오는 이미지가 있는가?

   김동리의 탁월한 소설들을 읽다 보면 예외 없이 인상적인 이미지들을 여럿 만나게 된다. 「까치 소리」도 예외가 아니다. 두 가지만 예를 들어 보자. 봉수가 정순을 만나는 장면에서 정순은 '연꽃'의 이미지로 묘사된다.

   이윽고 방문이 열리더니 정순이, 아, 그 어느 꿈결에서 보던 설운 연꽃 같은 얼굴을 내밀었다. 순간, 나는 그녀가 무슨 옷을 입고, 얼굴의 어디가 어떻다는 것을 전혀 의식할 수 없었다. 다만 저것이 정순이다, 저것이, 아, 설운 연꽃 같은 그것이다, 하는 섬광 같은 것이 가슴을 때리며, 전신의 피가 끓어오름을 느낄 뿐이었다.

여기에서 제시되고 있는 '설운 연꽃'의 이미지는 참으로 강렬하고 매혹적인 것이어서, 독자들은 무엇 때문에 봉수가 그처럼 정순에게 광적으로 집착하는지를 다른 아무런 보충 설명 없이도 이해하고 남음이 있으며, 그런 봉수에게 공감과 연민을 품지 않을 수 없다는 느낌에 빠져들게 된다.

그런가 하면 정순과 함께 몰래 떠나려던 계획이 좌절된 후 절망에 사로잡힌 봉수가 반쯤 제정신이 아닌 상태로 보리밭 길을 헤매는 장면에서 등장하는 '새까만 돌멩이'의 이미지도 여간 인상적인 것이 아니다. 해당되는 대목을 한번 읽어 보자.

그 어스름 속으로 비둘기 뗀지 새 뗀지 분간할 수도 없는 새까만 돌멩이 같은 것들이 날아가고 있었다.

하늘을 날아가는 새 떼를 '새까만 돌멩이 같은 것들'로 표현한 것은 얼핏 보기에 기이한 느낌을 주지만 실제 이 장면에서는 탁월한 효과를 발휘한다. 자유롭게 하늘을 나는 생명체인 새를 무겁고 딱딱한 상태로 굳어 있는(죽어 있는) 돌멩이 — 그중에서도 특히 불길한 느낌을 안겨 주는 '새까만' 돌멩이 — 에 비유함으로써 김동리는 봉수의 비정상적인 심리 상태를 효과적으로 드러내는 한편 곧 일어나게 될 봉수의 영숙 살해라는 끔찍한 비극의 전조(前兆)를 자연스럽게 마련해 보이고 있는 것이다.

3. 한국 현대소설의 역사 속에서 김동리가 차지하는 위치를 어떻게 규정할 수 있는가?

위의 물음에 대해서는 여러 가지 다양한 견해들이 제시되고 있다. "한국 현대소설에 나타난 두 가지 중요한 경향을 근대 지향성과 전통 지향성으로 대별해 볼 때 김동리는 전통 지향성을 가장 뚜렷하게 드러낸 대표적 작가다"라고 규정하는 견해가 있는가 하면, "한국 현대소설의 주류를 이룬 계몽주의적 흐름에 맞서서 반계몽적 낭만주의의 입장을 견지함으로써 결과적으로 우리 소설사의 영역을 넓혀 준 대표적 작가가 김동리다"라고 설명하는 견해도 있다. 그 밖에도 여러 가지 견해가 있지만, 김동리의 문학 세계가 정신적인 측면으로 보나 기법적인 측면으로 보나 한국 현대소설사 속에서 한 높은 봉우리를 이룬다는 점에 대해서는 대체로 폭넓은 합의가 내려져 있는 것으로 생각된다. 물론 김동리 문학을 '현실도피적인 문학의 전형'이라고 보아 부정적으로 평가하는 견해도 없지는 않다.

추천할 만한 텍스트

『등신불』, 김동리 지음, 이동하 엮음, 문학과지성사, 2005.

이동하(李東夏)

서울시립대학교 국어국문학과 교수.

서울대학교 법학과를 졸업한 후 동 대학교 국어국문학과에서 박사 학위를 받았다. 『한국 소설과 기독교』, 『한국 현대소설과 종교의 관련 양상』, 『한국 문학과 인간 해방의 정신』, 『한국 문학 속의 사회주의와 자본주의』 등 다수의 저서를 냈으며, 미르치아 엘리아데의 『성(聖)과 속(俗)』을 번역한 바 있다.

만기 치과의원에는 원장인 서만기 씨와 간호원 홍인숙 양 외에도

거의 날마다 출근하다시피 하는 사람 둘이 있다. 그 한 사람은

비분강개(悲憤慷慨)파 채익준 씨요, 다른 한 사람은 실의의 인간 천봉우 씨다.

두 사람은 다 같이 서만기 원장의 중학교 동창생이다. 그들은 도리어

원장보다도 먼저 나와서 대합실에 자리 잡고 신문을 읽고 있는 날도 있었다.

더구나 채익준은 간호원보다도 일찍 나오는 수가 많았다.

— 「잉여 인간」 중에서

손창섭 (1922~?)

평남 평양에서 태어나 1935년 만주로 건너갔다. 1936년에는 일본으로 가 고학생으로 교토와 도쿄에서 여러 중학을 다니다가 니혼 대학에 적을 두기도 했다. 1949년 《연합신문》에 「얄궂은 비」를 발표하고, 1952년 「공휴일」, 1953년 「사연기」를 『문예』지에서 추천받으면서 등단한다. 1972년에 일본인 아내와 도일한 이후의 행적은 노출되지 않고 있다. 한국의 전후 소설에서 가장 주목할 만한 작가로 평가받고 있는 그의 소설에는 세계에 대한 절망을 지닌 인물들에 대한 반어적 태도가 잘 드러난다. 주요 작품으로는 「비 오는 날」, 「미해결의 장 : 군소리의 의미」, 「인간동물원초」, 「잉여 인간」 등의 단편소설과 『유맹(流氓)』 등의 장편소설이 있다.

02

우리들의 전쟁은 아직 끝나지 않았다
손창섭(孫昌涉)의 「잉여 인간」

허윤진 | 문학평론가

미시적 전쟁의 시작

현대 한국사에서 한국전쟁이 사회의 구성원들에게 미친 영향은 막대하다. 전쟁은 사회가 성립되는 물적인 기반을 파괴하고, 구성원들의 생명을 앗아 가며, 살아남은 구성원들에게 인간성에 대한 뿌리 깊은 회의를 남긴다. 가족처럼 가까운 타인들이 눈앞에서 포탄을 맞고 총알을 맞아서 죽어 가는 모습을 보고 나서 과연 인간성이라 불리는 것을 계속해서 신뢰할 수 있겠는가? 서로 죽고 죽이는 살육의 현장을 보면서 인간이 동물과 차별화되는 이성적 존재라는 생각을 지속하기란 어렵다. 오히려 살기 위해서 정량의 먹잇감만을 포획하는 동물의 세계가 합리적인지도 모른다.

　물적 기반과 정신적 기반이 모두 파괴된 상태에서, 가까스로 살아남은 인간들은 어떤 식으로 새로운 인간의 형상을 만들어 나가야 하는가? 거시적인 차원에서 전쟁은 끝났지만 사실 전쟁을 통해서 인간의 본성은 낱낱이 폭로된 것이 아닌가? 「잉여 인간」을 비롯한 손창섭의 여러 작품들은 이 문제에 대해서 근본적인 고민을 보여 주고 있다. 살아남은 자들은 척박한 생활 속에서 생존을 향한 고투에 여념이 없다. 거시 전쟁이 끝나고 이제 미시 전쟁이 새롭게 시작되는 사리에서 「잉여 인간」은 출발한다.

이 작품은 구조적으로 과잉의 상태와 결핍의 상태 사이에서 가치의 교환이 정체된 상태라고 할 수 있다. 「잉여 인간」에서는 자본이라는 물질적 에너지가 산 자들의 생존을 위해서 소통되고 거래되는 것이 아니라, 결핍 상태를 오히려 부추겨 산 자들을 위태로움으로 몰고 가기 위해 상황에 투입된다.

「잉여 인간」에서 자본의 순환 관계를 이야기할 때, 자본은 단지 경제적 측면에서만 논의되기 어렵다. 이 작품에서는 자본이라는 물질적 에너지가 사랑이라는 정신적 에너지와 동전의 앞뒷면처럼 병행적으로 진행되기 때문이다. 실제 경제 구조와는 다른 방식으로 작동하는 사랑의 경제 구조가 지닌 속성을 잘 표현한다. 노동과 자본을 투입하여 최대한 효율적인 생산을 하고, 생산품을 소비자가 구매하도록 '합리적으로' 추동되는 것으로 가정되는 실제 경제와 달리, 사랑의 경제는 무익한 노동과 막대한 정신의 자본을 투입한다 해도 효율적인 순환이 전혀 이루어지지 않을 수 있다. 「잉여 인간」에서 실제로 나타나는 사랑의 관계들이 그러하다.

격렬한 전쟁의 시기를 보내고 나서 인간들에게는 과연 무엇이

'남았는가'? 사회의 가치를 벗어나는 무익한 감정의 덩어리들이 잉여물인가? 아니면, 혹 인간 자체가 쓸모없는 잉여물은 아닌가?

자본의 과잉과 결핍

'잉여 인간'이라는 표제에서 눈에 띄는 것은 '인간'이라는 단어 앞에 첨가된 '잉여'라는 표지다. '잉여'는 기대되는 기준치를 초과한 분량을 뜻한다. 기준치를 초과한 상태가 존재한다면, 기준치에 미달되는 상태도 역으로 존재할 것이다. 이 작품은 구조적으로 과잉의 상태와 결핍의 상태 사이에서 가치의 교환이 정체된 상태라고 할 수 있다. 자본의 문제에서 과잉과 결핍 사이의 긴장 관계가 특히 두드러진다.

작품의 주인공인 만기는 작은 치과의원의 개업의(開業醫)다. 그에게는 부양해야 할 식구들이 많이 있지만 사회의 경제적 상황과 치과의원의 낙후된 시설로 인해 그는 충분한 소득을 올리고 있지 못한 상태다. 누구보다도 그에게는 경제적인 소득이 절대적으로 필요한 상황이지만, 경제적 윤택함은 간절한 그의 욕망만큼 다가와 주지 않는다. 그는 자신을 위해서 돈을 거의 쓰지 않고 늘 자신의 생업에 성실하게 임하지만 역설적이게도 그의 근면 성실함은 별다른 보답을 받지 못하는 것이다.

작품에 등장하는 만기의 두 친구인 봉우와 익준의 경우에도 경제적인 불균형은 두드러진다. 봉우는 처갓집이 부자인 덕에 별다른 노동을 하지 않고서도 경제적으로는 비교적 편안한 생활을 누린다. 반면 익준은 장모와 병든 처, 아이들을 부양해야 하는데도 학력이

중졸인데다가 별다른 기술이 없어서 늘 경제적인 어려움을 겪는다. 힘든 전쟁의 시기를 함께 지내와 현재에 도달한 친구들이지만, 자본의 과잉과 결핍 상태는 개인에 따라서 상이하게 나타난다. 경제적 이득을 얻기 위해서는 어떤 식으로든 노동을 하거나, 아니면 자본을 투자하거나 해야 할 것이다. 그러나 봉우와 익준은 타인의 일터에 상징적인 '출근'을 하지만 이 일터가 그들의 일터가 아니므로 어떤 경제직 이득도 창출해 낼 수가 없다.

봉우 처가 경제적 원조를 하겠다고 제안할 때마다 만기는 번번이 정중하게 거절한다. 그러나 작품의 말미에서 만기는 결과적으로 봉우 처에게 돈을 빌리게 된다. 익준의 처가 결국 죽게 되었기 때문이다. 여기에서 만기가 일시적으로 확보한 자본은 그의 경제적 상황을 개선하는 데 사용되지 않는다. 그 돈은 익준의 처의 장례 비용으로 사용된다. 죽은 자를 위해서 소비하는 돈은 실질적으로 산 자들에게 도움을 주지 못한다. 장례에 소용된 돈은 비유적으로 말해서 일종의 '죽은 돈', '매장된 돈'이며, 작품 속의 산 자들에게는 갚아야 할 채무로서 남게 된다. 이처럼 「잉여 인간」에서는 자본이라는 물질적 에너지가 산 자들의 생존을 위해서 소통되고 거래되는 것이 아니라, 결핍 상태를 오히려 부추겨 산 자들을 위태로움으로 몰고 가기 위해 상황에 투입된다.

무익한 사랑의 범람

「잉여 인간」에서 자본의 순환 관계를 이야기할 때, 자본은 단지 경제적 측면에서만 논의되기 어렵다. 이 작품에서는 자본이라는 물질적 에너지가 사랑이라는 정신적 에너지와 동전의 앞뒷면처럼 병행적으로 진행되기 때문이다.

만기는 자본의 결핍 상태에 시달리고 있다. 문제는 가시적인 이로움은 부재하는 상태인데, 비가시적인 이로움인 사랑은 과도하게 넘쳐 흐르고 있다는 점이다. 가부장적 규범하의 사회에서 사랑의 경제 구조는 크게 두 가지 층위로 나타난다. 하나는 지상 경제인 결혼 제도이며, 다른 하나는 지하 경제인 매매춘이다. 작품 속에서 만기의 상황을 살펴보면, 사랑의 경제라는 측면에서 만기는 사랑의 과잉 공급을 받고 있는 상태다. 우선 그는 현숙한 아내와 결혼을 이미 했다. 그가 사랑하고, 그를 사랑하는 여인이 한 사람만이라면 사랑의 에너지는 균형을 유지할 수 있을 것이다. 그러나 규범적 경제, 즉 결혼의 테두리를 넘어서는 사랑의 관계가 다층적으로 존재한다.

우선 만기는 처제인 은주의 사랑까지도 받고 있다. 그녀가 그를 사랑하는 방식은 순수한 동경과도 같다. 그녀는 형부에 대한 사랑과 열정을 최대한 절제하는 방식으로 그를 사랑한다. 만기의 가정에 은주가 존재한다면, 직장에는 간호사 인숙이 존재한다. 그녀는 만기의 좋은 동료인 동시에, 만기를 진심으로 사랑하는 또 다른 여인이기도 하다. 마지막으로 봉우 처는 농염한 여인의 향기를 풍기면서 만기를 유혹하려 한다. 팜므 파탈(femme fatale)적인 이미지에 가까운 그녀는 넘치는 열정으로 인해 만기를 두렵게 할 정도이다. 만기를 중심으로 한 관계망에서 만기는 여러 여성들의 사랑을 과도하게 받음으로써 사랑의 과잉 포화 상태에 놓여 오히려 괴로움을 겪고 있다.

반면 친구 봉우의 경우에는 아내의 사랑도 받지 못한 채 간호사 인숙을 사랑하는 사랑의 결핍 상태에 놓여 있다. 그의 사랑은 인숙에게 보답받을 길이 없기 때문이다. 그리고 익준은 아내가 죽음으로써 사랑의 경제에서 원심적으로 멀어지는 양상을 보인다. 만기를 중심으로 한 관계를 역으로 뒤집어 보면, 만기를 아무런 대가 없이 사랑하는 여성들의 경우에도 사랑에 대한 보상이 존재하지 않기 때문에 교환의 결핍과 부재 상태에 놓여 있다. 물론 사랑이라는 정신적 자본이 교환되어야만 사랑이 완전하게 존재하는 것은 아니겠지만 말이다.

그런데 만기를 사랑하는 여성들은 사랑의 메시지와 돈의 메시지를 등가적으로 타전(打電)한다. 만기가 월세를 올려 달라는 봉우 처의 협박 아닌 협박으로 인해 경제적인 어려움을 겪자 간호사 인숙은 자신이 모아 두었던 월급을 선뜻 내놓기까지 한다. 사랑하는 존재에 대한 애정은 자신이 가진 돈을 희생하는 방식으로까지 표현되는 것이다. 타인에게 자신의 돈을 내어 놓는 행위는 일종의 무익한 소비일 수 있다. 그럼에도 불구하고 인숙은 자신의 의사를 이런 방식으로라도 표현하려 한다.

사랑과 자본이 구조적으로 등가화되는 양상은 봉우 처에게서 가장 잘 드러난다.

봉우 처는 툭하면 병원을 찾아왔다. 한 달에 한 번씩 셋돈을 받으러 들르는 외에도 치석(齒石)이 끼었느니 입치(入齒)가 어떠니 충치가 생기는 것 같다느니 핑계를 내걸고 걸핏하면 나타나는 것이었다. 그때

마다 봉우 처는 짙은 화장과 화려한 의상으로 풍요한 육체를 장식하
고 있었다.

봉우 처는 만기의 사랑을 얻기 위한 수단으로 자신이 가진 자본
을 이용한다. 그의 곤란한 생계를 역으로 이용하여 자신이 원하는
대로 그를 움직이고자 하는 것이다. 만기는 작품 속에서 그녀의 집
요한 유혹을 뿌리친다. 그러나 봉우 처에 관한 묘사를 보면, 그녀의
섹슈얼리티가 지닌 풍요로운 매혹은 분명 그를 무의식적으로 혼돈
에 빠뜨리고 있다. 여기서 그녀의 육체가 "풍요하다"라는 구절은
성적인 아름다움을 지닌 여성에게 자주 사용되는 수사지만, 봉우
처가 지닌 자본의 풍요로움까지도 환기시킨다.
　이처럼 자본, 사랑, 나아가 섹슈얼리티가 경제적인 구조로 나타
나는 양상은 만기가 봉우 처에게 익준 처의 장례 비용으로 쓸 돈을
빌리는 장면에서도 잘 드러난다.

"선생님에게두 저 같은 여자가 소용에 닿을 때가 있군요. 좋아요. 저
는 점잖은 선생님의 청을 거절할 용기가 없어요!"
여자는 언어 이상의 의미를 표정으로 나타내고 나서 일어서 저쪽으
로 가려다가,
"오만 환 정도라면 당장 되겠어요. 물론 현금이 좋으시겠죠."
대답도 듣지 않고 카운터 뒤로 사라져 버리더니 좀 뒤에 현찰을 신
문지에 꾸려 가지고 돌아왔다.

봉우 처는 만기가 자신에게 돈을 빌리는 행위가 자신에 대한 '수요'를 발생시키는 것으로 본다. 여기에서 만기가 의식적으로든 무의식적으로든, 거부하던 봉우 처에게 돈을 빌리는 것은 그녀를 어떤 면에서 이용하는 것이기도 하다. 그러나 봉우 처는 상징적으로나마 자본의 교환 관계가 이루어짐으로써, 모종의 '관계'가 결국은 성취되는 것에 부분적으로나마 안도하는 것이다.

표면적으로 보면 만기와 봉우 처의 관계에서 봉우 처는 납득이 가지 않는 인물일 수 있다. 그러나 인숙을 스토킹하는 수준으로 쫓아다니는 봉우처럼, 그의 아내도 경제적 이익을 떠난 사랑을 하고 있는 것일 수 있다.

> 전차 정류장 쪽을 향해 저만치 걸어가고 있는 인숙의 뒤를 봉우는 부리나케 쫓아가고 있었다. 그 광경이 흡사 엄마를 놓칠세라 질겁해서 발버둥 치며 쫓아가는 어린애 모양과 비슷했다. 그 꼴을 묵묵히 바라보고 서 있던 만기는 저도 모르게 가만한 한숨을 토했다. 계산이 닿지 않는 애정에 저렇게 열중해야 하는 봉우가 — 그리고 저러지 않고는 못 배기는 인간이 딱했기 때문이다. 동시에 만기 자신을 중심으로 자꾸만 얼크러지는 애정과 애욕의 미묘한 혼란이 숨 가쁜 까닭이기도 했다.

"계산이 닿지 않는 애정"이라는 구절은 결국 실제 경제 구조와는 다른 방식으로 작동하는 사랑의 경제 구조가 지닌 속성을 잘 표현한다.

이 작품이 생산되고 발표되던 시기에 사회적으로 시급한 문제는 초토화된 환경 속에서 다시 어떤 방식으로 생존해야 할 것인가, 사회적인 물적 토대를 어떻게 쌓아 가야 할 것인가, 하는 문제였다. 공동체의 재건을 위해서 개인의 사적인 욕망이 억압될 수 있던 시대에, 손창섭은 미시적인 차원에서 일어나는 전쟁과도 같은 욕망의 충돌에 주목하고 있다. 작품에서 실제로 많은 비중이 할애되고 있는 이야기 내용은 인물들의 생존 자체에 관한 것이 아니라, 생존과는 무관한, 무익한 감정적인 문제들이다. 기존에 그의 작품들은 전후 사회의 허무주의를 그려 내고 있다는 평가를 받았지만, 단순하게 요약되기에는 이처럼 복합적인 문제들이 작품 속에서 세밀하게 그려지고 있는 것을 볼 수 있다.

잉여물로서의 인간

제목으로 다시 한 번 돌아가 보자. 잉여 인간. 격렬한 전쟁의 시기를 보내고 나서 인간들에게는 과연 무엇이 '남았는가'. 사회의 가치를 벗어나는 무익한 감정의 덩어리들이 잉여물인가? 아니면, 혹 인간 자체가 쓸모없는 잉여물은 아닌가? 이런 점에서 일종의 심리적 쌍둥이들처럼 존재했던 만기, 봉우, 익준의 관계가 익준에게 초점이 맞춰지는 것으로 작품이 끝나는 것은 상징적인 의미를 지닌다. 작품 전반적으로 초점이 맞추어진 인물로 보이는 만기는 자신이 속한 가족, 사회에서 그다지 무익한 인물은 아니었다. 그는 사회 속에서 나름의 몫을 하고 있기 때문이다. 반면 봉우와 익준은 상대적으로 무능력하며, 자신들이 속한 사회에서 배제되어도 사회에는 아무런 문제가 생기지 않는 '쓸모없는' 인물들이다. 특히 익준은 가장으로서 생계를 책임지지도 못하며, 아내의 죽음 이후에 찾아오는 상황을 어떤 식으로든 마무리하지도 못한다. 엄마의 장지(葬地)에 다녀온 아이들의 철없는 모습에 그저 "장승처럼 선 채 움직일 줄 모르"는 그는 공동체에서 아무런 기능을 하지 못하는 힘없는 인물이다. 사회의 중심점을 비껴나, 사회가 만들어 낸 불필요한 잉여물처럼 보이는 익준의 모습은 역설적으로 인간의 가치에 대해서 질문을 던지게 한다. 사회에 충실히 복무한 후 기계의 부품처럼 버려지는 우리의 모습은 또 다른 잉여 인간이 아닐까.

더 생각해볼 문제들

1. 인간과 인간의 사회적 관계를 유지시켜 주는 것은 무엇인가? 자신의 생명을 보존하려는 동물로서의 욕망은 대개 은폐되어 있다. 극한 상황에 처했을 때 인간의 동물적 본능과 욕망은 생생하게 드러난다. 인간이 타인에게 진정으로 윤리적이라는 것은 인간의 본성을 있는 그대로 드러내는 것인가, 혹은 본성을 다양한 기제로써 조절하고 통제하는 것인가? 어떤 것이 더 '자연'스러운가? 손창섭의 다른 작품 「미해결의 장 : 군소리의 의미」와 「인간동물원초」를 함께 읽어 보자.

2. 6·25전쟁을 비롯한 역사적 사건은 우리에게 기록으로만 남아 있으며, 그것을 어떤 식으로든 직접 체험하는 것은 불가능하다. 한편, 영상 매체의 발달로 국경의 경계를 넘어 사건들의 이미지를 접하는 것은 보편적인 일이 되었다. 우리는 9·11테러 등 현대사의 분기점이 될 만한 사건들을 지루할 정도로 반복해서 경험한다. 직접 경험할 수 없는 비극적인 상황은 오히려 고통에

대한 인식과 감각을 마비시킬 수 있다. 모든 것이 화면의 뒤편으로 소거되고 있는 지금, 타인의 고통을 이해한다는 것은 가능한가? 우리가 살아가고 있는 시대와는 다른 시대에 씌어진 소설을 읽는 것이 타인을 이해하는 하나의 방식이 될 수는 없을까?

3. 현재 한국 사회는 개인들이 경제적 안정을 얻는 것을 최대의 덕목으로 생각하고 있다. 그러나 경제 체제 속에서 충실히 노동을 하고, 충실히 소비를 하고, 충분한 자본을 다시 획득하는 일련의 과정은 진실로 인간을 행복하게 만드는가? 모두가 경제적인 충족만이 중요하다고 외치는 이 시대에, 인간을 인간답게 만드는 가치는 경제적 가치 외에 어떤 가치가 있을까? 대가 없는 행위, 무익함을 넘어서는 기쁨은 더 이상 존재하지 않을까?

추천할 만한 텍스트
『비오는 날』, 손창섭 지음, 문학과지성사, 2005.

허윤진
문학평론가.
서강대학교 영어영문학과를 졸업하고 동 대학 국어국문학과 대학원 박사 과정에 재학 중이다. 2003년 계간 『문학과사회』 제3회 신인문학상을 수상(평론 부문)했다. 「나의 분홍 종이 연인들, 언어로 가득 찬 자궁이 있는 남성들」, 「프쉬케로스(Psycheros), 시간의 미로에서 영원히 길을 잃/잊다」, 「인큐베이터의 시대」, 「현미경과 망원경이 있는 글쓰기 실험실 1」 외 다수의 평문을 발표했다.

그러나 나는, 어떤 것으로 다시 되어 태어날 것인가.

정토에 나기는 바랄 수도 없고, 또 바라지도 않지만, 허기는 만약에 할 수 있으면,

내가 어쩔 수 없이 떠나오지 않으면 안되었던 사람들 세상에로

다시 사람이 되어 돌아왔으면 싶고, 그래서 내가 못다 산 삶을 마저 채워,

노년의 복은, 고뇌는, 삶은, 어떤 것인가를 체험해 봤으면도 싶다.

― 『죽음의 한 연구』 중에서

박상륭 (1940~)

전북 장수에서 태어났으며, 서라벌예술대학과 경희대학교 정치외교학과를 졸업했다. 1963년 단편 「아겔다마」로 『사상계』 신인상을 받으면서 작품 활동을 시작했다. 이후 「뙤약별」 연작과 「남도」 연작 등을 발표하면서 활발한 작품 활동을 하던 중 1969년 캐나다로 이민 가서 서점을 경영하다가 1998년 영구 귀국하였다. 1973년 죽음의 문제를 집요하게 파고든 형이상학적 소설 『죽음의 한 연구』를 발표했으며, 이후 그 후속편으로 『칠조어론』 4권을 펴냄으로써 죽음에 대한 탐색을 마무리 지었다. 그 사이 『박상륭 작품집』과 『열명길』, 『아겔다마』, 『평심』, 『잠의 열매를 매단 나무는 뿌리로 꿈을 꾼다』, 『신을 죽인 자의 행로는 쓸쓸했도다』 등의 작품집과 산문집 『산해기』를 펴냈다.

03

죽음에 대한 소설적 탐색

박상륭(朴常隆)의
『죽음의 한 연구』

김경수 | 서강대학교 국어국문학과 교수

죽음이란 무엇인가

소설은 인간 삶의 비밀을 다룬다. 삶이란 무엇인가라는 물음에 대한 인간학적, 그리고 인문학적 성찰은 모든 인문과학의 주제이기도 하지만, 소설의 경우에도 더없이 중요한 주제이다. 탄생과 성장, 사랑과 이별, 슬픔과 고통 등, 삶의 모든 국면들을 다루면서 그것이 갖는 인간적 의미를 캐묻는 작업이 바로 소설의 작업인 셈이다. 삶의 의미를 궁구하는 작업이 소설의 본질이라고 할 때, 죽음 또한 여기서 예외일 수 없다. 물론 인간의 죽음을 직접적으로 관장하고 해석하는 유의미한 전망으로서 종교가 존재하고 또 그것이 오늘날에 이르기까지 인간 삶에 의미 있는 지침이 되어 주고 있는 것은 사실이지만, 그것이 삶의 직접적 연장이자 궁극적 귀결이라는 점에서 죽음은 또한 소설의 중요한 주제를 형성한다.

1973년에 발표된 박상륭의 장편소설『죽음의 한 연구』는 바로 이 문제를 다루고 있는 소설이다. 죽음에 대한 수많은 종교적 고찰이 존재함에도 불구하고 작가가 왜 이 문제를 소설적으로 다루었는지를 알기란 그리 어렵지 않다. 삶의 최종 결과는 죽음이다. 누구를 막론하고 삶이 끝내는 죽음으로 귀결된다는 점은 의심의 여지가 없다. 삶을 죽음의 시작이라고 보는 역설이 가능한 것도 바로 이런 이유에서다. 죽음은 인간이 직면하는 단 하나의 진정한 리얼리티이다. 인간은 다른 사람의 경험을 추체험(追體驗)하여 자신의 것으로 만들 수 있으나, 죽음만은 다른 이의 경험을 자신의 것으로 환치하지 못한다. 그것은 당사자만이 경험할 수 있는 일회적인 것이며, 다른 이의 체험으로 전이될 수 없는 유일무비(唯一無比)의 경험이기 때문이다. 이런 의미에서 죽음은 삶에 내재된 공포이자 신비며 미스터리와 같은 것이다. 바로 그런 까닭에 죽음은 소설의 중요한 주제 가운데 하나가 되는 것이다.

소설의 제목이 시사하듯이, 이 작품은 인간에게 있어서 죽음이란 무엇인가를 소설적으로 그리고 학술적으로 탐색[1]해 들어간 작품

---

1) 탐색이란 신화와 문학에서 주인공이 어떤 목적을 위해 행하는 여행을 의미한다. 문학에서 탐색의 대상은 영웅에게 지대한 노력을 요구하는데, 영웅은 이러저러한 난관을 극복한 후 이 대상을 차지한다. 많은 경우 이 탐색의 대상은 눈에 보이는 물질적인 것이 아니라 인간이 이전까지는 경험하지 못했던 새로운 정신적 상태를 의미하는데, 이는 오든이 이미 지적한 바 있다. 조셉 캠벨은 신화적 영웅의 일대기를 문법화하면서 영웅의 탐색으로 플롯이 짜여진 이야기들을 '탐색담'이라고 정의한 바 있다.

이다. 주제 자체가 죽음이고 또 방법론 자체가 일종의 '연구'를 표방한 까닭에, 이 소설은 기왕에 우리가 친숙해져 있는 허구로서의 소설과는 조금 다르다. 물론 한 허구적인 주인공을 등장시켜 그의 행위와 사고를 통해 이야기를 진전시키고 있다는 점에서는 소설의 형식을 밟고 있으나, 그의 사유의 전개라든가 행위를 진전시키는 맥락 등에서는 불교 및 기독교의 인간관 및 죽음관을 참조함으로써 일종의 학술적 에세이로서의 면모도 강하게 내보이고 있는 것이다. 따라서 박상륭의 이 소설은 소설인 동시에 철학적 에세이기도 하고, 죽음에 대한 개인적 사색인 동시에 동서양의 종교적 경전에서 탐구된 죽음에 대한 직관에 대한 개괄적 해설서이기도 한 셈인데, 이런 복합적인 양상이 박상륭의 소설을 우리 문학사상 아주 이질적인 작품으로 만들고 있는 것이다.

박상륭의『죽음의 한 연구』에 대한 일차적 접근은 일단 그 이야기 내용에서부터 시작하는 편이 유용하다. 이 소설은 아주 간단히 말하면 한 문제적인 주인공이 자신의 죽음을 완수하는 과정을 보여주고 있는 소설이다.『죽음의 한 연구』의 이야기는 주인공 인물이 스승에 의해 유리(羑里)라는 황폐화된 마을로 오게 되면서부터 시작된다. 유리로 오는 도중 그는 한 노승의 죽음을 목도하면서 비로소 죽음에 대해 의문을 갖기 시작한다. 그리하여 그는 유리에 들어와 존자승과 외눈박이 중을 죽이는 등 이른바 구도적인 살인을 행하는가 하면, 유리의 오조(五祖) 촌장을 죽여 그로부터 해골을 물려받아 스스로 육조(六祖) 촌장이 된다. 그리하여 촌장에게 요구되는 바, 황폐화된 마을 유리에 생명의 바닷물을 되돌리기 위해 마른 늪에서의 낚시질로 상징되는 형벌을 감내하면서 죽음과 재생의 의미를 고찰해 나아간다. 그리하여 결국 일방으로는 자의에 의해, 그리고 일방으로는 유리의 법률에 의해 스스로 죽음의 길로 나아감으로써 자신의 죽음을 완성한다.

이것이 인물의 행위와 사건 중심으로 아주 단순하게 요약한 작품의 줄거리인데, 이런 요약만으로는 이렇게 자신의 죽음을 완수하는 과정이 어떻게 인간의 보편적인 죽음의 문제에 대한 탐색으로 확장되고 있는지를 이해하기 쉽지 않을 것이다. 이를 이해하기 위해서는 주인공의 유년 시절을 참고하는 편이 훨씬 도움이 될 것이다. 작품에서 우리는 주인공의 유년의 회상이 다분히 의식적으로, 그리고 비중 있게 배치되어 있는 것을 목격한다. 회상에서 드러나듯이, 그의 어머니는 몸을 팔아 생계를 유지하는 창녀였다. 주인공은 어린 시절 뱃사람들이 창녀인 그의 어머니를 빼앗아 가는 것을 자주 목격하면서 자라는데, 이런 경험으로부터 어머니와의 분리(分離)를 강렬하게 경험한다. 주인공에게 이런 경험은 결국 자신이 혼자라는 것을 깨닫게 되는 실존적인 경험이 되는데, 이는 자신의 죽음에 대한 무의식적 자각이라고 해도 무방하다.

이로부터 죽음의 문제는 그에게 있어서 일종의 화두처럼 각인된다. 그리하여 그는 유리로 들어오는 길에 만난 노승이 자신과 헤어져 가는 뒷모습을 보고 그가 일종의 꿰미처럼 자신을 얽어매어 끌어들이는 윤회의 고리 속으로 들어가는 것처럼 인식하게 된다. 뒤이어 "그는 어째서, 근 백 년 가까이 보류해 왔던 죽음을 하필이면 내 앞에서 치러 보여 준 것인가?"라고 의심을 품으면서, 그러한 윤

불교의 장례 의식인 다비식 장면.

회의 고리로부터 영구히 벗어나는 길은, 자기 소멸을 완전히 성취해 버리는 일일지도 모른다고 회의하기 시작하는 것인데, 바로 여기에서부터 죽음에 대한 그의 탐색이 시작되는 것이다. 즉, 그는 위와 같은 인식을 통해 삶과 죽음의 윤회라고 하는 업(業, 업보)의 굴레로부터 영원히 벗어나기를 희망하게 되는데, 이 과정에서의 그의 고뇌와 사색이 이제 소설의 중심 주제로서 부상하게 되는 것이다.

메타 구조로서의 불교와 기독교의 교리
윤회의 굴레로부터의 자유로워짐과 그것을 통한 영생의 획득이라고 하는 지고의 목적을 완수하는 과정에서 이 소설의 주인공은 먼저 선불교(禪佛教)의 화두에 기대어 그 문제를 풀어 간다. 소설에서 그것은 아래와 같이 서로 상극하는 신수(神秀)와 혜능(慧能)의 게송(偈頌)으로 대표되는데, 이 두 게송은 「죽음의 한 연구」에서 주인공과 그 이외의 수도승들의 탐색의 본질과 차이를 단적으로 보여주는 은유로 기능하면서 주인공의 본질적인 죽음에의 탐색이 어떤 차원에서 이루어지는가를 알려 준다.

> (ㄱ) 몸이 보리수이니
> 마음은 밝은 거울틀과 같네
> 때때로 부지런히 털고 닦아서
> 먼지며 티끌 못 앉게 하세
>
> (ㄴ) 보리에 본디 나무가 없고
> 밝은 거울 또한 틀이 아닌데
> 본래 한 물건도 없는 터에
> 어디에 먼지며 티끌 앉을까

위에 인용한 (ㄱ)과 (ㄴ) 두 게송은 각각 중국 선종(禪宗)의 두 선사(禪師)인 신수와 혜능의 게송으로 두 사람이 지녔던 화두이자 또한 각자가 도달한 득도의 수준을 나타내고 있다. (ㄱ)의 게송이 육체를 긍정하고 그것을 통한 구도의 완결성을 드러내는 반면에 (ㄴ)의 게송은 색즉시공(色卽是空)이라는 불교적 인식대로 육체 자체의 무의미성을 드러내고 있다. 따라서 육체 자체의 존재를 문제 삼을 경우 그것을 통한 구도의 완결성은 아무 근거를 지니지 못하는 것이다. 육체와 정신 사이의 이분법적 인식의 괴리 속에서 자신의 죽음을 완수하고자 하는 주인공의 의식은, 그에 대한 변증법적 해결의 길로서 '필멸할 신육(身肉) 속에서 불멸할 신육을 뽑아내려는 노력'으로 이어지는데, 이 지점에서 「죽음의 한 연구」는 그것이 기본적으로 모든 중생들의 궁극적 해탈에의 과정을 하나의 서사적 목적론으로 마련하고 있는 불교적 담화에 기대고 있음을 보여 준다.

  그러나 주인공이 죽음에 대해 사색하는 과정에서 참조하는 참조점은 비단 불교적 담화에만 그치지 않는다. 그는 더 나아가 기독교의 담화 또한 기본적으로는 이런 인간의 근원적인 문제와 직결되어 있다는 것을 깨닫기도 하는데, 이 점은 죽음과 재생이 되풀이되는 순환의 비의에 대한 그의 탐구의 연장으로서 행해지는 기독교의 설화에 대한 그의 해석에서 확인된다. 이것은 작품의 '제17일'에서 나타나는 읍내 장로 집에서의 그의 설법에서 나타나는데, 원죄와 결부된 에덴동산의 이야기에 대한 해석에서부터 시작되는 그의 해석은 종교적인 인식 논리를 따라 대체로 다음과 같이 요약될수 있다.

  1. 원죄는 모든 생명 있는 것 위에, 하나의 시련, 그리고 하나의 통로로서 놓여 왔다.
  2. 원죄는 에덴동산의 실과를 뱀의 꼬임에 빠진 이브가 따서 먹고

다시 아담에게 권하는 순서를 밟거니와, 여기서 뱀과 어머니 자연은 죽음의 한 원형(原型)이지만, 한편으로는 신 자신이 인간을 '파괴될 성질의', '완전치 못한', '물질'인 흙을 취해서 만든 만큼 이미 그 속에는 죽음이 내재되어 있었기 때문에 이들은 또한 죽음의 결과에서 부활 또는 중생(重生)으로 이어 주었던 사다리이며, 그런 의미에서 동산의 중앙에 심어진 나무는 일종의 우주수(cosmic tree)[2] 이기도 한 것이다.

3. 에덴동산의 나무와 예수가 죽을 때의 십자가는 양자 공히 위와 같은 의미에서 생명의 나무이지만, 전자는 생명의 동산에 심어진 나무이며 후자는 해골의 골짜기에 심어진 나무로서 이중성을 갖는 바, 이것은 '연꽃에 담긴 보석'을 의미하며, 궁극적으로는 동물적 윤회가 완벽히 성취된 전형으로서, 여기서 죽음은 '육신으로 자궁에 들어, 살을 썩이고 영으로 싹을 키운' 동물적 윤회의 과정이 된다. 따라서 이브는 최초의 여성으로서 하나의 죽음의 장소, 중생의 태(胎)가 된다.

4. 이러한 원죄의 과정은 또한 신의 죽음에의 예비이기도 하며 따라서 기독교의 교리를 빌려 말하면 '신의 인육화와 인의 신육화' 그리고 '한 정신의 우주적 정신으로의 확산과, 우주 정신의 개아(個我)에의 제휴, 한정된 삶의 영생에의 획득과, 영겁과 죽음의 한정된 삶에

---

2) 나무는 많은 원형적 상징들 중의 하나로서, 세계의 축이라고 하는 개념을 표현한다. 이것은 세계가 선회하는 중심점이자 우리 세계의 다양한 영역들, 그러니까 하늘과 땅과 지하 세계 등을 상호 연결하는 지구의 배꼽을 의미한다. 우주수(宇宙樹)는 양육과 풍요, 보호 등을 의미하는데, 우주수가 갖고 있는 이러한 기능들은 인류의 집단 무의식에 보존되어 왔다. 우리나라의 경우 무속에서 사용되는 성황당 나무라든가 민간의 다양한 솟대 등이 이에 해당된다.

의 현현'으로 해석된다.

5. 따라서 성경은 결국 생명이 멈출 때라야 영생이 가능하다는 것을 말한다는 점에서 한 번의 완전한 죽음을 어떻게 성취할 수 있는가를 말하는 책인 것이다.

물론 단순화에 따른 의미 축소의 위험성이 없지는 않지만, 대체로 위에 요약된 부분이 『죽음의 한 연구』에서 주인공이 행하는 성경 해석의 주요한 명제이며 그 논리이다. 그리고 앞서 살펴본 것처럼 성서에 대한 이러한 해석은 주인공이 유리에 들면서부터 스스로 부과한 죽음과 재생의 의미에 대한 탐구의 한 단면을 드러내는 것으로서, 그가 촌장이 되어 감수하는 마른 늪에서의 고기 낚기라는 형벌과도 연결된다. 즉, 주인공은 작품의 '제10일'과 '제11일'에서 고기에 대해 사념(思念)하는데, 처음에 그는 이른바 양극을, 해탈의 한계를 구획한다는 존재의 비극과 직면하지만, 곧바로 성서의 비유를 토대로 그것이 위에서 말한 바와 같은 중생(重生)을 완성하기 위한 과정과 동일하다는 것을 인식하는 것이다. 결국 이런 일련의 사고를 통해 주인공은 불교와 기독교가 공히 인간의 죽음과 해탈 및 영생이라고 하는 근본적인 문제 해결의 원천이 되고 있다고 하는 인식에 이르게 되는데, 그러나 그의 인식은 비단 여기에서만 머물지 않는다. 그는 오늘날 우리에게 연금술[3]이라고 알려진 것 또한 이런 죽음에 대한 인식과 긴밀하게 연관되어 있다는 방향으로까지 자신의 사색을 확장시키고 있는 것이다.

211

연금술의 정체

일반적으로 연금술이라 하면 기본적인 금속을 이른바 철학자들의 화병을 통해 금(金)으로 변형시키는 기술을 지칭한다. 이러한 연금술의 과정은 다양한 재료들을 순수화하는 것으로 구성되는데, 은유적으로 말하면 이러한 순화의 과정은 금속의 영혼을 해방시키고 그리고 금으로서의 재생을 수행하기 위해 기본적인 금속의 신체를 죽이는 것으로 이해된다. 이러한 과정 속에서 죽음과 재생, 신체와 영혼, 금속과 금 등의 기존의 이분법적 대립은 용해된다. 이런 연금술적 과정은 비단 물질적인 차원만을 지니는 것이 아니고 정신적인 차원도 또한 지닌다. 따라서 보다 정확히 말하면 연금술은 우주에 대한 어떤 철학적인 견해의 타당성을 물질적 차원에서 실험적으로 제시하려는 노력으로 설명된다. 그러므로 이러한 연금술적 과정은 그 가장 기본적인 의도와 작업에 있어서 인간의 영혼을 현재의 감각에 잠긴 상태로부터 그것이 처음 강조되었던 우주적 차원의 완전성과 고귀성을 재생시키는 기술인 것이다.

---

3) 화학의 고전적 형식으로, 오늘날의 의미에서의 실험화학을 자연과 인간에 관한 일반적, 상징적, 직관적, 의사 종교적 명상과 결합한 것이다. 미지의 질료에 오늘날 우리가 무의식의 내용이라고 인식하는 많은 상징들이 투사된다. 연금술사들은 미지의 질료 속에서 "신의 비밀"을 탐색하며 그럼으로써 오늘날 무의식의 심리학의 그것과 닮은 탐험의 과정에 착수한다. 연금술사들의 최고의 목적은 일반적인 금속을 금이나 은으로 변형시키는 것이며, 그럼으로써 모든 병을 치료하고 생명을 연장시키는 치료제를 창조하는 것이다. 유럽의 연금술은 이른바 '현자의 돌'을 찾는 데 많은 노력을 기울였는데, 그것은 이러한 목적을 위해 필수적인 성분으로 믿어진 하나의 신비적인 질료이다.

주인공의 회상을 통해서 드러나는 바, 그의 스승은 그를 유리로 보내면서 그로 하여금 그의 탐색을 자신 속에서 해야 할 것임을 강조하는 대목에서, "한 질료가 금이 되기까지는, 열두 번이나 일곱 번의 죽음, 뭉뚱그려 적어도 세 번의 죽음을 완전히 치르지 않고는 안 된다"고 말하고 있다. 그리고 보다 본격적으로는 위의 성경에 대한 해석에서 보듯이 주인공은 신이 '파괴될 성질의', '완전치 못한' 그런 조악한 '물질'을 취해서 사람을 짓지 않으면 안 되었던 이유가 바로 중생을 위해서는 한 전제 조건으로서의 불완전한 죽음을 거쳐야 하기 때문이라고 설명한다. 말하자면 아담으로 대표되는 인간의 몸은 불멸한 신육으로 거듭 태어나기 위해서 필연적으로 조악한 '흙'의 집적일 수밖에 없으며, 또한 그런 이유로 해서 장차 파괴될 그 '불완전성'을 병독(病毒)으로 지닐 수밖에 없었다는 것이다.

이러한 논리에서 금을 키워 내는 철학자들의 병으로서의 '해골의 골짜기'와 불완전한, 하지만 언제라도 철학자들의 병에 넣어져 연금술적 과정을 거치면 금으로 될 가능성을 항시 지니고 있는 원초적 질료로서의 인간의 사대(四大)와, 그리고 그러한 연금술적 과정의 결과로서 생겨날 완벽한 형식인 금으로서 '불멸한 신육' 사이의 유비(類比)를 발견하기란 그리 어려운 일이 아니다. '제17일'의 설교에서 명시적으로 드러나듯, 이러한 연금술적 과정은 그것이 논자에 따라 몇 단계로 이야기되든 간에, 그러한 기본적인 재료들이 금으로 화하기 전에 연금술적인 병 속에 넣어져 검은색으로의 변화를 거쳐 곪아 터지고, 그런 다음에 자유로워지고 순수해지는 과정

213

을 함축하고 있기 때문이다.

　기본적인 재료를 금으로 변형시키는 연금술적 과정 속에서 죽음과 재생, 신체와 영혼, 금속과 금 등의 기존의 이분법적 대립은 용해된다. 따라서 이들 짝은 서로 통합될 두 개의 실체가 되는 셈인데, 연금술사들은 종종 이 짝을 남성과 여성으로 간주한다. 그리고 이들의 통합이 대립적인 것들의 통합의 원형[4]을 표현한다고 하며, 그 통합의 결과는 남녀 양성(Androgyny)[5]적인 것으로 상징되는 '완전하게 균형 잡힌 개인'을 의미한다고 말한다. 이런 점에서 보자면 이 소설에서 주인공이 유리의 수도부와 샘에 이르러서 서로의 손을 교차해서 맞잡고 샘 아래로 앉는 장면도 연금술적 담화의 맥락 속에서만 이해된다는 것을 우리는 알게 된다. 그것은 이른바 신성혼(神聖婚)의 장면으로서 정신분석학자 융에 의해 연금술의 중심적인 이미지라고 지적된 장면 바로 그것이기 때문이다. 「죽음의 한 연구」에서의 주인공과 유리의 수도부와의 연금술적 혼례는 따라

---

4) 분석심리학자인 융이 제창한 개념으로, 유전적 형질처럼 세대에서 세대로, 시대라든가 인종, 지역과 무관하게 유전되는 심적인 자질을 일컫는다. 원형은 집단 무의식으로부터 도출되는 보편적인 패턴이나 모티프들로서 종교와 신화학 등의 기본적인 내용이다. 원형은 꿈이나 환시와 같은 형식을 통해 개인에게 출현한다. 물이 암시하는 바, 죽음-재생의 모티프, 숫자 상징과 도형 상징 같은 것들이 이에 해당된다.

5) 남녀 양성 혹은 양성구유라고도 불려지는 이것은 한편으로는 남성적 특성과 여성적 특성의 혼합을 의미하기도 하며, 다른 한편으로는 남성적이지도 않고 여성적이지도 않은 어떤 것을 의미하기도 한다. 융의 개념에 의하면 남성 속의 여성적 특성인 아니마와 여성 속의 남성적 특성인 아니무스의 균형을 의미하기도 한다. 양성구유적 특성들은 어떤 젠더적 가치를 갖고 있지 않은 것이다.

서 주인공이 필멸할 신육으로부터 불멸할 신육을 뽑아내는 탐색 과정상의 한 중간적 단계이다. '제17일'에 나타난 도형 상징을 따르면 이것은 불완전하여 변형되어야 할 우주의 남성적 국면으로서의 사각형이 그것을 변형시킬 완전한 형식의 모체인 여성적인 원(圓) 안에 내접한 상태를 의미하며, 궁극적으로는 그의 성경 해석에서 정리되었듯이 '해골의 골짜기에 선 십자가'나 '연 속에 담긴 보석'의 상태를 상징하는 것이다.

이렇게 볼 때,『죽음의 한 연구』는 주인공의 죽음에 대한 탐구 및 그 실천에 이르는 과정을 불교와 기독교의 서사의 틀은 물론 이른바 연금술적 담화의 틀에 기대어 풀이하고 있다는 것이 분명해진다. 인물의 죽음의 과정이며 그에 대한 사색의 플롯이 불교 및 기독교 그리고 연금술에서 이미 마련된 변형과 생성의 원리를 답습하고 있다는 점에서, 우리는 이 소설이 그러한 제반 종교적 서사를 메타 구조로 차용하고 있다는 것을 확인할 수 있다.

소설인가 아닌가

지금까지 살펴본 것처럼 『죽음의 한 연구』는 죽음과 재생이라는 인간 존재의 궁극의 신비에 대한 정신적 탐색을 불교와 기독교의 종교적 담화, 그리고 연금술의 담화를 토대로 삼아 소설적 논리로 구성하고 있는 작품이다. 말하자면 자연 자체가 하나의 죽음과 재생의 순환 과정이듯, 그러한 자연의 요소인 흙이라는 불완전한 물질로 빚어져 유한한 삶을 살아가도록 처해진 인간의 삶 또한 죽음과 재생의 순환을 밟을 수밖에 없는 바, 불멸할 신육을 얻기 위해 우리가 치러 내야 하는 죽음의 과정이 어떤 것인지를 이 소설은 철학적으로 궁구하고 있는 것이다. 그의 소설을 두고 형이상학적 소설이니 철학적 소설이니 하는 분류가 가능한 것은 바로 이런 맥락에서다.

작품을 이렇게 이해하고 나면, 우리는 자연스럽게 죽음에 대한 철학적 탐구로 일관하고 있는 이 작품을 소설이라고 볼 수 있는지 없는지에 대해 의문을 갖게 된다. 뿐만 아니라 작품 뒷면에 작가가 마련한 다수의 참고 문헌과 그로부터 도출한 주석들의 존재도 이런 의문을 증폭시킨다. 또한 범인류적으로 언제 어디에서나 자연스럽게 재생산되는 하나의 심적인 조직 즉, 원형을 상정하고 그것이 개별적인 인간의 삶에 구현되는 작용으로서 죽음과 재생의 신비를 이해한다고 해도, 죽음 이후의 인간 존재의 지속 가능성은 여전히 불가지(不可知)의 것으로 남아 있을 수밖에 없는 것이 사실인 만큼 그것이 과연 일정한 완결을 요구하는 소설 장르에 부합하는지 또한 논란의 여지가 있다.

하지만 그렇다 하더라도 이 작품이 그동안 우리가 현실적 생존에 급급하는 동안에 망각하고 있었던, 이제는 상당히 세속화되었으나 누구에게라도 닥칠 죽음에 대한 인식을 새롭게 하는 계기를 제공해 주었다는 것은 의심할 여지가 없다. 죽음에 대한 그의 소설적 탐색이 인간적인 한계 때문에 미완의 것으로 끝날 수밖에 없다는 한계를 지니고 있을지라도, 바로 그러한 한계의 자각 때문에 인간의 삶은 죽음과의 연관성 속에서 살아 볼 만한 그 어떤 것이 되는 것은 아닐까. 박상륭의 이런 작업은 이 작품의 속편인『칠조어론』연작으로 이어지면서 보다 확장되고 심화되고 있는데, 이 일련의 작품을 우리가 궁구해야 하는 이유는 바로 여기에 있는 것이다.

더 생각해볼 문제들

1. 『죽음의 한 연구』는 본문에서도 설명한 것처럼, 소설이면서 동시에 학술적 에세이로 보아도 무방한 작품이다. 살아 있는 사람이라면 누구도 경험할 수 없는 다른 인간의 죽음에 대한 접근과 해석이 소설적으로 가능하긴 한 것인지, 가능하다면 박상륭 식의 접근은 어떻게 평가해야 하는지 생각해 보고, 나아가 소설이 인간 이해에 기여하는 몫이 어느 정도인지 생각해 보자.

2. 박상륭의 소설은 불경과 성경을 비롯한 동서양의 고전, 연금술의 비의(秘意)를 담은 책, 티베트의 경전『사자(死者)의 책』, 그리고 정신분석학자인 프로이트와 융의 저작 등 광범위한 참고 도서를 기초로 씌어졌다. 특히 초기에 발표된 그의 단편소설 상당수는 프레이저의『황금가지』나 불교 경전을 정리한『팔만대장경』과 같은 책에서 발상법을 얻거나 그 책에 수록된 인류학적 자료를 활용하기도 하는 등 인접 학문의 성과와 긴밀하게 연관되어 있다. 이런 상관성으로부터 인문학적 상상력이 현대사회에 필요한 이유가 무엇인지를 생각해 보자.

3. 박상륭 소설은 동서양을 막론하고 여러 신화의 이야기를 소설적 재료로 활용하고 있다. 문명이라는 관점에서 볼 때 신화는 이미 효용을 다한 오래 전의 이야기에 불과한 것으로 인식되고 있지만, 조이스의 소설은 물론이거니와『에일리언』과『반지의 제왕』을 위시한 최근의 영화에서도 빈번하게 차용되고 있다. 신화란 무엇인지 알아보고, 나아가 신화적 인간 이해가 오늘날과 같은 첨단 문명사회에서 재생산되고 재해석되는 이유는 무엇인지 알아보자.

추천할 만한 텍스트

『죽음의 한 연구』, 박상륭 지음, 문학과지성사, 1986/1997.

김경수(金慶洙)

서강대학교 국어국문학과 교수.

서강대학교 국어국문학과를 졸업하고 동 대학원에서 박사 학위를 받았다. 1988년《조선일보》신춘문예를 통해 등단하고 평론 활동을 시작했다. 저서로『현대소설의 유형』,『염상섭 장편소설 연구』, 평론서로『문학의 편견』,『소설, 농담, 사다리』,『공공의 상상력』, 번역서로『영화와 소설의 서사 구조』,『소설 구성의 시학』등이 있다.

IV 자유 혹은 자기 세계의 지평

무진에는 명산물이 없는 게 아니다. 나는 그것이 무엇인지 알고 있다.

그것은 안개다. 아침에 잠자리에서 일어나서 밖으로 나오면,

밤 사이에 진주해 온 적군들처럼 안개가 무진을 뺑 둘러싸고 있는 것이었다.

무진을 둘러싸고 있는 산들도 안개에 의하여 보이지 않는 먼 곳으로

유배당해 버리고 없었다. 안개는 마치 이승에 한(恨)이 있어서

매일 밤 찾아오는 여귀(女鬼)가 뿜어내 놓은 입김과 같았다.

― 「무진기행」 중에서

김승옥 (1941~)

일본 오사카에서 태어나 전남 순천에서 성장했다. 순천고등학교와 서울대학교 불문과를 졸업했다. 대학 재학 시절인 1962년 《한국일보》 신춘문예에 「생명연습」으로 등단한 직후부터 '대가급 신인'으로서 '4·19세대', '한글 세대', '65년 세대' 등으로 불리는 문학을 주도한 대표적인 60년대 작가이다. 1980년 《동아일보》에 「먼지의 방」을 연재하던 중 광주민주화운동으로 인해 15회만에 중단한 후 절필 상태에 있다. 때문에 김승옥의 소설은 역설적으로 언제나 '젊은 소설'이다. 주로 단편소설의 전범을 보여 주면서 '우리'가 아닌 '나'의 의미를 근대 도시 속의 일상을 통해 빼어난 문체와 감수성으로 표현해 냈다. 작품집으로 「서울 1964년 겨울」, 「야행」, 「염소는 힘이 세다」 등이 있고, 중·장편소설로 「내가 훔친 여름」, 「60년대식」, 「보통여자」, 「강변부인」 등이 있다.

01

오디세우스의 항해와 귀환
김승옥(金承鈺)의 「무진기행」

김미현 | 이화여자대학교 국어국문학과 교수

'자기 세계'의 의미

김승옥은 생존하는 작가이지만 24편 정도의 소설을 썼을 뿐이다. 그리고 1962년 등단한 이래 1980년 절필하기까지 짧은 창작 기간 동안 초기의 명성을 능가하지 못했는데도 여전히 후배 작가들에게 지대한 영향을 미치면서 한국 문학의 지형을 180도 바꾸어 놓은 작가로 평가된다. 60년대 한국 소설에서 김승옥을 빼놓고는 이야기가 되지 않는 것도 이 때문이다. 스스로도 자신의 소설에 대해 "60년대를 고려하지 않는다면 내가 써 낸 소설들은 한낱 지독한 염세주의자의 기괴한 독백일 수밖에 없을 것"이라고 직접 언급한다. 동시대에 활동한 최인훈이나 이청준과는 다른 색깔의 문학을 보여 주면서 60년대의 한국 문단에 혜성처럼 등장한 작가가 바로 김승옥인 것이다.

무엇보다도 '감수성의 혁명'(유종호)을 통해 '내면 의식의 발견'
이나 '회화적인 선명성', '심미적 기미(機微)' 등을 이룬 김승옥 소
설의 가장 커다란 매력은 빼어난 문체이다. 김승옥은 한국 소설의
아킬레스건이었던 감성의 과잉이나 지성의 부족을 극복했다고 평
가받는다. 지적인 체험을 감각적이거나 정감적인 체험과 마찬가지
로 구체적이고도 직접적으로 표출해 내는 능력이 탁월하다는 것이
다. 특히 '슬픈 도회의 어법'(유종호)을 중심으로, 그동안 주류를 이
루었던 평면적인 사실주의 문체를 해독시켜 주는 기능을 담당했다
고 볼 수 있다. 그 대표적인 작품이 「무진기행」과 「서울 1964년 겨
울」이다. 김승옥은 60년대 한국 사회가 경험한 근대성(modernity)
의 문제를 '무진'과 '서울'이라는 공간을 중심으로 섬세한 문체로
예리하게 포착해 내고 있다.

김승옥이 주로 그리고 있는 근대성의 체험에서 가장 중요한 것이
개인·주체·자아의 문제이다. 김승옥은 이를 '자기 세계'로 명명하
면서 그에 대한 지적이고도 감각적인 탐사를 등단작인 「생명연습」
에서부터 지속적으로 보여 준다.

> '자기 세계'라면 분명히 남의 세계와는 다른 것으로서 마치 함락시
> 킬 수 없는 성곽과도 같은 것이 아닌가 생각한다. 그 성곽에서 대기
> 는 연초록빛에 함뿍 물들어 아른대고 그 사이로 장미꽃이 만발한 정
> 원이 있으리라고 나는 상상을 불러일으켜 보는 것이지만 웬일인지
> 내가 알고 있는 사람들 중에서 '자기 세계'를 가졌다고 하는 이들은

모두가 그 성곽에서도 특히 지하실을 차지하고 사는 모양이었다. 그
지하실에는 곰팡이와 거미줄이 쉴새없이 자라나고 있었는데 그것이
내게는 모두 그들이 가진 귀한 재산처럼 생각된다.
　ー「생명연습」 중에서

　김승옥에게 1960년대 혹은 근대란 연초록 대기 사이로 장미꽃
이 만발해 있는 정원에서 살고 싶었으나 곰팡이와 거미줄이 있는
지하실에서 살 수밖에 없는 개인의 기행(奇行)이자 기행(紀行)의
시기이다. 그래서 도시의 유혹과 공포를 동시에 체험해야 하는 모
순의 시기이자 위악의 시기이도 하다. 「무진기행」은 이 시기에 서
울에서 도대체 무슨 일이 일어났는지를 알려 주는 「서울 1964년 겨
울」의 전사(前史)에 해당하면서, "실은 의사가 되고 싶었는데 환자
가 되어버"(「누이를 이해하기 위하여」)린 '자기 세계'의 반전의 드
라마가 펼쳐지는 김승옥의 대표작이다. 근대와의 '대결'이 아닌 '적
응'을 문제 삼는다는 점에서 「무진기행」은 보다 성숙한 근대 체험을
바탕으로 한 지적이고도 감각적인 근대의 편력기라고 할 수 있다.

오디세우스의 귀향, 서울에서 무진으로
오디세우스는 트로이 전쟁에 참가한 후 고향인 이타카로 돌아가기
위해 무려 10년간의 힘든 여정을 겪는다. 그리고 온갖 유혹과 고난
을 물리친 후에야 아내인 페넬로페가 기다리는 집으로 돌아가게 된
다. 대표적인 수난이 사이렌의 노랫소리이다. 아름다운 노래로 사
람들을 유혹하는 사이렌이 출몰하는 바닷가가 다가오자 오디세우

스는 그녀의 유혹을 극복하기 위해 부하들의 귀를 밀랍으로 막게 하고, 아주 커다란 돛배에 자신의 몸 또한 묶게 한다. 사이렌의 유혹에 빠지면 고향인 이타카로 돌아갈 수 없기 때문이다.

아도르노(Adorno)와 호르크하이머(Horkheimer)는 『계몽의 변증법』에서 이런 오디세우스를 근대적 자아나 주체의 상징으로 자리매김한다. 흔히 근대를 대표하는 합리성이나 이성·문명의 발전을 위해서는 감성이나 본능, 자연의 상태를 억압하는 '극기(克己)'의 드라마가 펼쳐진다는 것이다. 자기를 보존하기 위해 자기를 희생해야 한다는, 즉 발전의 논리를 위해 개인의 자유를 억압해야 한다는 근대의 아이러니가 발생하고 있기 때문이다. 이런 근대의 이중성을 통해 근대적 발전의 이면이나 억압의 측면을 가시화하는 존재가 바로 오디세우스이다.

「무진기행」의 '나'는 이런 오디세우스처럼 서울을 떠나 무진으로 향한다. 여기서 중요한 것은 '나'의 고향은 무진이지만, 소설 속에서 여행의 출발점이나 원점은 서울이라는 점이다. 때문에 「무진기행」은 서울로의 '귀경'을 위한 소설이지 무진으로의 '귀향'을 위한 소설이 아니다. 김승옥은 서울로 대표되는 도시를 떠나 자연의 상징인 무진으로 돌아가야 한다는 식의 낭만주의적이거나 이분법적인 소설을 쓰는 단순하거나 순진한 작가가 아니다. 물론 서울과 무진은 햇볕−안개, 도시−시골, 세련됨−서투름, 현재−과거, 근대−전근대 등의 대립적 의미를 갖는다. 그러나 김승옥은 이런 이분법적 대립을 넘어서는 입체적이고 중층적인 근대의 의미를 부각시키기 위해 무진을 서울의 대립항이 아닌 서울 '이전' 혹은 '작은' 서울, 서울의

'주변'으로서의 의미를 갖도록 설정하고 있다. 따라서 무진은 우리가 흔히 생각하는 원초적인 고향의 이미지, 즉 따뜻하고 포근한 모성을 연상시키는 공간이 아니다. 오히려 혼돈과 불안이 지배하는 반수면 상태이거나 억압적인 무의식 공간에 더 가깝다.

이런 무진을 대표하는 것이 바로 무진의 명물 아닌 명물인 안개이다. 안개는 불확정성이나 모호함, 혼란을 상징한다. '나'에게 있어 무진은 휴식과 평온을 가져다 주는 모성적인 공간인 동시에 근대로의 편입이 좌절되었음을 알려 주는 소외과 고독, 실패의 공간이기도 하다. 따라서 '나'의 무진에 대한 감정도 양가적일 수밖에 없다. '관념'상의 무진과 '실제'의 무진은 다르기 때문이다.

> 나의 무진에 대한 연상의 대부분은 나를 돌봐 주고 있는 노인들에 대하여 신경질을 부리던 것과 골방 안에서의 공상과 불면(不眠)을 쫓아보려고 행하던 수음(手淫)과 곧잘 편도선을 붓게 하던 독한 담배꽁초와 우편배달부를 기다리던 초조함 따위거나 그것들에 관련된 어떤 행위들이었다. 물론 그것들만 연상되었던 것은 아니다. 서울의 어느 거리에서고 나의 청각이 문득 외부로 향하면 무자비하게 쏟아져들어오는 소음에 비틀거릴 때거나, 밤 늦게 신당동(神堂洞) 집 앞의 포장된 골목을 자동차로 올라갈 때, 나는 물이 가득한 강물이 흐르고 잔디로 덮인 방죽이 시오리 밖의 바닷가까지 뻗어 나가 있고 작은 숲이 있고 다리가 많고 골목이 많고 흙담이 많고 높은 포플러가 에워싼 운동장을 가진 학교들이 있고 바닷가에서 주워 온 까만 자갈이 깔린 뜰을 가진 사무소들이 있고 대로 만든 와상(臥床)이 밤

거리에 나앉아 있는 시골을 생각했고 그것은 무진이었다. 문득 한적
이 그리울 때도 나는 무진을 생각했었다. 그러나 그럴 때의 무진은
내가 관념 속에서 그리고 있는 어느 아늑한 장소일 뿐이지 거기엔
사람들이 살고 있지 않았다. 무진이라고 하면 그것에의 연상은 아무
래도 어둡던 나의 청년이었다.

인용한 예문에서 확인되듯이 도시 생활로 인해 힘들고 지칠 때
'나'는 평화롭고 한적한 시골의 대표적 공간으로 무진을 떠올린다.
그러나 그런 무진은 "관념 속에서 그리고 있는 어느 아늑한 장소"
일 뿐이다. 실제의 무진에서 '나'가 연상할 수 있는 것은 어두운 기
억이 대부분인 청년 시절이다. 모두가 전쟁터로 몰려갈 때 어머니
의 강권에 의해 골방으로 도피하거나, 실직과 실연 등으로 인해 고
통받을 때 찾았던 공간이 무진이었기 때문이다. 그래서 '나'에게 무
진은 "골방 안에서의 공상과 불면(不眠)을 쫓아 보려고 행하던 수
음(手淫)과 곧잘 편도선을 붓게 하던 독한 담배꽁초와 우편배달부
를 기다리던 초조함 따위거나 그것들에 관련된 어떤 행위들"이 연
상되는 곳이다. 때문에 돈 많은 과부와 결혼해서 큰 제약회사의 전
무 자리 취임을 앞둔 상태에서의 '나'의 무진으로의 여행이 '나'의
아내가 바라는 바처럼 휴식과 재충전이라는 목적을 과연 달성할 수
있을지는 미지수이다.

이처럼 불합리와 혼돈, 근원적 무의식의 세계를 대변하는 무진에
서 '나'가 만나는 박, 조, 하인숙은 모두 '나'의 분신이거나 또 다른
자아들이라고 할 수 있다. '나'의 무진중학교 후배이자 모교의 국어

가상 도시 '무진'의 모델이 된 1960년대의 순천 시가.

교사로 있는 '박'은 과거의 순수했던 '나'를 대변하는 인물이다. 매사에 엄숙하고 진지하지만 너무 가난하고 비현실적이다. 반면 '나'의 동창인 '조'는 고등고시에 패스해서 지금은 세무서장이 된 인물로서, 세속적이고 출세 지향적인 서울에서의 현재의 '나'에 해당한다. 박과 조 사이에서 방황하는 하인숙은 가장 '나'에 가까운 인물로서, 과거의 '나'처럼 무진을 떠나 서울로 가고 싶어 하지만, '나'와의 만남이나 연애, 사랑의 시효성이나 한계를 잘 알기도 한다. 서울과 무진의 경계에 위치해 있으면서 어느 한 곳에 정착하지 못하는 하인숙의 중간적 위치를 잘 알려 주는 것이 바로 그녀가 부르는 아리아 '어떤 개인 날'과 유행가 '목포의 눈물' 사이의 거리이다. 서울을 지향하는 그녀가 추구하는 것은 '어떤 개인 날'의 세계이다. 그러나 그러지 못하는 그녀가 무진에서 불러야 하는 노래는 '목포의 눈물'이다.

오디세우스인 '나'에게 이런 하인숙은 사이렌과 같은 존재이다. '나'가 서울로 돌아가기 위해서는 하인숙의 유혹을 물리쳐야 한다. 따라서 이제는 하인숙 자체가 아니라 하인숙으로 인한 '나', 즉 외부의 억압이 아닌 내면의 갈등이 더 문제가 된다. 이런 상황 설정을 통해 작가 김승옥은 외부의 적이 아니라 내부의 적이 더 문제가 되는 '극기'의 차원에서 근대적 자아의 형성을 문제 삼는 혜안과 통찰을 보여 준다. 자신을 서울로 데려가 달라는 하인숙의 요구를 '나'가 어떻게 처리하느냐에 따라 '나'의 근대 체험이 달라지는 것도 이 때문이다.

오디세우스의 귀경, 무진에서 서울로

'나'가 무진에 내려오자마자 먼저 한 일은 신문 배급소에 가서 신문 구독을 신청한 것이다. "신문은 도회인이 누구나 그렇듯이 이제 내 생활의 일부로서 내 하루의 시작과 끝을 맡아 보고 있었던 것"이기 때문이다. 그리고 자신의 출세를 자랑하고 싶은 '조'가 자신의 바쁨을 과장해서 보여 줄 때 "바쁘다는 것도 서투르게 바빴다. 그리고 그때 나는, 사람이 자기가 하는 일에 서투르다는 것은 보기에 딱하고 보는 사람을 신경질 나게 한다고 생각하였다. 미끈하게 일을 처리해 버린다는 건 우선 우리를 안심시켜 준다"라고 생각한다. 어설프게 바쁜 무진의 '조'와는 달리 서울에서의 '나'의 생활은 "바쁘다.

자랑스러워할 틈도 없이 바쁘다"로 요약되기 때문이다. 이처럼 '나'는 무진에 내려와서도 서울 사람으로서의 태도나 습관을 버리지 못한다. 책임만을 강요하는 서울에도 염증을 느끼지만, 책임도 없고 무책임도 없는 무진의 전근대성과 비합리성에 대해서도 연민과 실망을 느끼는 것이다.

이처럼 이 소설에서 가장 중심축을 형성하는 무진과 서울의 대비는 '편지'와 '전보'의 대립으로 치환되어 나타난다. 무진은 '편지'로 대변되는 세계이고, 서울은 '전보'로 대변되는 세계이다. '나'는 무진에서 크게 세 번 정도 편지와 연관되는 체험을 한다. "세상에서 제일 먼저 편지를 쓴 사람은 어떤 사람이었을까요?"라는 '나'의 질문에 "아마 선생님처럼 외로운 사람이었겠죠"라고 대답한 하인숙의 말처럼 편지는 외로운 '나'의 소통에의 열망을 담은 정신적 도구이다. 그러나 이 편지가 제 기능을 하지 못함으로써 서울의 아내에게서 온 전보를 받고 '나'는 서울로 떠나게 된다. 서울을 대변하는 전보의 세계가 최종적으로 승리한 것이다.

먼저 시간순으로 볼 때 '나'의 첫 번째 편지 체험은 바닷가 집에서 폐병 치료를 하며 '쓸쓸하다'라는 단어로 채워진 편지를 도시의 지인들에게 보낼 때 이루어진다. 당연히 먼지 낀 도시의 바쁜 일상 속에서 '나'의 편지를 받은 수신인들은 그 누구도 '나'의 심정을 이해하지 못한다. 하지만 그것을 알면서도 그런 편지를 쓸 수밖에 없었던 절실함과 고독이 그때의 '나'에게는 있었던 것이다. 더구나 '쓸쓸하다'라는 단어는 "다소 천박하고 이제는 사람의 가슴에 호소해 오는 능력도 거의 상실해 버린 사어(死語)"가 된 마당에 당시의

「무진기행」에 '안개나루'로 등장하는 대대포구 모습.

편지는 '나'에게 더욱 커다란 상처를 남긴다.

두 번째 편지는 하인숙에게 보낸 박의 연애편지에 대한 간접적인 경험과 연관된다. 박은 하인숙에게 구애 편지를 쓴다. 그러나 하인숙은 그것을 조에게 보여 준다. 그래서 조는 "박군은 내게 편지를 쓰는 셈이지"라고 비아냥거리며 '나'에게 그 사실을 자랑한다. 하인숙이 박의 순정을 무시하면서까지 조에게 박의 편지를 보여 주는 것은 박이 가난한 무진 사람이고, 조는 세속적이지만 자신을 무진으로부터 벗어나게 해 줄 수 있는 부자 신랑감이기 때문이다. 이처럼 무진은 한 남자나 한 여자의 순정까지 짓밟는 곳이고, 하인숙처럼 자신이 바라는 것을 그대로 믿어 버리게 만드는 "바보라는 이름

순천만의 무성한 갈대밭. 이른 새벽 물안개가 장관을 이룬다.

의 혈액형"을 양산하는 곳이다. 욕망이 진실을 압도하는 곳이 무진
인 것이다.

　가장 중요한 편지 체험은 전보와의 한판 대결이 벌어지는 세 번
째 경우이다. 자신을 서울로 데려가 달라고 했다가 일주일간의 연
애만으로 만족한다고 고쳐 말하는 하인숙에게 '나'는 그녀를 서울
로 데려가겠다고 약속한다. 무진으로부터 벗어나고 싶어 했던 과거
의 자신과 너무나 닮은 하인숙에 대해 사랑과 연민을 느꼈기 때문
이다. 그러나 그 약속이나 다짐은 "27일회의참석필요, 급상경바람
영"이라는 아내의 전보를 받고는 갑자기 무너진다. 아내의 편지를
받고 '나'는 하인숙에게 다음과 같은 편지를 쓴다.

갑자기 떠나게 되었습니다. 찾아가서 말로써 오늘 제가 먼저 가는 것을 알리고 싶었습니다만 대화란 항상 의외의 방향으로 나가 버리기를 좋아하기 때문에 이렇게 글로써 알리는 것입니다. 간단히 쓰겠습니다. 사랑하고 있습니다. 왜냐하면 당신은 제 자신이기 때문에 적어도 제가 어렴풋하게나마 사랑하고 있는 옛날의 저의 모습이기 때문입니다. 저는 옛날의 저를 오늘의 저로 끌어다 놓기 위하여 갖은 노력을 다하였듯이 당신을 햇볕 속으로 끌어다 놓기 위하여 있는 힘을 다할 작정입니다. 저를 믿어 주십시오. 그리고 서울에서 준비가 되는 대로 소식 드리면 당신은 무진을 떠나서 제게 와 주십시오. 우리는 아마 행복할 수 있을 것입니다.

이 편지에는 '나'의 하인숙에 대한 진심과 진실이 담겨 있다. 그러나 문제는 '나'가 이 편지를 곧바로 찢어 버린다는 사실이다. 하인숙에게 전달되지도 못하는 이 편지의 종말은 '나'가 결국은 무진이 아니라 서울을, 하인숙이 아니라 아내를 선택했다는 증거에 해당한다. 이런 '나'의 결정에 대한 알리바이는 "한 번만, 마지막으로 한 번만, 이 무진을, 안개를, 외롭게 미쳐 가는 것을, 유행가를, 술집 여자의 자살을, 배반을, 무책임을 긍정하기로 하자. 마지막으로 한 번만이다. 꼭 한 번만"이라는 말 속에 드러나 있다. 결국은 '나' 스스로도 "사실 나는 감상이나 연민으로써 세상을 향하고 사는 나이도 지난 것이다. 사실 나는 몇 시간 전에 조가 얘기했듯이 '빽이 좋고 돈 많은 과부'를 만난 것을 반드시 바랐던 것은 아니지만 결과적으로는 잘 되었다고 생각하고 있는 사람인 것이다"라는 고백에서 드러나듯이 지극히 현실적인 사람인 것이다.

이렇게 볼 때 '나'의 무진으로의 여행은 고향으로의 회귀나 순수함의 복원을 위한 것이 아님을 알 수 있다. 오히려 자신의 혼란스럽고 고통스러웠던 과거의 경험과 상처를 확인함으로써 이제는 서울 사람으로 살아갈 수밖에 없는 현실을 재확인하고 있기 때문이다. 김승옥의 '김승옥다움'은 이처럼 도시를 비판하기 위해 무진을 낭만화하거나 절대화하지 않는다는 데에 있다. 자유나 평등, 이성, 질서, 개인을 내세운 자본주의가 사실은 인간의 소외와 고립, 상품화를 불러왔다는 사실을 비판하기 위해 김승옥은 어디를 가든지간에 도시로부터 자유로울 수 없다는 것을 강조한다. 더 이상 돌아갈 고향은 없다. 그리고 고향에 대한 향수나 동경은 이미 고향이 아닌 곳에 있다는 사실을 확인시켜 줄 따름이다. 고향에 있으면서 고향을 그리워하지는 않기 때문이다.

'부끄러움'의 윤리학

「무진기행」은 "무진 Mujin 10Km"에서 시작해 "당신은 무진읍을 떠나고 있습니다. 안녕히 가십시오"로 끝나고 있다. 그리고 소설의 마지막 문장에서 하인숙을 버리고 무진을 떠날 수밖에 없는 자신에 대해 "나는 심한 부끄러움을 느꼈다"라고 서술한다. 여기서 이 소설의 핵심이 서울로의 귀환으로 인한 부끄러움의 의미임을 확인할 수 있다. 부끄러움이란 자신의 타락이나 속물성, 무기력에 대한 자각에서 유발된 감정이다. '나'는 하인숙 혹은 과거의 '나'를 버리고 근대의 아성인 서울로 돌아갈 수밖에 없음에 대해 반성을 하기에 부끄러움을 느끼는 것이다.

그런데 이런 '나'의 부끄러움에 부정적인 측면만 있는 것은 아니다. 앞의 '자기 세계'의 의미에서 작가도 직접 언급했듯이 곰팡이와 거미줄이 있는 지하실에 사는 자기도 그 자체로 "귀한 재산"이 될 수 있기 때문이다. 여기서 김승옥 특유의 윤리 감각이 발견된다. 김승옥은 자존심이 있는 사람만이 부끄러움을 느끼고, 부끄러움을 느끼는 동안만 영혼은 살아 있는 것이라고 생각한다. 그래서 "수치심을 가져야 우리는 명예롭게 살려고 애쓸 것이며 명예롭게 살려고 애써야만 명예롭게 살 수 있는 것이며 명예롭게 살아야만 우리는 잘 살 수 있는 것"(『내가 훔친 여름』)이라는 직접적인 발언을 하게 된다.

이런 맥락에서 김승옥 소설에서 발견되는 1960년대 혹은 근대의 자아는 자아의 '발견'에 중점을 두었던 1930년대 모더니즘 소설이나, 자아의 '타락'을 경험했던 1950년대 전후(戰後) 소설과 다르다. 이들 소설은 자아와 세계의 대립을 통해 자아의 의미를 구축해 가는 과정을 보여 준다. 반면 김승옥의 1960년대 소설은 근대라는 괴물을 만든 것도 인간이고, 그렇기 때문에 그것을 책임져야 하는 것도 인간이라는 자아의 '책임'을 강조한다. 이럴 때에는 자아와 또 다른 자아, 주체로서의 '나'와 타자로서의 '나'가 대립함으로써 외부의 적이 아닌 내부의 적이 더 '문제적'임을 알게 된다. 이것이 바로 '창조자'인 동시에 '파괴자'이기도 한 '개발자'로서의 이중성을 지닌 근대적 자아의 복합적이면서도 모순적인 의미에 대한 김승옥의 1960년대식 통찰이라고 할 수 있다. 때문에 「무진기행」은 '도시'라는 바벨탑을 만든 근대인들이 어떻게 그 탑을 무너지지 않게 할 수 있는지를 탐구한 문학적 건축서이자, 그 탑 속에서 위험하게 살아갈 수밖에 없는 근대인들의 우울한 내면을 그린 기행문에 다름 아니라고 할 수 있다.

더 생각해볼 문제들

1. 이 소설과 황석영의 「삼포 가는 길」이 지니는 차이점과 공통점은?

두 소설 모두 고향을 찾아가는 이야기이지만 결국에는 고향의 부재를 확인하게 되는 여행 소설이다. 다만 김승옥의 '무진'이 반(反)근대가 아닌 전(前)근대의 공간이기에 어설프고 서투른 공간이자 혼란과 모순의 공간이라면, 황석영의 '삼포'는 전근대라기보다는 반근대에 가까운 공간으로서 원초적이고 모성적인 고향의 의미가 강조된 원형적 공간이라고 할 수 있다. 때문에 두 소설에서 고향 상실의 의미나 주인공들의 그에 대한 반응에서도 차이가 날 수밖에 없다.

2. 이 소설이 김승옥 문학에서 차지하는 위치는?

상업적인 장편소설에 치중했던 후반기 소설과 대비되면서 단편 미학의 정수를 보여 주는 이 소설은 1년 후에 발표된 「서울 1964년 겨울」에 나타난 도시인들의 소외감과 생존 윤리, 불모성과 단절감의 기원이나 역사에 해당하는 이야기라고 할 수 있다. 도시 생활의 부정적 측면을 직접적으로 그린 것이 「서울 1964년 겨울」이라면, 「무진기행」은 그 음화(陰畵)로서 도시의 모습을 고향에서 다시 발견하는 '역(逆) 유토피아 소설'이라고 할 수 있다. 이처럼 김승옥은 꾸준히 '슬픈 도회'의 모습을 문학적으로 형상화하는데, 「역사(力士)」, 「누이를 이해하기 위하여」, 「차나 한잔」, 「환상수첩」, 「야행」, 「서울의 달빛 0장」 등이 그 대표적 예이다.

3. 이 소설에 나타난 근대성의 문제가 지니는 특이성은 무엇인가?

김승옥 소설에 등장하는 근대적 주체들이 느끼는 감정은 '부끄러움'이다. 이전의 근대문학의 주인공들이 느꼈던 계몽과 분노, 정열과 냉소, 무기력과 유희를 넘어서서 새롭게 설정된 이 부끄러움의 감정은 '자기 세계'를 지닌 자아의 선택과 책임 의식을 통해 구현된다는 점에서 지극히 윤리적인 개념이다. 더 이상 근대의 문제를 세계의 탓으로만 돌리지 않겠다는 자아 성찰이나

자기비판을 통해 김승옥은 '계몽에 대한 계몽', '근대 중의 근대'를 구현하려
는 근대적 기획을 보여 주고 있다.

추천할 만한 텍스트

『김승옥 문학 전집』, 김승옥 지음, 문학동네, 2004.

김미현(金美賢)

이화여자대학교 국어국문학과 교수.

1996년 《경향신문》 신춘문예를 통해 등단하여 평론 활동을 시작했으며, 저서로 『한국 여성 소설과 페
미니즘』, 『판도라 상자 속의 문학』, 『여성 문학을 넘어서』 등이 있다.

너는 아마도 너희 학교의 천재일 테지. 중학교에 가선 수재가 되고,
고등학교에 가선 우등생이 된다. 대학에 가선 보통이다가 차츰 열등생이 되어서
세상에 나온다. 결국 이 열등생이 되기 위해서 꾸준히 고생해 온 셈이다.
차라리 천재이었을 때 삼십 리 산골짝으로 들어가서 땔나무꾼이 되었던 것이
훨씬 나았다. 천재라고 하는 화려한 단어가 결국 촌놈들의 무식한 소견에서 나온
허사였음이 드러나는 것을 보는 것은 결코 즐거운 일이 못 된다.

— 「강」 중에서

서정인 (1936~)

본명은 서정택. 전남 순천에서 태어나 서울대학교 영어영문학과를 졸업했다. 1962년 『사상계』 신인상에 단편
「후송」이 당선되어 등단했다. 속악한 현실에 대한 비판의 형식으로 소설을 택한 서정인은 초기에는 고전적 소설
미학에 입각한 작품을 쓰다가 1970년대 중반 이후부터 가장 한국적인 소설을 실험적으로 창작했다. 특히 『철쭉
제』, 『달궁』 이후 그의 소설은 '만약 한국에 서구의 소설이 이입되지 않았더라면, 한국인은 어떻게 소설을 쓰거나
이야기를 주고받았을까?' 라는 질문에 대한 절실한 응전의 양상으로 보인다. 『강』, 『가위』, 『토요일과 금요일 사
이』, 『벌판』, 『철쭉제』, 『붕어』, 『베네치아에서 만난 사람』, 『용병대장』, 『말뚝』 등의 작품집과 『달궁』, 『봄꽃 가을
열매』 등의 장편소설 출간했다.

02

현실적 절망과 낭만적 희망의 변주곡
서정인(徐廷仁)의 「강」

우찬제 | 서강대학교 국어국문학과 교수

소설, 그 속악한 현실에 대한 비판의 형식

그대, 여전히 삶을 꿈꿀 수 있는가. 희망의 대장간에서 풀무질할 수 있는가. 혹은 여전히 푸쉬킨을 읊조릴 수 있는가. "현재는 언제나 슬픈 것, 마음은 미래를 사는 것"이라 읊조리고픈, 그렇게 꿈꾸고픈 그대의 눈앞에 펼쳐지는 현실은 어떠한가. 구차한가. 차라리 그냥 눈감아 버리고 싶은가. 아, 그렇다고 그럴 수도 없는 노릇 아닌가. 도대체 어쩔 것인가. 영혼이 예민한 사람이라면 현실에서 누구나 이런 질문과 회한에 빠질 수 있다. 현실에서 희망이 가망 없는 난망으로 곤두박질칠 때 우리는 무엇을 이야기하며 미래를 예비할 수 있을까.

서정인은 이런 고민에서 출발하여, 인간으로 하여금 그런 속절없는 번민에 빠지게 하는 속악(俗惡)한 현실에 대한 비판의 형식으로 소설을 택한 작가다. 1962년 『사상계』 신인 작품 공모에 단편 「후송」이 당선된 이후 40년이 넘는 창작 기간 동안 그는 끊임없이 소설 언어와 그 형식을 나름대로 계발하며 현실에 대한 의미 있는 문학적 메시지를 전달해 왔다. 그런 까닭에 그의 소설 언어와 문체는 그를 주목한 많은 논자들의 공통된 관심사였다.[1] 끊임없이 기존의 소설 스타일을 넘어서서 새로운 소설 스타일을 탐색해 온 서정인의 서사적 혁신 도정은 한마디로 소설을 소설답게 하는 소설성의 탐색이었으며, 그것은 또한 우리 삶에서 소설이란 무엇인가 하는 근본 질문에 답하려는 모색의 과정이었다고 할 수 있다. 물론 많은 작가들이 소설을 쓰면서 이런 질문과 탐색을 행하는 것이 사실이지만, 서정인만큼 소설 혹은 소설성 그 자체에 대한 자의식을 특징적으로 드러내 보인 작가는 드문 편이라고 해야 옳다. 기존의 소설 스타일은 물론 자신의 과거 소설 스타일을 손쉽게 모사하여 재생산하는 소설적 매너리즘을 그는 기질적으로 거부해 온 것으로 보인다.

사실 그도 초기에는 고전적 소설 미학을 충실하게 구현했던 작가였다. 군대 공간을 배경으로 실존적 분노의 문제를 이명(耳鳴)의

---

1) 예컨대 김현은 서정인 소설의 가장 큰 특색으로 그의 문체를 꼽고, "그가 만들어 낸 말들의 팽팽하게 긴장된 관계"를 주목했다. 특히 "문학 언어가 일상 언어와 다른 것이라는 것을 극단적으로 보여 주려는 그의 의도"와 화법을 요령 있게 분석한 바 있다. 오생근은 "'어떤 중요한 것에 관한 것'을 기술하는 것이 아니라 어떤 리듬을 '그것답게' 표현하는 것"에 서정인 소설이 중점을 두고 있다고 지적하고, 바로 그 점 때문에 그의 소설이 비평적 언어로 포착되기 어렵다는 점을 밝혔다.

사회임상학으로 풀어 본 데뷔작「후송」을 비롯하여, 자유 의지에 입각한 삶의 방향 모색의 비극적 좌절을 보여 준「미로」,「물결이 높던 날」등 실존주의 색채를 지닌 초기 단편에서, 그는 비속한 현실에서 인간 실존의 문제를 내면적으로 다루었다. 소설 형식의 고전적 미학을 유지하던 시절의 작품의 백미는 아무래도 평판작「강」(1968)일 터이다.「강」이후에 차츰 그는 속악한 현실을 그같이 단정한 형식으로 실체화하기 어렵다고 생각한다. 삭막하고 막막한 소시민들의 일상적 풍경들을 조명하고 그 삶의 리듬과 자잘한 기미들을 형상화하기 위해 서정인은 서사적 혁신을 도모한다. 그 과정에서「원무(圓舞)」(1969)가 새로운 리듬으로 휘돌아가고,「남문통(南門通)」(1975)이 새로운 소설 언어로 생기를 얻게 됨을, 우리는 알 수 있다.「남문통」을 경유하여 연작 중편「철쭉제」(1983~1986)에서 생기 있는 인물들의 발랄한 대화를 적극적으로 끌어들이는 시도를 보인 그는『달궁』에 이르러 더욱 적극적으로 소설적 실험을 펼친다. 판소리의 창조적 계승이라 평가되기도 한『달궁』에서 작가는 해학과 연민의 페이소스를 넘나들면서 다양한 인간 군상들의 교감의 형식을 창출한다. 그런 가운데 삶의 누추함과 고단함을 비판적으로 조명한다. 살아 있는 말과 그 말의 리듬으로 생기 있는 현실을 포착하고자 한 의도였던 것으로 보인다.『달궁』의 세계는『봄꽃 가을열매』의 세계로 나아간다.

『달궁』과『봄꽃 가을열매』에서 보인 열린 서사 형식 실험에 세계 해석의 폭을 넓힌 시도가 밀레니엄 시기에 발표한 '르네상스 시리즈'다.『베네치아에서 만난 사람』(1999)에서『용병대장』(2000),

『말뚝』(2000) 등은 14, 5세기 이탈리아의 문예 부흥기에 대한 새로운 소설적 탐구라는 성격을 띤다. 르네상스의 긍정적 빛의 이면을 해체적 시선으로 날카롭게 해부하면서, 르네상스의 진실은 무엇이었고 또 진실의 르네상스는 어떤 모습이었어야 했는지에 대한 본원적인 탐문의 방식을 보여 준다. 교회와 귀족과 용병의 타락과 문화의 위장된 순응 양상들은 다채로운 소설 언어와 스타일에 의해 재조명된다. 특히 『용병대장』에서 보이는 바, 르네상스의 기운이 기울기 시작하는 15세기 후반에 대한 서정인의 집중적인 탐구는, 타락한 시대에 대한 소설적 대응 담론의 구체적 실천의 측면에서 적절한 것으로 보인다. 『말뚝』은 그 르네상스 탐문 시리즈의 완결편이다.

서정인은 "삶의 형식적 모방이 그 삶의 혼돈을 보여 주고, 형식이 모방의 현실로부터 유리되어 실체를 보여 줄 수 없을 때 그 형식을 새로운 형식으로 파괴하여 유리된 현실이 아니라 놓친 실체를 보여 주려는 노력이 리얼리즘"(「리얼리즘 고」)이라고 강조한다. 이런 강조와 더불어 끊임없이 새로운 리얼리즘 소설의 형식과 내용을 실험하고 추구해온 작가가 바로 서정인이다.

60년대적인 미학적 황금률

60년대 소설사에서 빛나는 「강」은 서정인의 평판작이다. 그만큼 「강」에는 60년대 소설의 의미심장한 징후와 초기 서정인 소설의 미학적 황금률이 담겨 있다고 할 수 있다. 현실과 희망 사이의 도저한 거리의 심연을 응시하고 그 간극의 뿌리로 내려가고 있다는 점에서 60년대적이고, 고전적 소설 미학이 웅숭 깊게 구현되어 있다는 점에서 미학적 황금률로 빛나는 텍스트라고 얘기해도 좋은 것이다. 그렇다면 서정인의 「강」에는 어떤 미학적 기미들이 물결치고 있는가.

우선 세 사람이 있다. 김. 이. 박. 이렇게 셋이다. 그들의 이름은 없다. 아니 이름이 없다기보다 고유한 이름으로 불릴 기회가 없는 장삼이사(張三李四)들이기에 굳이 개성적인 이름을 부여하지 않는다. 60년대 초반이다. 어느 겨울날이다. 군하리라는 작은 시골 마을이다. 「강」의 기본적 구성 요소들은 그렇다. 처음에 그 인물들은 성(姓)도 없다. 그저 외투 입은 사람, 잠바를 입은 사나이, 고깔모자의 사나이로 불릴 따름이다. 어쨌든 그들은 군하리 결혼식에 함께 가는 길이다.

그들의 삶의 물굽이는 구질구질하다. 검은 외투를 입은 김씨는 좀 과묵한 편이다. 매우 누추하게 살아온 늦깎이 대학생인 김은 비관주의자다. 한때 삶의 희망을 꿈꾸고 노력하던 그였으나 가망 없는 희망의 덧없음에 허탈해 있다. '검은 안경'을 보면, 운명의 장난으로 장님이 되고 우연히 장님 안마사로서 옛 애인 옆에서 그녀의 남편을 안마하는 상상을 할 정도다. 잠바를 입은 이씨는 세무서 직원이다. 당구, 춤 등 잡기에 능한 그는 검은 안경을 보면, 그것을 쓰고 폼 잡고 싶어 하는 건달 같은 겉멋쟁이다. 이 둘은 하숙생이다. 그 주인인 박씨는 고깔모자를 쓴 전직 교사이다. 병역 기피자라서 군대와 관련한 이야기만 나오면 짜증을 내며, 검은 안경을 보면 형사를 떠올린다. 또한 매우 소심하고 열등감이 많은 인물이다.

60년대 초반 동네 이발소거나 시골의 버스 정류장에서 흔히 볼 수 있는 장삼이사들의 초상이다. 이들이 누구의 결혼식에 가는지는 별로 중요하지 않다. 다만 그 여로에서 이들이 보여 주는 내면 정경과 그 외면 풍경이 흐르는 강물처럼 우리의 가슴을 적신다. 셋이 그만그만한 장삼이사임에 틀림없지만, 그래도 김씨는 이씨나 박씨와는 좀 다르다. 김씨는 그나마 꿈을 꾸었던 인물이다. 그는 현재의 현실을 넘어 미래의 희망을 보듬고자 했다. 또 그 희망의 실현 가능성에 신뢰를 걸었던 사람이다. 가령 입대 풍경만 하더라도 그렇다. 그가 막연히 꿈꾸었던 입대 풍경이란 낭만적인 것이었다. 악대의 연주 속에 많은 사람들이 태극기를 흔들어 주고 단아한 여자가 슬픔을 머금고 저만치서 송별하고 있는 영화 같은 풍경이었다. 하지만 현실은 영화가 아니었다. 실제는 낭만과 달랐다. 머리가 헝클어진 매춘부들의 이미지나 더러운 공중변소의 악취 속에서 진눈깨비 내리는 날 병든 창부처럼 끌려갔던 것이다. "환송 나온 사람은 하나도 없었다. 악대도, 단 한 장의 태극기도 없었다. 진눈깨비만이 내리고 있었다."

꿈과 현실의 거리

이렇게 꿈과 현실의 거리는 멀었다. 낭만과 실제의 거리는 아득했다. 꿈과 낭만은 지극히 아름다웠지만, 현실은 매우 초라하고 누추했다. 세상은 그의 편이 아니었다. 그래서 그는 비관주의자가 된다. 더 이상 꿈을 꿀 수 없는 일상에서 그는 너무나 피로하다. 결혼식에 다녀온 후 '이'와 '박'이 술을 마시러 가는데 혼자 먼저 여인숙으로

가는 것도 그런 까닭이다. 거기서 그의 성격은 다시 한 번 입증된다. 반장이며 일등을 했다는 여인숙 꼬마에게서 자신의 과거 모습을 발견하며 매우 안타까운 심사를 노출한다. "그의 머릿속에는 몽롱한 가운데서 하나의 천재가 열등생으로 변모해 가는 과정들이 하나씩 떠오른다." 초등학교 때는 천재, 중학교에 가선 수재, 고등학교에 가선 우등생이 된다. 대학에 가선 보통이다가 차츰 열등생이 되어서 세상에 나오는 과정을 떠올린다. 결국 삶이란 이처럼 열등생이 되기 위해서 꾸준히 고생해 온 것이 아닐까 생각한다. 자신의 과거사이자 소년의 미래일 지도 모른다고 생각한다. 그러면서 "천재가 가난과 끈질긴 싸움을 하다가 어느 날 문득 열등생이 되어 버린다는 사실을 몰랐"던 지난 나날들을 안타깝게 곱씹는다. 그의 회한은 깊은 상실감으로 강물 되어 흐른다. "그가 처음 출발할 때에 도달하게 되리라고 생각했던 것으로부터 사뭇 멀리 떨어져 있는 곳에 와 있음을 깨닫는다. 아―, 되찾을 수 없는 것의 상실임이여!"

김씨가 그랬다. 한때 주위 사람들의 촉망을 받았던 터였다. 하지만 지금 어떤가. 이씨나 박씨와 자신이 다를 게 무언가. 그런데, 저 꼬마도 필경 그럴 것이다. 그러니 어쩔 것인가. 자신의 과거를 비춰 주는 거울 구실을 하는 꼬마로 인해 김씨는 더욱 누추해진다. 비관적이 된다. 너무 멀리 떨어져 있다는 느낌에 젖어 드는 것은 당연하다. "그가 처음 출발할 때에 도달하게 되리라고 생각했던 것으로부터 사뭇 멀리 떨어져 있는 곳에 와 있음을 깨닫는다"는 문장이 독자의 진한 울림을 동반하는 것은 이유가 있다. 그리고 "아―, 되찾을 수 없는 것의 상실"감에 부려 놓은 느낌표라니. 그런 것이다. 꿈의 비속화 과정은 그렇게 누추하고 초라한 것이다.[2] 우여곡절이나 우울한 체험을 거치면서 꿈은 바스라지고 아름다운 낭만은 빛을 바랜다. 인생이란 도저한 강물 속에 그저 침잠되고 만다. 어찌 그것을 다시 건져 내고 생명의 불씨를 되살릴 수 있을 것인가. 안타까울 정도로 아득하게 흐르는 강물처럼 떠내려가 버렸는데.

이처럼 「강」에서 삶은 초라하고 쓸쓸한 것으로 묘사된다. 꿈을 잃고 희망을 상실한 현실에서 확인할 수 있는 것은 그 같은 파토스에 다름 아니다. 하여, 김씨는 일찍 잠드는 것으로 피로하고 지친 육신의 눈을 감아 버린다. 이렇게 눈감아 버린 김씨의 꿈은 정녕 되찾을 수 없을 것인가. 삶이란 정녕 그런 것인가. 이 슬픈 이야기에 작가는 다소 감상적이고 환상적인 희망의 지렛대를 슬며시 덧붙여 본다. 이씨와 박씨와 더불어 술을 마시던 작부가 홀로 김씨의 방에 들어와 그를 모성적으로 보듬으면서 갖는 대학생에 대한 환상과 결혼에 대한 아름다운 동경을 보이는 끝부분의 반전이 바로 그것이다. 처절한 비관 혹은 돌이킬 수 없는 좌절의 순간에 이런 아름다운 낭만이 포개어질 수도 있는 것일까. 거기서 나는 60년대식 현실적

---

2) 「강」이 발표되던 당시 비평가 유종호는 이 부분에 주목하면서 이렇게 평했다. "이 작품은 인간이란 거창한 파국에 의해서 파멸되는 것이 아니라 조그만 불행의 연속으로 해서 시들어 버린다는 비극적 인식을 모티프로 가지고 있다. 거목이 쓰러질 때 나는 쿵 소리조차 내지 못하고 어이없게 자빠지는 범용의 비극이야말로 인생의 가장 비극적인 경험을 이룬다고 작가는 말한다. 때 묻은 일상의 저변에서 작가가 선명하게 부각시켜 놓은 것은 한 사람의 천재를 비굴한 낙오자로 만들어 버리는 시간의 파괴적인 리듬이며 이 리듬을 터득할 때 비로소 독자들은 이 작품의 표제가 어째서 '강'이어도 좋은가를 실감하게 된다.". 한편 이남호는 그것을 "아름다운 꿈의 상실과 초라한 현실의 확인"이라고 표현했다.

절망과 낭만적 희망의 풍경을 읽는다.

남진우가 적절하게 정리한 대로 "꽉 짜인 구성과 치밀한 복선의 배치, 생동감 넘치는 대화, 경제적인 언어 구사를 통한 인물 성격의 부각, 적절한 반전에 의한 산뜻한 마무리 등 단편소설이 요구하는 미학적 황금률을 두루 충족시켜 주고 있"다는 '서정인적(的)' 세계를 말할 때, 먼저 떠오르는 작품이 「강」임은 두말할 나위도 없다. 고전 미학의 관점에서 소설의 한 전범을 알게 하는 작품이다. 이런 「강」에는 절망과 희망, 현실과 꿈, 현실성과 낭만성, 세계와 자아 사이의 대립과 갈등의 겹무늬들이 일렁거린다. 그 강의 물결은 곧 서정인이 찾아낸 삶의 리듬이다. 그런데 그 리듬은 개인이나 자아의 입장에서 보면 매우 쓸쓸하고 허탈한 것으로 받아들여질 수 있다. 그것은 꿈의 정치적 무의식의 역학 구조와 관련 있는 것으로 보인다. 늙은 대학생 김씨의 경우처럼 아름다운 꿈을 지녔던 존재는 비록 현실에서 좌절하고 누추하게 실패했다 하더라도 그 꿈의 무의식으로부터 결코 자유로울 수 없다. 이 무의식과 현실적 에고의 충돌로 인해 비극의 에너지는 증폭된다. 그 에너지는 삶의 깊은 심연을 형성한다. 강물이 퍽 깊어지는 것이다. 심연으로 내려갈수록, 혹은 꿈의 무의식 지대로 침강할수록, 현실적 억압의 무게는 더해지고, 그럴 경우 때때로 쓸쓸하게 현실을 에둘러 가는 일도 있을 수 있다. 강물이 깊을수록 진실 발견은 어려운 법이다. 응시를 통해서든 행동을 통해서든 말이다. 그 같은 곤혹스러운 허탈감을 「강」은 보여 준다. 이때 소설은 고전적 소설 미학의 방식으로 전혀 고전적이지 않은 비속한 나날의 삶의 진실을 찾아가는 언어 기행이 된다.

더 생각해볼 문제들

1. 서정인의 「강」에는 검은색 안경에 대한 세 사람의 심리적 반응이 각각 제시된다. 이런 반응을 바탕으로 각 인물의 성격에 대한 확장된 논의를 전개한 다음, 이런 인물의 성격들이 소설의 주제에 미치는 효과에 대해 생각해 보자.

   1) 색안경은 사치품일까, 필수품일까. 대부분의 경우, 필수품은 아닐 것이다. 그런데도 뻔뻔스럽게 길거리에서 파는 백 원짜리로 사치를 하려고 하다니! 그는 이천 원짜리를 사려다가 너무 비싸서 천 원을 주고 중고를 산 바 있다. 그것은 지금 그의 호주머니 속에 들어 있다. 눈만 하얗게 쌓인다면 언제든지 꺼내서 코 위에 걸칠 수 있다.
   – 이씨의 반응

   2) 김씨는 색안경을 낀 사람을 보면 장님을 생각한다. 그는 한때 자기가 검은 안경을 쓰고 장님이 되어 안마장이 노릇을 하는 상상에 사로잡힌 적이 있다. 전투에서 눈을 부상당한다. 육군병원에 입원한다. 눈에는 붕대가 감겨져 있다. 애인이 찾아온다. 그러나 지극히 작은 차이로 인해서 만나지 못한다. 장님이 되어 색안경을 낀다. 지팡이로 밤의 아스팔트 위를 더듬으며 통소를 분다.
   – 김씨의 반응

   3) 고깔모자를 쓴 사람은 색안경이라면 질색이다. 그에겐 색안경을 쓴 사람은 형사다. 그리고 형사는 기피자를 단속한다. 그는 직장에서 쫓겨났을 때까지 월급날이면 정기적으로 형사의 '예방'을 받은 적이 있다.
   – 박씨의 반응

2. 서정인의 첫 소설집 『강』의 해설을 쓰면서 비평가 김현은 다음과 같이 '문학 언어와 일상 언어'에 대해 논의한 적이 있다. "일상 언어와 문학 언어 사이의

차이는 현실 속의 사건과 소설 속의 사건의 그것에 버금한다. 일상 언어는 구체적으로 말하자면 나와 너의 언어이다. 그것은 구체적이며 현실적이다. 그러나 문학 언어는 본질적으로 삼인칭에 속하는 언어이다. 다시 말해 체계적이며 구조적이다. 문학 언어와 일상 언어는 차원이 다른 언어이다. 그렇다고 해서 내가 문학 언어를 규범 언어에서 일탈한 것으로 보는 현대 수사학자들의 의견에 동의하는 것은 아니다. 일상 언어 역시 규범 언어에서 벗어난 언어일 뿐만 아니라, 언어의 규범성이란 사실상에 있어 하나의 환상이기 때문이다. 순전히 추상적인 논리 속에서가 아니라면 어떻게 언어의 규범을 세울 수 있단 말인가? 문학 언어의 특이함은 문학 언어의 체계가 갖는 구조적 모습에 주어진, 규범 언어라는 것을 상정한 후에 붙인 명칭에 불과한 것이다. 모든 문학 언어는 그것 특유의 구조를 가지고 있다. 황순원의 문학 언어는 황순원 특유의 문학적 체계를, 김동리의 문학 언어는 김동리 특유의 문학적 체계를 지칭할 뿐이다." 이런 김현의 논의를 바탕으로 '문학 언어와 일상 언어'의 차이에 대한 자기 나름의 생각을 정리해 보고, 그것을 바탕으로 서정인의 문학 언어의 특징은 무엇인지 생각해 보자.

추천할 만한 텍스트
『강』, 서정인 지음, 문학과지성사, 1976/1996.

우찬제(禹燦濟)
서강대학교 국어국문학과 교수.
서강대학교 경제학과를 졸업하고 동 대학원 국문학과에서 박사 학위를 받았다. 1987년《중앙일보》신춘문예에 당선, 평론 활동을 시작한 뒤, 『세계의 문학』, 『오늘의 소설』, 『비평의 시대』, 『포에티카』, 『HITEL 문학관』 편집위원으로 활동했다. 건양대학교 국문학과 교수와 미국 아이오와 대학교 아시아태평양연구소 방문학자를 역임했으며, 현재는 계간 『문학과사회』 편집동인으로 활동하고 있다. 소천이헌구비평문학상과 김환태평론문학상을 수상했다.
저서로 『욕망의 시학』, 『상처와 상징』, 『타자의 목소리─세기말 시간의식과 타자성의 문학』, 『일제강점기의 현대소설 1─소설의 길, 사람의 길』, 『일제강점기의 현대소설 2─상처의 시대, 고통받는 개인과 사회』, 『고독한 공생─밀레니엄 시기 소설담론』, 『텍스트의 수사학』 등이 있다.

그야 물론 사랑이어야겠지. 이제 이 섬은 자유로는 안 된다는 걸 알았으니
다시 또 그런 자유로만 행해 나갈 수는 없을 게야. 자유라는 건 싸워 빼앗는 길이 되어
이긴 자와 진 자가 생기게 마련이지만, 사랑은 빼앗음이 아니라 베푸는 길이라서
이긴 자와 진 자가 없이 모두 함께 이기는 길이거든. 하지만 이건 물론 자유로 행해
나갈 것도 지레 단념을 한다는 소리는 아니야. 아까도 잠깐 말했지만 이제 이 섬에선
자유보다도 더 소중스런 사랑으로 행해 나갈 수 있어야 한다는 소리일 뿐이지.
— 『당신들의 천국』 중에서

이청준 (1939~)

전남 장흥에서 태어나 서울대학교 독문학과를 졸업했다. 1965년 『사상계』에 단편 「퇴원」이 당선되어 등단한 이
후 『별을 보여드립니다』, 『소문의 벽』, 『비화밀교』, 『키 작은 자유인』, 『가해자의 얼굴』, 『서편제』, 『목수의 집』 등
다수의 창작집과 『당신들의 천국』, 『자유의 문』, 『춤추는 사제』, 『흰옷』, 『축제』, 『인문주의자 무소작 씨의 종생
기』, 『신화를 삼킨 섬』 등 다수의 장편소설 및 『할미꽃은 봄을 세는 술래란다』를 비롯한 여러 동화집을 출간했다.
1998년부터 2003년까지 '열림원'에서 장편 11종 12권, 중단편소설집 10권, 연작소설집 3권 등 25권의 『이청
준 소설 전집』을 간행했다. 동인문학상, 한국일보 창작문학상, 이상문학상, 중앙문예대상, 대한민국문학상, 이산
문학상, 대산문학상, 21세기문학상, 인촌상 등을 수상했다. 한양대 국문학과 교수 역임했고 현재는 순천대 문창
과 석좌교수로 재직중이다.

03

'당신들의 천국'에서
'우리들의 천국'으로
이청준(李淸俊)의
『당신들의 천국』

우찬제 | 서강대학교 국어국문학과 교수

왜 '당신들의 천국'인가?

천국에로 이르는 길의 어려움을 고뇌한 『당신들의 천국』은 이청준
의 대표작으로서 손색이 없을 뿐만 아니라 살아 있는 현대의 고전
에 값하는 소설이다. 한센병 환자 병원이 있는 소록도를 무대로 벌
어지는 환자들과 병원장과의 갈등의 이야기다.

소설의 무대는 소록도의 한센병 환자촌이다. 현역 대령 조백헌
이 소록도의 병원장으로 부임하면서부터 천국의 문제는 쟁점이 된
다. 조백헌은 나환자들에게 새로운 희망의 지렛대를 안겨 주고자
애쓰는 의지적 인물이다. 그는 이 섬에 천국을 세워야 한다는 신념

이 남다를 뿐만 아니라 그 실천 행동 또한 적극적인 사람이다. 하여 그는 소록도의 나환자들에게 새로운 천국을 만들어 주겠다는 일념으로 득량만 매몰 공사에 착수한다. 21개월에 걸친 공사 기간 동안 환자들과 그는 힘겨운 싸움을 벌인다. 이 과정에서 자신의 의지와 현실 사이에서 정신적인 방황과 갈등 및 현실적 고난을 겪는다. 갈등의 요체는 자신의 순수 의지가 현실적으로 소통되기 어렵다는 사실이다.

병원의 보건과장 이상욱은 조 원장을 의심하고 비판하는 인물로 제시된다. 이전의 병원장들이 소록도에 천국을 만든다는 미명 아래 나환자들을 착취하고 자신들의 동상 세우기에 급급했던 사실을 잘 아는 사람이 바로 이상욱이다. 조백헌 또한 자신의 명예욕이나 과시욕을 충족하고자 천국을 운운하는 것이 아닌가 하고 그는 회의의 시선을 보낸다. 이 같은 이상욱이나 환자들을 대변하는 황 장로에 의해 제기되는 문제는 다른 게 아니다. 사람과 사람 사이에서 수평적인 사랑이 이루어지고 자유로운 의지가 교감되는 가운데 공동체의 일반 의사에 걸맞게 힘이 행사될 때, 비로소 진실하고 정당한 힘의 질서와 윤리가 탄생되고 실현될 수 있다는 것이다. 아울러 소록도의 천국이 소록도 밖의 천국과 구별될 때, 그것은 결코 '우리들의 천국'이 될 수 없고, 다만 힘을 행사하는 병원장들, 즉 '당신들의 천국'에 불과할 것이라는 메시지를 분명히 덧붙인다. 자유 의지와 사랑의 교감에 기초한 실천적 힘, 위나 밖으로부터가 아닌 안으로부터의 자생적 의지나 운명에 기초한 천국을 그들은 소망했던 것이다.

자신은 추호도 명예나 보답을 바라지 않을 것이며 결코 동상도 만들지 않을 것이라며, 자기 신념을 밀고 나갔던 조 원장도 이 대목에서는 수그러들고 만다. 오랜 갈등과 번뇌 끝에 조백헌은 자신을 반성하면서 자신이 추진했던 간척지 공사를 일단락 짓는 절강제 행사가 치뤄지기 직전에 섬을 떠난다. 그로부터 5년 후 그는 이제 원장이 아닌 평범한 섬사람으로 소록도에 다시 들어온다. "운명을 같이 하지 않는 한에서의 어떤 힘의 질서는 무서운 힘의 우상을 낳을 뿐"이라는 사실을 깨닫고, 운명을 같이 하려 한 그였지만, 이제 필요한 원장의 권능이 그에게 없었다. 이에 그는 또 다른 한계에 부딪친다. 더 이상 '당신들의 천국'이 아닌 '우리들의 천국'을 모색하고자 한 조백헌의 반성적 이념과 노력은 소설에서 구체적인 결실을 보지는 못한다. 하지만 소중한 불씨 하나를 소설의 대단원 부분에 틔워 놓고 있다. 윤해원(음성 병력자)과 서미연(건강인)이라는 두 미감아 출신의 결혼이 그것이다. 사랑과 자유에 기초한 이 둘의 결혼은 일반 의사에 입각한 공동의 행복 추구의 가능성을 암시하기에 족한 사건이다. 이 결혼에 정성을 들인 조백헌은 직원 지대와 병사 지대의 중간 지점에 이들의 신접살림을 차리게 한다. 나환자와 일반인, 우리와 당신들이 구별되는 천국이 아닌, 서로 스미고 새로이 짜이는 '우리들의 천국'의 씨앗이 거기서 자생적으로 움트기를 열망하면서 말이다. 이런 열망을 지닌 조백헌이, 취재 온 이정태 기자와 다시 섬에 돌아온 이상욱이 몰래 지켜보는 가운데, 두 사람의 결혼식 주례사 연습을 하는 것으로 소설은 대미를 장식한다.

'우리들의 천국'은 가능한가?

이런 이야기를 이청준은 3부에 걸쳐 진행하고 있다. 제1부는 현역 대령인 조백헌이 소록도 병원장으로 취임하여 '사자(死者)의 섬'인 소록도에서 '낙원과 동상'의 오해를 넘어 새로운 천국을 위한 실천적 구상을 모색하는 이야기로, 제2부는 1부의 축구 경기에서 나름의 희망을 얻은 조 원장이 득량만 매립 공사를 실행하면서 겪는 일련의 정신적 갈등과 현실적 고난을 그린 이야기로, 제3부는 섬을 떠난 지 5년만에 다시 개인 자격으로 소록도에 돌아와 공동 운명이 되어 '우리들의 천국'을 실천하기 위해 진력하는 조 원장이 윤해원과 서미연의 결혼식을 통해 그 희망의 씨앗을 뿌려 보려고 하는 이야기로 짜여져 있다. 이런 3부의 이야기는 시점 인물 혹은 초점자의 변화를 통해 변증법적 지양의 단계를 거친다. 조 원장을 부단히 경계하고 감시하는 '비판적 보조자'인 상욱이 주 초점자로 등장하는 제1부는 아직 소록도의 한센병 환자라는 구체적인 타자와 스미고 짜여지지 않은 상태에 있는 주체 조백헌의 선한 의지가 전경화된다. 이상욱이라는 타자의 시선에 의해 조망되는 주체 조백헌의 모습은 아직 선한 단독자의 초상에 그칠 따름이다. 제2부의 초점자는 주체인 조 원장이다. 물론 이상욱과 황 장로의 시선이 개입되는 것도 사실이지만, 기본적으로 조백헌의 시선이 중요하다. 여기서는 주체와 타자 간의 갈등이 다채롭게 진행된다. 하지만 그 과정을 거치면서 조백헌은 진정한 타자 발견에 이르게 된다. 제2부의 끝에서 황 장로라는 타자의 얼굴을 새롭게 발견하고 자신을 반성하면서 화려하지 않게 섬을 떠나는 것은 그 때문이다. 제3부의 초점자는 제3

자인 취재기자 이정태이다. 이정태의 시선에 의해 주체와 타자의 성격 및 그 상호 작용 과정이 종합되고 '당신들의 천국'을 넘어서 '우리들의 천국'을 지향하는 모색의 이념형과 가능한 실천태가 제시된다. 요컨대 타자와 구체적인 교감 없는 주체의 선한 의지가 타자의 발견을 통해 어떻게 새로운 테제를 형성할 수 있을까 하는 가능성을 조심스럽게 점쳐 본 소설이 곧 『당신들의 천국』이라 할 수 있다. 그것은 곧 '힘의 정치학'을 비판적으로 넘어서 진정한 '타자의 윤리학'을 응시하는 문학적 모색의 과정이기도 하다.

'당신'과 '우리'의 갈등

이미 말한 대로 '사자(死者)의 섬'을 부활시키기 위한 조백헌의 노력은 그의 선한 의지에서 비롯된 것이었다. 환자들의 공동선을 현실에서 구현하기 위한 실천적 전략이었던 셈이다. 그 과정에서 장로회의 인준을 받는 등 조백헌은 나름대로 주정수를 비롯한 이전의 원장들의 실패를 넘어서려는 실천적 노력을 보였다. 그럼에도 그것은 여전히 공동체 전체의 일반 의사에 기초한 것이라기보다는 주체의 선한 의지 중심의 노력이었다. 아무리 황희백 노인을 비롯한 장로들의 인준과 동의를 거쳤다고 하더라도 여전히 위에서 아래로 내려가는 하향식 개발 독재의 단계를 벗어날 수 없었던 터이다. 게다가 아무리 자신의 동상을 짓지 않겠다는 약속을 거듭한다 하더라도 이상욱 등은 계속해서 조 원장의 행위에서 동상의 그림자를 지우지 않고 있었다. 타자와의 진정한 교감이 없는 주체의 선한 의지는, 공동체의 일반 의사에 입각한 것이 아닌 지도자의 일방적인 선한 의지는, 여전히 타자들의 불신으로부터 자유로울 수 없었으니, 그것은 곧 선한 의지의 주체인 조백헌의 개인적 불행이자 섬 전체의 불행이었던 셈이다.

하고 보니 주체와 타자 사이의 갈등, 혹은 '당신'과 '우리'의 갈등은 차라리 자연스럽다. 다스리는 자와 다스림을 받는 자, 정상인과 환자 사이의 알력과 갈등은 예전처럼 되풀이되고 만다. 이런 갈등의 반복은 타자들의 불신과 배반을 낳고, 타자들의 불신과 배반은 주체의 일방적 신념과 실천적 의지를 낳는다. 주체와 타자 사이의 차이가 좁혀지지 않을 때 그 악순환의 고리는 단절될 수 없다. 이는 명분과 과정의 차이, 자유로운 선택과 변화 가능성의 있음과 없음의 차이, 운명의 차이 등의 측면에서 형상화된다.

먼저 명분과 과정의 차이는 비판적 보조자인 이상욱에 의해 분명하게 논란된다. 그 자신이 섬의 한스런 운명에서 한 치도 자유로울 수 없는 형편인 이상욱은 주정수 원장 시절의 악몽에서 아직 헤어나지 못하는 인물이다. 그가 보기에 주정수의 시절에도 명분이나 동기의 잘못은 없었다. 주정수에게도 더할 수 없는 좋은 동기와 훌륭한 명분이 있었던 것이다. 문제는 그 명분이 지나치게 완벽했고 훌륭했기에 그 명분에 이의를 제기할 수조차 없었던 '명분의 독점성'에 있었다. 게다가 주정수는 힘 있는 자였고, 힘 있는 자의 최고 최선의 명분 앞에 힘없는 나환자들은 제 나름의 명분을 따로 지닐 수 없었던 게 문제였다. 이상욱이 보기에 중요한 것은 명분이 아니라 과정이다. 주정수의 시절에 명분은 제물을 요구했고 진실하지 않은 과정으로 점철되어 오욕의 역사를 되풀이했다. 명분을 실천하

는 과정에서 주정수도 환자들도 그 명분에 걸맞은 과정을 창출할
수 없었다. 이상욱이 보기에 이번에도 사정이 크게 다르지 않을 것
으로 여겨진다. 명분이 나환자들을 속이는 과정이 되풀이될 것임을
그는 우려한다. 게다가 큰 명분의 뒤에는 늘 누군가의 동상이 그림
자를 드리우게 마련이라고 생각하는 인물이 바로 이상욱이기 때문
이다. 또 명분은 미래의 꿈을 내세워 현재의 진실한 삶을 억압하는
기능도 뚜렷하게 지니고 있다. 그는 훗날 조 원장에게 보낸 편지에
서 이렇게 쓰고 있다. "내일의 꿈을 오늘 미리 가불해 주고, 그 가상
의 현실을 당장 오늘의 그것으로 착각하고 즐기게 하여 진짜 현실
의 갈등을 잠재워 버리는 말의 요술은 이 섬을 다스려 온 사람들의
해묵은 수법이기는 하지만, 그러나 오늘의 삶이라는 것이 늘 힘겹
고 짜증나는 사람들에게는 그야말로 지극히 손쉽고 효과적인 지배
술의 하나였습니다." 하여 명분만으로 조 원장을 믿을 수 없다는 생
각을 굳히고 사사건건 원장을 비판하고 감시하려 한다.

　둘째, 자유로운 선택과 변화 가능성도 그렇다. 주정수의 시절에
도 명분을 실천하는 과정의 진실을 위해 평의회를 설치했었다. 하
지만 그 평의회는 곧 타락했고, 원장의 시녀 기구가 되었다. 이상욱
이 보기에 "평의회라 하더라도 자신들이 원장을 선택하고 안 할 수
는 없었기 때문"에 생긴 일이었다. 실제로 소록도의 나환자들은 그
들의 원장을 자유롭고 민주적으로 선택할 수 없었거니와 그들의 삶
을 위한 어떤 명분도 실천 행동도 자유롭게 선택할 수 없었다. 미래
를 위한 자유로운 선택과 변화 가능성이 없다고 이상욱은 생각한
다. 그런 상황에서라면 원장이 꾸미는 천국 역시 '섬 원생들의 천

국'이기 이전에 오직 '원장님 한 분만의 천국'이라고 그는 생각한다. 심지어 "선택과 변화가 전제되지 않은 필생의 천국이란 오히려 견딜 수 없는 지옥일 뿐"이라고 말한다.

셋째, 운명의 차이는 더욱 근본적이다. 이런저런 의혹과 불신에도 불구하고 이상욱은 단 한 번 조 원장과 함께하려 한 적이 있었다. 도내 축구 시합에서 이기고 돌아온 선수들과 섬사람들이 '소록도의 노래'를 목이 터져라 합창하는 순간이었다. "상욱도 모처럼 그들 사이로 함께 뒤섞여 들어 목청껏 노래를" 불렀다. 노래를 부르며 자신도 모르게 눈물까지 흘렸던 상욱이었다. 그런데 바로 그 순간 상욱은 조 원장과 운명의 차이를 절감하게 된다. 차 위에 높다랗게 서서 함께 노래를 부르지 않고 있는 조 원장의 모습을 보면서 그는 분명한 거리를 확인한다. 이로써 조 원장에 대한 상욱의 불신은 깊어가고 둘 사이의 거리는 멀어져만 간다. 훗날 조 원장이 소록도를 떠난 지 5년 만에 보낸 편지에서 이상욱은 그 운명의 차이에 대해 분명하게 지적한다. 원장을 비롯한 정상인들은 원생들을 환자로만 보지 환자인 동시에 인간이라는 두 겹을 보지 못하는데, 그럴 때 '환자다운 환자들만의 천국'이 될 뿐이라는 것이다. 다스리는 자와 다스림을 받는 자 사이의 운명의 차이에 대해서도 마찬가지다. "선의의 지배자와 피지배자들 사이의 어떤 대등한 상호 지배 질서, 만인 공유의 화창한 지배 질서"를 피차 꿈꾸지만, 결국 다스리는 자 중심의 질서가 될 때 그 어느 쪽도 진정한 천국의 주인이 될 수 없다는 생각이다. 이렇게 정상인―환자, 지배자―피지배자 사이의 어쩔 수 없는 차이는 결국 양자가 한 길 위에서 만날 수 있는 공동 운명체가 아닌 까닭이라고, 이상욱은 강조한다. 공동 운명이란 전제가 성립되지 않는 한 공동의 천국이란 있을 수 없다는 게 그의 분명한 생각이다.

물론 상욱의 이런 생각은 이상주의자의 사고를 방불케 하는 것이기에 현실주의자인 조백헌으로서는 쉽게 수긍할 수 없는 것이었다. 그러기에 주체인 조 원장과 상욱을 비롯한 섬사람이라는 타자들과의 갈등은 매우 도저한 것이라고 할 수 있다. 상욱이 그의 이상주의적 이념형을 적극적으로 드러낸 경우지만, 상욱이 아니라도 조 원장과 황 장로의 갈등 또한 만만치 않았으며, 그것은 조 원장과 섬사람들과의 갈등의 정도를 일러 준다.

상호 발견과 소통의 가능성

그렇다면 예의 갈등과 거리는 결코 극복할 수 없는 것일까. 다른 소설에서 그 갈등과 거리를 극화하는 데 장기를 보였던 이청준이었지만 『당신들의 천국』에서는 그것 못지않게 갈등에서 화해로 이르는 길, 그 거리를 초극하는 길을 사려 깊게 모색한다. 그것은 무엇보다 타자를 넉넉하게 발견하고 서로 이해하는 길의 발견에서 비롯된다. '타인의 얼굴'의 발견을 통한 '주체의 자기반성'이 이루어지고 상호 교감의 계기가 전경화되는 장면으로, 우리는 황 장로와 조백헌이 허심탄회하게 대화하는 장면을 주목하게 된다. 서로가 서로에게 한 발씩 다가서 가슴을 나누고 영혼의 언어로 소통하는 장면이다. 자신을 받아들이려는 조 원장의 태도를 볼 수 있었던 황 장로가 '문둥이가 아닌 온당한 사람'의 목소리와 얼굴을 보여 주었고, 문둥이라

261

는 단면의 얼굴만을 볼 수 있는 시선이 아닌 문둥이와 사람이라는 두 겹의 얼굴을 볼 수 있는 시선을 지닐 수 있게 된 조 원장이 황 장로의 진정한 얼굴을 볼 수 있게 된 것이다. 이를 통해 조 원장은 새로운 삶과 인식의 지평으로 나가게 되니, 확실히 통과제의 부분이라고 말할 수도 있겠다. 그렇다는 것은 이 대화를 계기로 조 원장이 앞에서 논의한 차이의 구조를 초극하려는 자세를 뚜렷하게 보인다는 점 때문이다. 그가 절강제도 치루지 않고 조용히 섬을 떠난 것이나 5년 후에 다시 섬으로 돌아와 공동 운명체가 되어 섬사람들과 섞여들고자 애쓰게 되는 것의 근원적인 자양분은 바로 이 대화에서 발원된 것이라 해도 지나치지 않을 것이다.

나아가 서로 새로운 방식으로 '타자의 얼굴'을 응시하게 된 둘 사이의 진실하고도 허심탄회한 대화는 조 원장으로 하여금 새로운 인식의 지평을 열게 하는 데 크게 기여한다. 황 장로는 무엇보다 나환자들의 처지와 행태에 대해 반성적인 고백을 한다. 그동안 섬사람들이 믿음과 사랑으로 행하지 못하고 의심과 미움으로 행하고 있었음을 말하는 것이다. 그동안 섬의 나환자들은 현실과 원장들로부터 자유롭고자 했지만 믿음과 사랑 없이 자유롭고자 한 까닭에 불신과 미움만이 섬에 만연되었다는 게 고백의 내용이다. 하여 황 장로는 '자유'를 넘어 '사랑'의 구현 가능성을 제시한다. 자유를 앞세웠던 지난날의 실패와 배반의 역사를 청산하고 충만한 사랑 속에서 진실로 자유가 행해질 수 있는 가능성의 미래 지평을 이야기하고 있는 것이다. 이 같은 '사랑과 자유의 실천적 화해'는 소망의 지평이기도 하다. 그럴 때라야 섬이 달라질 것이라고 황 장로는 말하고 있다.

이 소망과 가능성의 지평은 이상적 차원의 척도인지도 모른다. 그 래서일까. 혹은 아직 섬의 현실에서 그것을 실제로 구현할 수 있는 구체적인 지혜를 발견할 수 없었던 까닭일까. 또는 저간의 배반과 불신의 역사가 너무 두터웠던 때문일까. 황 장로는 섬사람들이 자 유로 행하는 동안 조 원장이 사랑으로 행한 것을 알고 있고 그것에 개인적으로 감사한다는 말을 전하면서도, 끝내 조 원장을 전적으로 받아들이지 못하고 섬에서 내보낸다. 황 장로가 개인적으로 발견한 조 원장이라는 타인의 얼굴 혹은 타자의 진상을 섬사람들 전체의 일반 의사로 심화시키는 데는 아직 더 시간이 필요하다고 생각했는 지도 모른다. 바로 그 점을 조백헌은 이해할 수 없어하고 안타까워 한다. 왜 자신의 사랑이 섬사람들의 자유와 허심탄회하게 화해할 수 없는지를 말이다.

아쉬움 속에서 섬을 떠난 조백헌은 5년이 지난 어느날 이상욱의 편지를 받고 섬으로 돌아온다. 두 통의 편지에서 이상욱은 많은 말 을 하고 있지만 최종 심급에서 그가 보인 논지는 다름 아닌 운명의 차이에 관한 것이다. "운명을 같이 하지 못하는 사람들 사이에선 절 대의 믿음이 생길 수 없습니다." 바로 이 지점에서 조백헌은 황 장 로와 나누었던 타자의 교감과 대화의 한계를 절감한다. 타인의 얼 굴과 타자의 진상을 발견하고 인식할 수는 있어도 운명을 함께 하 지 못하는 한 주체와 타인이 허심탄회하게 섞여들 수 없다는 생각, 즉 자신이 견지했던 사랑과 타자의 윤리학의 한계를 터득하게 되는 것이다. 하여 공동 운명이 되기로 작정하고 현역 원장의 신분이 아 닌 보통의 섬사람의 신분으로 섬으로 돌아온다. "그것이 그 자유와

전남 장흥군 회진면 진목마을의 이청준 생가.

사랑의 실천적 화해라는, 섬사람들과 원장 사이의 눈에 보이지 않은 갈등을 해소해 나가는 데도 결정적으로 유리한 입장일 수 있다고 생각"하면서 말이다. 하지만 섬에서 조백헌은 또 한 번의 거듭된 실패를 경험한다. 자유나 사랑의 '실현성이나 실천성의 근거'인 힘이 없었기 때문이다. 다시 말해 "같은 운명을 삶으로 하여 서로의 믿음을 구하고, 그 믿음 속에 자유나 사랑으로 어떤 일을 행해 나가고 있다 해도 그 믿음이나 공동 운명 의식은, 그리고 그 자유나 사랑은 어떤 실천적인 힘의 질서 속에 자리를 잡고 설 때라야 비로소 제 값을 찾아 지니고, 그 값을 실현해 나갈 수 있"는데 조백헌이나 섬사람들에게 그게 없었던 까닭이다. 제3부에서 다시 섬을 찾아온 이정태 기자에게 조백헌은 이렇게 말한다. "운명을 같이하지 않는 한에서의 어떤 힘의 질서는 무서운 힘의 우상을 낳을 뿐이겠지요. 하지만 운명을 같이하려는 작정이 있은 다음엔 내게 그 원장의 권능이 필요했어요. 그래서 그 허심탄회한 힘의 질서 속에서 섬의 자유와 사랑이 행해져 나가야 했었어요. 하지만 난 이미 이 섬 병원의 원장이 아니었어요." 그럼에도 불구하고 그는 타자의 윤리학을 밀고 나간다. 근본적인 층위에서 그 깊이를 더해 가고자 한다. 이 소설의 대단원을 장식하고 있는 윤해원과 서미연의 결혼식 축사를 통해 조백헌이 강조하고 있는 것만을 보아도 이를 분명히 짐작할 수 있다. 흙과 돌멩이보다는 사람의 마음이 먼저 이어져야 한다고 그는 말한다. 둘의 결합을 바탕으로 믿음과 사랑의 다리를 더 많이 놓아 나가자고 호소한다.

'당신들의 천국'을 넘어 '우리들의 천국'을 위해, 이청준이 '힘의 정치학'을 넘어 '타자의 윤리학'을 제창한 것은 일차적으로는 1970년대를 관통했던 박정희식 하향 개발 독재에 대한 항의의 정치적인 서사로 읽히기도 한다. 그러나 정치적인 서사 층위를 넘어서는 더 근본적인 서사를 우리는 『당신들의 천국』에서 읽을 수 있어야 한다. 정치 이전에 삶의 근본 조건과 현실과 미래에 대한 우리들의 간절한 소망과 염원을 어떻게 자유로운 일반 의사로 모을 수 있는가 하는 근본 문제에 대한 성찰 말이다. 거기에는 주체와 타자 사이의 영혼의 교감 가능성을 비롯해 개인의 진실과 집단의 꿈의 화해 가능성, 자유와 사랑의 허심탄회한 조화 가능성 등 여러 가지 근본적인 테제들이 녹아들어 있다.

더 생각해볼 문제들

1. 『당신들의 천국』의 대미를 장식하는 조백헌의 주례사는 매우 소망적인 메시지를 담고 있다. 그것은 텍스트 안에서 자연스럽게 연설 혹은 웅변이라는 수사적 형식을 띤다. 흔히 연설은 정치가들에 의해 많이 이루어지는, 그래서 정치적인 성격이 강한 수사학적 형식으로 이해되기 쉽다. 매우 소망스런 메시지임에도 불구하고 이런 형식 설정과, 그 연습 장면을 훔쳐보며 감시하고 의심하는 이상욱의 '시선'이라는 서사 장치를 함께 고려한다면, 작가 이청준이 예의 소망스런 메시지를 편안하게 제출하고 승인받으려 했던 것 같지는 않아 보인다. 자신이 내세운 이념에 대해 다시 한번 반성적 숙고의 계기를 부여하고 있다고 보아야 할 것이다. 조백헌의 소망적 메시지와 이상욱의 의심 어린 시선의 함수관계를 따져 보고 이 장면의 서사적 의미와 그렇게 설정한 이유가 무엇일지에 대해 생각해 보자.

2. 이 소설의 표제인 '당신들의 천국'에 대해서 조백헌, 이상욱, 황 장로 등 세 인물의 관점에서 각각 생각해 보자.

추천할 만한 텍스트

『당신들의 천국』, 이청준 지음, 문학과지성사, 1976/1996.

우찬제(禹燦濟)

서강대학교 국어국문학과 교수.

서강대학교 경제학과를 졸업하고 동 대학원 국문학과에서 박사 학위를 받았다. 1987년 《중앙일보》 신춘문예에 당선, 평론 활동을 시작한 뒤, 『세계의 문학』, 『오늘의 소설』, 『비평의 시대』, 『포에티카』, 『HITEL 문학관』 편집위원으로 활동했다. 건양대학교 국문학과 교수와 미국 아이오와 대학교 아시아태평양연구소 방문학자를 역임했으며, 현재는 계간 『문학과사회』 편집동인으로도 활동하고 있다. 소천이헌구비평문학상과 김환태평론문학상을 수상했다.

저서로 『욕망의 시학』, 『상처와 상징』, 『타자의 목소리―세기말 시간의식과 타자성의 문학』, 『일제강점기의 현대소설1―소설의 길, 사람의 길』, 『일제강점기의 현대소설 2―상처의 시대, 고통받는 개인과 사회』, 『고독한 공생―밀레니엄 시기 소설담론』, 『텍스트의 수사학』 등이 있다.

그는 심한 고독을 느꼈다. 그는 벌거벗은 채, 스팀 기운이 새어 나갈 틈이 없어

후텁지근한 거실을, 잠시 철책에 갇힌 짐승처럼 신음을 해 가면서 거닐었다.

　가구들은 며칠 전하고 같았으며 조금도 바뀌지 않은 것처럼 보였다.

　가구들은 며칠 전하고 같았으며 조금도 바뀌지 않은 것처럼 보였다.

　트랜지스터는 끄지 않고 나간 탓에 윙윙거리고 있었다. 그는 그것을 껐다.

　　　　　　　　　　　　　　　　　　　　　　　　－「타인의 방」 중에서

최인호 (1945～)

서울에서 태어나 서울고등학교와 연세대학교 영문학과를 졸업했다. 서울고등학교 2학년 때인 1963년 단편 「벽
구멍으로」가 《한국일보》 신춘문예에 입선하면서 소설가로 데뷔했다. 1967년 「견습환자」라는 단편소설로 《조선
일보》 신춘문예에 당선되었으며, 같은 해 단편 「2와 1/2」로 『사상계』 신인문학상을 수상했다. 1971년 「타인의
방」과 「미개인」을 계간 『문학과지성』에 발표하면서 문단의 주목을 받았다. 주요 작품으로 장편소설 『별들의 고
향』, 『바보들의 행진』, 『내 마음의 풍차』, 『지구인』, 『길없는 길』, 『상도』, 『유림』, 소설집 『타인의 방』, 『돌의 초상』,
『위대한 유산』, 『밤의 침묵』, 산문집 『누가 천재를 죽였나』, 『모르는 사람에게 보내는 편지』, 『나는 아직도 스님이
고 싶다』 등이 있다.

04

도시산업화 시대의 문학적 대응
최인호(崔仁浩)의 「타인의 방」

권성우 | 숙명여자대학교 인문학부 교수

'대중작가'라는 편견을 넘어

최인호는 고등학교 3학년에 재학중이던 1963년 만 18세의 나이로
《조선일보》 신춘문예에 입선하여 소설가로 데뷔한 후에 현재(2006
년)에 이르는 43년간의 오랜 세월 동안 소설 창작에 매진해 온 우
리 문단의 중견 소설가이다. 소설가 최인호에게는 당대의 베스트셀
러 작가, 혹은 대표적인 대중작가라는 닉네임이 마치 낙인(烙印)처
럼 붙어 있다. 또한『별들의 고향』,『바보들의 행진』,「깊고 푸른
밤」 등의 소설이 베스트셀러가 되면서 동시에 영화로도 높은 인기
를 구가함에 따라, 아울러 한때 영화감독을 하기도 했던 최인호의
이력에 따라 그를 영화와 문학의 접점을 추구했던 작가로 인식하고
있기도 하다. 물론 이러한 세평(世評)이 그른 것은 아니다. 다만 최

인호 문학의 온전한 가치를 인식하는 데 있어서 그가 베스트셀러 작가라는 사실은 그의 문학성을 온전히 규명하는 데 일종의 장애물로 작용하고 있는 것으로 보인다. 여기서 필요한 일은 최인호 소설의 미학성을 작품 그 자체에 대한 합리적 분석을 통해 정치(精緻)하게 해명하는 작업일 터이다.

70~80년대 초반에 발표한 최인호의 중·단편소설은 당대의 다른 작가의 작품이 제대로 담보하지 못한 고유한 현대성의 미학과 소설사적 가치를 지니고 있다. 「타인의 방」, 「처세술 개론」, 「깊고 푸른 밤」 등이 바로 그러한 예에 해당되는 작품들이다. 이 작품들을 통해 최인호는 산업화 시대의 고독한 개인의 초상을 정교하게 해부함과 더불어 물신주의의 폐해를 절묘하게 풍자하고 한국 사회의 폭력성에 대해 미학적으로 성찰하고 있다.

물론 최인호는 최근에도 『상도』, 『유림』 등의 장편소설을 발간하는 등 여전히 창작에 몰두하고 있고 지속적으로 문제작을 출간하고 있지만, 문학사적 평가나 평단의 호응이라는 측면에서 볼 때 최인호 문학의 진정한 전성기는 초기 평판작인 「타인의 방」(『문학과지성』 1971년 봄호)에서 이상(李箱)문학상 수상작인 「깊고 푸른 밤」(『문예중앙』 1982년 봄호)에 이르는 시기라고 할 수 있다.

산업화 시대의 고독: 「타인의 방」의 문제의식

1971년 봄에 발표된 최인호의 「타인의 방」은 당시 산업화 시대에 본격적으로 접어들던 한국의 수도 서울에서 일상을 영위하는 고독한 도시인의 초상을 인상적으로 보여 주고 있다. 「타인의 방」의 공간적 배경이 아파트라는 사실은 이 작품의 이해에 소중한 정보와 맥락을 제공한다.

한국 사회에서 아파트의 탄생은 일제시대로 소급된다. 1932년 일본에 의해 세워진 서울 충정로의 5층짜리 유림아파트가 처음이었다고 한다. 해방 이후에는 1961년 대한주택공사가 서울 마포 지구에 도화아파트를 건설, 근대식 아파트를 처음으로 도입했는데 이때부터 한국에서 아파트 시대가 막을 열었다고 할 수 있다.[1] 이 작품이 발표되었던 1971년은 제2차 경제개발계획과 맞물리면서 서울에 아파트 건설이 본격적으로 시작되던 시기이다. 당시 존재하던 아파트는 마포아파트, 1970년에 붕괴된 와우아파트, 힐탑아파트, 홍제동, 문화촌 등의 소규모 아파트, 한강맨션아파트 등에 불과했다. 그러므로 당시 아파트에 거주하는 인구는 극소수였다고 할 수 있다. 이러한 서울의 아파트 건립사를 감안하면 1971년 봄 당시 아파트 생활을 소재로 소설을 쓴다는 것은 풍속사적 감각을 선취(先取)하는 상당히 신선한 소재였음을 알 수 있다. 이러한 점은 새로운 생활 감각에 대해 순발력 있게 접근한 최인호의 문학적 재능에서 비롯되었을 것이다.

공간의 변화가 소설적 상상력의 새로운 물꼬를 틀 수 있다는 점에 착안한다면, 최인호의 「타인의 방」이 보여 준 새로움은 기실 서울이라는 도시에 당시 비로소 등장하고 있던 아파트라는 공간의 새

---

1) 이상은 '네이버' 백과사전을 참조했다.

우리나라 최초(1962년)의 단지식 아파트인 마포아파트. 1991년에 철거되었다.

로움에서 발원하였다고 볼 수 있다. 이렇게 볼 때 소설의 제목이
「타인의 방」이라는 점은 의미심장하다. 왜 '우리의 방'이나 '나의
방'이 아니라 '타인의 방'인가? 이러한 제목은 이제 전통적인 공동
체적 주거 공간이 아파트라는 사적인 주거 공간으로 대체되면서 형
성되기 시작한 새로운 인간관계의 윤리학을 상징한다. 전통적인 주
택에 비할 때, 아파트는 바로 옆에 누가 사는지 알 필요도 없고 알
수도 없는 철저한 익명의 사적 공간이다.
  가령 오랜만에 출장에서 돌아온 「타인의 방」의 주인공이 잠긴 아
파트 문을 열기 위해서 계속 현관문을 두드리자, "그 집엔 아무도
안 계신 모양인데 혹 무슨 수금 관계로 오셨나요?", "벌써부터 두드

린 모양인데 아무도 없는 것 같소, 그러니 그냥 가시오. 덕분에 우리 집 애가 깨었소"라고 주위에 있던 사람들이 그에게 반문하는 대목, 이에 대해 그가 "전 이 집의 주인입니다"라고 항변하자, 사람들이 "우리는 이 아파트에 거의 삼 년 동안 살아왔지만 당신 같은 사람을 본 적이 없소"라고 냉랭하게 응수하는 대목은 아파트 생활이 초래하기 마련인 '인간관계의 단절 현상'을 여실히 보여 주고 있다. 주위의 이웃 누구도 그가 주인이라는 사실을 전혀 모르는 것이다. 주변의 모든 사람, 심지어는 같은 집안에 살아가는 사람까지도 '타인'이라는 호칭으로 부를 수밖에 없는 인간관계의 변화는 바로 아파트라는 주거 공간이 가져온 현대 도시 사회의 새로운 풍속이라고 할 수 있다.

인간관계의 단절은 궁극적으로 주인공에게 원초적인 고독의 감정을 느끼게 만든다. 「타인의 방」 곳곳에는 고독한 자신을 투명하게 응시하는 주인공의 형상이 부조되어 있다. 예컨대 "그는 심한 고독을 느꼈다. 그는 벌거벗은 채, 스팀 기운이 새어 나갈 틈이 없어 후텁지근한 거실을, 잠시 철책에 갇힌 짐승처럼 거닐었다", "그는 반사적으로 주의를 둘러본다. 그는 엄청난 고독감을 느낀다", "그는 한층 더 깊은 피로를 느끼면서 거실로 돌아와 술병의 술을 잔에 가득히 부어 단숨에 들이마셨다. 그러자 그는 아주 쓸쓸하고 허무맹랑한 고독감을 느꼈다" 등등의 예문에서 이러한 고독감이 인상적으로 묘사되어 있다. 고독감은 자연스럽게 자신에 대한 성찰과 실존적 응시를 동반한다. 그 모습은 아래와 같다.

그는 우울하게 서서 엄청난 무력감이 발끝에서부터 자기를 엄습해 오는 것을 느꼈으며 욕실 거울에 자신의 얼굴이 우송되는 소포처럼 우표가 붙여진 채 부옇게 떠오르는 것을 보았다.

이러한 고독과 무력감, 우울함은 공동체적 사회에서는 전면화되지 못했던 산업화된 도시 사회의 증상일 것이다. 물론 여기에 덧붙여 대도시의 아파트라는 폐쇄된 공간적 조건이 이러한 주인공의 고독과 무력감을 초래하는 중요한 요인이라고 하겠다.

인간과의 단절로 인한 고독감은 주인공에게 사물과의 교감을 추구하게 만든다. 그것은 고독이 극한도로 엄습했을 때 인간이 취할 수 있는 유력한 태도일 것이다. 「타인의 방」에서 주인공은 아파트 내의 온갖 사물이나 곤충과 대화를 시작한다. "방 모퉁이 직각의 앵글 속에서 한 놈이 용감하게 말을 걸어온다. 벽면을 기는 다족류 벌레의 발소리가 들려온다. 옷장의 거울과 화장대의 거울이 투명한 교미를 하는 소리도 들려온다", "잘 들어요. 소켓이 속삭인다. 마치 트랜지스터 이어폰을 꽂은 것처럼 그의 목소리는 귓가에만 사근거린다. 오늘 밤 중대한 쿠데타가 있을 거예요. 겁나지 않으세요?" 등의 예문이 그러한 주인공과 사물의 대화를 잘 보여 준다.

이러한 장면은 "인간과 사물의 가치가 전도된 상황에 대한 비판의 의미"[2]로 해석될 수 있으며 또한 고독의 극한에 다다른 인간이

2) 소영현·이순옥, 「70년대적 '모던'을 사는 몇 가지 방식」, 『20세기 한국 소설 30권: 최인호, 박범신 외』 해설, 창비, 2005, 271면.

취할 수 있는 자연스러운 현상으로 생각된다. 인간과의 단절로 인한 고독은 필연적으로 사물과의 대화를 동반하게 되는 것이다. 소설의 말미에서 주인공의 아내는 아파트에 돌아온 연후에 다음과 같이 행동한다.

> 그러나 그녀는 곧 잃어버린 것이 없는 대신 새로운 물건이 하나 놓여 있는 것을 발견했다. 그 물건은 그녀가 매우 좋아했던 것이었으므로 며칠 동안은 먼지도 털고 좀 뭣하긴 하지만 키스도 하긴 했다. 하지만 나중엔 별 소용이 닿지 않는 물건임을 알아차렸고 싫증이 났으므로 그 물건을 다락 잡동사니 속에 처넣어 버렸다.

그 물건은 물론 '남편'일 것이다. 자신의 남편을 일종의 '물건'으로 간주하는 아내의 행동을 묘사한 위의 문단은 인간적인 교류가 단절되어 모든 관계가 사물화된 현대 산업사회의 징후를 섬뜩하게 포착하고 있다.

「타인의 방」은 지금까지 언급한 공간적 상상력과 함께 당시 만 25세였던 유망주 소설가 최인호의 젊고 재기발랄한 상상력이 돋보이는 작품이다. 소설의 곳곳에 박혀 있는 "접속이 나쁜 형광등이 서너 번 채집병 속의 곤충처럼 껌벅거리다가는 켜졌다", "그는 키 큰 맨드라미처럼 우울하게 서서 그를 노려보고 있는 샤워기 쪽으로 다가갔다" 등의 신선한 비유와 감각적인 문장은 「타인의 방」을 당대의 문제작으로 만든 또 하나의 문학적 매력일 것이다.

미문(美文)의 매력과 사회적 상처의 소설화: 「깊고 푸른 밤」

1982년에 발표된 중편소설 「깊고 푸른 밤」은 최인호에게 제5회 이상문학상을 안겨 준 문제적 작품이다. 이 작품을 통해 최인호는 단지 베스트셀러를 양산하는 대중 작가가 아니라, 흡인력 있는 감각적 문장을 구사하며 인간과 사회, 문명에 대한 세련된 성찰을 수행하는 본격 작가로 거듭날 수 있었다.

「깊고 푸른 밤」은 미국 서부를 배경으로 하여 한때 한국에서 노래를 부르던 가수 준호와 그의 고등학교 2년 선배인 주인공이 샌프란시스코에서 로스앤젤레스로 차를 몰고 돌아가는 여정(旅程)을 다룬 소설이다. 준호는 한국에서 제법 이름이 알려진 가수였지만 대마초를 피운 죄로 무대에서 물러난 뒤 곡절 끝에 미국에 오게 된다. 뉴욕과 시카고를 거쳐 로스앤젤레스에 오게 된 그는 가족을 한국에 남겨 두고 아예 그곳에 불법 정착을 시도하고 있다. 그리고 작가 최인호의 분신으로 생각되는 소설을 쓰는 주인공은 인간과 세상을 향한 분노와 일상생활에서 탈출하여 미국으로 온다. 그는 자신이 도망쳐 왔다기보다는 망명해 온 것이 아닌가 하는 느낌을 받는다. 미국에서 만난 준호와 주인공은 로스앤젤레스에서 샌프란시스코로 여행을 왔다가 다시 샌프란시스코로 돌아가는 여정 속에서 여러 가지 에피소드를 겪는다. 그 과정에서 그들은 미국의 지극히 아름다운 자연을 향유하는 동시에 좌절된 그들의 욕망을 응시하고, 더 나아가 한국 사회와 미국에 대한 서늘한 성찰을 보여 준다.

이들의 미국 생활과 여행을 지배하고 있는 분위기는 단연 자유다. 준호가 자주 피우는 마리화나, 정처 없는 여행, 새벽까지 진행되는 광란의 파티, 『펜트하우스』에서 잘라 낸 여인들의 벌거벗은 사진들, 야자수 나무, 이국땅이라는 배경 등은 이 소설을 지배하는 자유의 정서를 역연히 보여 준다. 그런데 이 소설에서 주목할 점은 소설의 등장인물들이 누리는 그 자유는 진공 속의 자유가 아니라는 사실이다. 그들의 자유에는 조국을 떠날 수밖에 없었던 자의 곡진한 상처가 배어 있다. 예를 들어 준호가 왜 돌아가지 않느냐는 주인공의 질문에 준호는 "무서운 나라야. 난 악몽에서 깨어난 것 같아. 씨팔 난 미국에서 살거야."라고 응수하고 있는데, 이러한 대목은 준호가 한국에서 받은 엄청난 상처를 인상적으로 환기시키고 있다. 준호의 상처는 다음과 같은 문장을 통해 한층 구체적으로 짐작할 수 있다.

그는 알고 있었다. 준호를 위시해서 많은 젊은 가수들이 마약중독자로 몰려 두들겨 맞았으며, 정신병원에 수용되기도 했으며, 끝내는 사회의 도덕적 패륜아로 지탄받고 격리되었던 쓰라린 과거를. 그들을 만약 단순한 범법자로 다루었다면 길어야 일 년, 집행유예 정도로 끝났을 것이다. 그러나 그들은 사회적 여론으로 두들겨 맞았으며, 그리고 언제까지라고 정해지지 않은 이상한 압력으로 재갈을 물리고, 격리되었던 것이다. 그것이 우연히 해외로 나온 여행에서 그를 밀입국자 신세로 전락시키게 한 동기가 되었을 것이다.

이러한 문장을 통해 우리는 1970~80년대를 지배했던 한국 사회의 폭력과 야만성, 국가주의가 조장하는 문화적 획일성을 씁쓸하게 확인할 수 있다. 또한 모든 것에 분노한 끝에 미국으로 온 주인공이 "나는 무엇인가, 무엇을 위해서 망명을 한 것일까. 보다 큰 자유를 위해서 망명을 떠나온 것일까, 분노로부터의 망명인가, 숨 막힌 일상으로부터의 망명인가"라고 스스로 질문하는 대목에서 우리는 1980년을 전후로 벌어진 한국 사회의 야만적 폭력이 한 사람의 지식인이자 작가에게 커다란 상처로 다가왔음을 짐작할 수 있겠다. 주인공의 분노는 미국의 풍요로움과 극적으로 대비된다. 아래의 문장을 보자.

> 미국의 풍요가 내게 무엇이란 말인가. 미국의 자유가 내게 무엇이란 말인가. 미국의 병정 인형과 아름다운 정원이, 웅장한 저택과 핫도그와 아이스크림이, 사막과 설원이 내게 무엇이란 말인가. 그의 가슴 속에는 터질 듯한 분노 이상의 아무런 감정도 존재하지 않고 있었다.

미국의 풍요와 아름다움은 역설적인 맥락에서 주인공 자신의 패배한 욕망과 상처를 덧나게 한다. 더 나아가 주인공이 접했던 미국 사회의 무한정 주어진 자유는 당시 한국 사회의 암울함과 폭력을 되비추게 하는 것이다. 미국에 와서도 주인공의 온 신경과 욕망은 자신을 분노하게 만든 한국 사회의 불합리와 폭력을 향해 있는 것이다.

물론 「깊고 푸른 밤」에는 정치·사회적인 문맥에서 해석할 수 있는 주인공들의 상처가 등장하지만, 이 작품을 그러한 문맥에서만 읽는 것은 이 뛰어난 소설의 문학적 스펙트럼을 빈곤하게 만들 수도 있다. 「깊고 푸른 밤」을 관류하는 커다란 매력은 한 시대를 풍미했던 최인호의 빛나는 문장과 감각적인 수사학이라고 생각된다. 가령 아래의 문단을 보자.

> 시속 칠십 마일의 빠른 속도로 스쳐 지나가는 차창에 잠시 머물다 스러지는 저 풍경은 또다시 만나지 못할 것이다. 한 번의 만남이 영원한 과거로 소멸되고 말 것이다. 저 끝 간 데를 모르는 벌판, 초록의 융단 위에 구름에 가리어진 빛의 그늘이 대지 위에 이따금 그림자놀이를 하고 있었다.

「깊고 푸른 밤」의 도처에서 발견할 수 있는 이러한 감각적인 문장들은 최인호 소설의 남다른 매력이라고 할 수 있다. 최인호에게 샌프란시스코의 태양은 "무지막지한 햇빛의 광채가 수천 개의 플래시를 일제히 터뜨리듯 그들의 얼굴을 공격했다"는 식으로 신선한 감각적 비유를 통해 전달되며, 구름과 태양이 겹쳐지는 장면은 "구름의 검은 띠가 태양을 납치해 가며 어디로 끌려가는가 상상할 수 없게 태양의 눈을 가리고 입에 재갈을 물리고 있다"고 절묘한 의인법을 통해 묘사되고 있다. 또한 저녁놀이 지는 장면은 "빛을 모반하는 저녁노을이 혁명을 일으켜 피와 같은 붉은 노을을 깃발처럼 드리운다. (중략) 하늘은 저문 태양의 마지막 각혈로 붉게 물들어 있다"고 형상화되고 있다. 소설의 매력 중의 하나가 문장과 수사학의 매력이라면 최인호의 소설을 읽는 즐거움은 바로 그 감각적 문장과 비유에서 연유한다.

소설의 말미에서 준호는 가족에 대한 그리움 끝에 다시 돌아가겠다는 결심을 하며, 주인공은 인적이 드문 바닷가에서 거대한 파도를 바라보면서 자신의 분노를 잠재운다. 또한 "우리가 왜 이곳에 앉아 있지. 이곳은 남의 땅이야. 왜 우리가 이곳에 있는지 난 그 이유를 모르겠어. 난 아무것도 얻을 수 없고 구할 수도 없어"라는 준호의 절규는 그가 미국에서의 자신의 처절한 패배를 있는 그대로 인정하기 시작했다는 사실을 의미한다. 이제 그는 원한도, 증오도, 적의도, 미움도, 아무것도 가질 이유가 없었던 것이다. 그는 비로소 한국으로 돌아가야 한다고 다짐한다. 이러한 장면에서 볼 수 있듯이, 이들이 샌프란시스코에서 로스앤젤레스로 돌아가는 여정은 자신들의 욕망의 심연과 상처를 있는 그대로 응시하는 해탈의 과정이었던 것이다.

최인호 초기 중·단편소설의 재평가를 위해

이 땅의 독서 대중에게 최인호는 최고 인기 작가의 상징이었지만, 그러한 평가가 평단과 문단에도 그대로 부합되는 정서는 아니었다. 지금은 그러한 관행이 많이 사라졌지만, 1980년대 이후 1990년대 초반까지 이 땅의 비평계와 문학장은 당대의 정치적 모순과 불의에 전면적으로 저항하는 작품에 대해 적극적으로 평가하는 관행을 지니고 있었다. 이러한 문학적인 정황과 비평적 유행으로 인해 최인호의 초기 중·단편소설은 그 매력과 가치에 부응하는 평가를 받지 못했다고 생각된다. 이는 특정한 문학 에콜이나 문학 세력에 기대지 않고 오로지 고독하게 자신만의 길을 걸어온 최인호의 문학적 운명이기도 했다.

지금 이 시점에서 볼 때 최인호의 소설이 지닌 문학사적 가치와 매력은 우리 현대 소설의 다양성이라는 맥락에서 재평가될 필요가 있다. 「타인의 방」, 「깊고 푸른 밤」을 위시한 최인호의 초기 중·단편소설들은 소설에 있어서 문체와 미적 감각이 얼마나 중요한 것인지를 여실히 보여 주고 있다. 최인호의 소설은 정치, 사회적 소재를 다룰 때조차 감각적이며 처연한 아름다움으로 빛난다. 그것은 한국 소설이 도달한 드문 문체 미학의 세계이다. 이러한 의미에서 지금 이 시대에 최인호를 다시 읽는다는 것은 오랫동안 문학사의 창고 속에 처박혀 있던 한국 현대소설사의 숨겨진 보고(寶庫)를 다시 발견하는 작업에 다름 아닐 것이다.

더 생각해볼 문제들

1. 「타인의 방」을 비롯한 최인호의 소설에서 공간이 차지하고 있는 역할과 의미에 대해서 말해 보자.

   최인호의 주요 소설에서 공간은 대단히 중요한 의미를 띠고 있다. 「타인의 방」에서 아파트, 「깊고 푸른 밤」에서 미국이라는 공간은 각각 해당 소설의 맥락을 이해하는 데 중요한 키포인트라고 할 수 있다.

2. 「타인의 방」이 발표된 지 어언 35년의 세월이 흘렀다. 그 이후 아파트 생활을 비롯한 대도시 서울의 일상과 인간관계는 얼마나 변화했는가?

   이제 「타인의 방」에서 찾아볼 수 있는 인간관계의 단절은 서울에서 너무나 보편적으로 찾아볼 수 있는 현상이 되었다. 이 시대 아파트는 서울 시민의 보편적인 생활공간이며 거대도시화에 따른 익명성과 인간관계의 단절 현상도 폭넓게 관찰되고 있다.

3. 「깊고 푸른 밤」은 최인호의 빛나는 문체 미학과 정치·사회적인 문제의식이 결합된 소설이다. 그렇다면 「깊고 푸른 밤」을 통해 소설의 문체와 내용의 관계에 대해 탐구해 보자.

   「깊고 푸른 밤」의 문체는 대단히 감각적이다. 그래서 「깊고 푸른 밤」에 등장하는 사회적 문제의식은 그의 문체의 매력에 감싸여 전면에 등장하지 않고 있다. 이 점은 최인호가 본질적으로 미문 취향의 예술지상주의 계열의 소설가라는 점을 의미한다. 이러한 소설적 취향은 작품에서 정치·사회적인 문제가 전면화하는 것을 제어하고 있다. 바로 이 점이 소설가 최인호의 매력이자 한계일 것이다. 모든 예술적 매력은 한계의 또 다른 이름이다.

추천할 만한 텍스트

『타인의 방』, 최인호 지음, 민음사, 1983.
『최인호 문학 전집』, 최인호 지음, 문학동네, 2002.

권성우(權晟右)

숙명여자대학교 인문학부 교수.
서울대학교 국어국문과 및 동 대학원에서 박사 학위를 받았다. 1987년 《서울신문》 신춘문예 문학평론 부문에 「존재론적 고독에서 당신과의 만남으로: 이인성론」이 당선되어 문학평론가로 데뷔했다. 『문예 중앙』, 『세계의문학』, 『사회비평』, 『오늘의 소설』 등의 편집위원을 역임하였으며 현재 『문학수첩』 편집 위원으로 일하고 있다. 주요 저서로는 『비평의 매혹』, 『모더니티와 타자의 현상학』, 『비평과 권력』, 『비 평의 희망』, 『논쟁과 상처』 등이 있다.

고 전 의 세 계 를 찾 아 가 는 지 도

휴머니스트
고전을
읽는다
시리즈

● 한국의 고전을 읽는다
● 서양의 고전을 읽는다
● 동양의 고전을 읽는다

한국의 고전을 읽는다 8 - 현대소설 (下)

지은이 | 권성우 외 12인

1판 1쇄 발행일 2006년 11월 27일
1판 2쇄 발행일 2016년 3월 14일

발행인 | 김학원
경영인 | 이상용
편집주간 | 위원석 황서현
편집장 | 강창훈
기획 | 문성환 박상경 임은선 최윤영 조은화 전두현 최인영 이혜인 정다이 이보람
디자인 | 김태형 유주현 임동렬 최우영 구현석 박인규
마케팅 | 이한주 김창규 이선희 이정인 이정원
저자 · 독자 서비스 | 조다영 채한을(humanist@humanistbooks.com)
스캔 · 표지 출력 | 이희수 com.
조판 | 새일기획
용지 | 화인페이퍼
인쇄 | 청아문화사
제본 | 정민문화사

발행처 | (주)휴머니스트 출판그룹
출판등록 | 제10-2135호(2001년 4월 18일)
주소 | (03991) 서울시 마포구 동교로23길 76(연남동)
전화 | 02-335-4422 팩스 | 02-334-3427
홈페이지 | www.humanistbooks.com

ⓒ 휴머니스트, 2006
ISBN 978-89-5862-147-8 03800

만든 사람들

편집 주간 | 이재민
편찬 위원 | 우찬제(서강대 교수)
기획 | 황서현(hsh@humanistbooks.com) 유은경
편집 | 송성희
디자인 | AGI 윤현이 최지섭
사진 | 권태균
일러스트 | 김경진